# ANDERS

Kramat BVBA
Hulshoutsesteenweg 24
2260 Westerlo Belgium
Tel./Fax: +32 (0) 16 68 05 87
www.kramat.be


ISBN: 9789079552306
Wettelijk Depot: D/2010/7085/10
Nur: 334
Copyright © Mel Hartman
Cover: ARTrouvé, Berlaar
Vormgeving: Roelof Goudriaan
Cover: ARTrouvé, Berlaar
Drukwerk: MultiPrint LTD, Bulgaria

# Mel Hartman

# Anders

Een Manon Maxim roman

UITGEVERIJ
**KRAMAT**

*Voor mijn ridder, mijn ventje Oded.*
*Voor de opofferingen die je deed, zodat ik de tijd kreeg om me enkel op het schrijven te kunnen toeleggen.*

# 1

Hier zit ik dan, in de privéjet van Jabar, op weg naar New York om een duivel tot de orde te roepen of in het slechtste geval zijn geheugen te laten wissen door Diedie.

Ik heb een boek bij me om de tijd te doden en om mijn gedachten af te leiden. Hoewel het niet mijn eerste opdracht is, ben ik nog steeds zenuwachtig. Er kan zoveel misgaan en ik heb er een hekel aan om een anderssoort het vuur aan de schenen te leggen. Tenslotte zijn ze, net als ik, anders en net niet volledig menselijk.

Het uitzicht is saai en het boek kan me niet boeien, dus besluit ik de piloot gezelschap te houden. Automatisch grijp ik naar mijn zij, waar normaal mijn pistool zit. Uiteraard hangt het er nu niet. De douane van de luchthaven van Oostende zou het me niet in dank afgenomen hebben. Ik heb wel een wapenvergunning, maar die is beperkt tot België. Ik mis mijn Glock 17 en ook mijn, weliswaar illegale, ploertendoder die normaal in de binnenzak van mijn lederen jack zit.

Ik leg het boek op de lege stoel naast me en sta op. Het is nog steeds vreemd om als enige passagier in een vliegtuig te zitten. Het vliegtuigtype is een Falcon 900 C die spint als een verwend poesje. Ik heb me laten vertellen dat er normaal plaats is voor achttien passagiers. Jabar heeft de inrichting echter laten verbouwen zodat er nu vijf luxueuze grijsleren fauteuils staan, een salon, een ruime badkamer en een keuken. Oorspronkelijk heette het type Mystère, maar die naam lag niet goed op de Amerikaanse markt. Jammer, ik vind de eerste naam beter bij ons passen.

De deur van de cockpit zit niet op slot. Het zou geen nut hebben. Een gesloten deur, zelfs al is die gepantserd, houdt me niet tegen.

Ik open de deur en kijk naar binnen. 'Tony, ik kom bij je zitten. Kan dat?'

'Dat kan altijd, Manon, kom er gezellig bij.'

De copiloot zit er momenteel niet, hij heeft zich waarschijnlijk teruggetrokken in de slaapcabine. Ik neem zijn zitplaats, rechts van Tony. Het zicht uit de cockpit is stukken fascinerender dan dat uit de raampjes waar ik eerst zat. Ik ga zitten en geniet, onder de indruk van de wolkenpatronen die we doorklieven. Tony leunt ontspannen achterover in zijn stoel, maar zijn blik blijft oplettend. Die knopjes, wijzertjes en tekens, ik snap er niets van. Het enige wat ik weet is dat deze jet een paar duizend voet hoger kan dan een Boeing en iets sneller vliegt, al maakt dat qua tijdswinst niet echt veel uit.

Jabar heeft ooit voorgesteld dat ik vlieglessen zou nemen, zowel voor de jet als de helikopter die hij in zijn tuin heeft staan. Ik heb het voorstel meteen verworpen. Technisch ben ik absoluut niet sterk en wiskunde was mijn grote zwakte op school. Nee, ik zou mezelf niet vertrouwen als piloot.

Tony bijt nerveus op zijn onderlip en ik kan al raden waarom. 'Mis je een sigaret?' vraag ik hem.

'Nogal. Zelfs die wolken doen me denken aan rook.'

'Steek er dan één op.'

Hij schudt heftig zijn hoofd. 'Nee, ik heb mezelf voorgehouden nooit te roken tijdens het vliegen.'

'Het zou mij niet storen, hoor, als je rookt,' verzeker ik hem.

'Weet je wat zielig is?' Hij glimlacht haperend. 'Ik zat eens thuis zonder sigaretten. Het was nacht en ik zag het niet zitten om een nachtwinkel op te zoeken. Maar ik was wel bereid om het plafond af te likken om voldoende nicotine binnen te krijgen.'

Tony is een engel. Hun grote zwakte? Juist, roken. Misschien zit het wel in hun DNA, want ik heb zelden een engel ontmoet die niet rookt.

'Nog een uurtje en we zijn er. Het was een gemakkelijke vlucht.' Hij wil duidelijk van gespreksonderwerp veranderen.

Ik zak wat dieper weg in de stoel en zucht diep.

'Moeilijke opdracht?' vraagt Tony.

'Neuh, valt wel mee, denk ik. Hoop ik.'

'Wat dan? Met welke anderssoort krijg je te maken?'

'Waarschijnlijk een duivel.'

'Duivel? Die veroorzaken doorgaans geen moeilijkheden. Zelfs dronken zijn het lammetjes.'

'Ik heb wel eens anders meegemaakt,' grijns ik.

'Dan moet hij toch behoorlijk wat op hebben gehad.'

'Zij. Het was een zij en ja, ze had een vijftal flessen bourbon opgedronken.'

'Wat heeft hij gedaan?'

Ik kijk hem even niet-begrijpend aan.

'Die duivel in New York.'

'We vermoeden dat hij zijn gave gebruikt heeft om een serie winkels langs Fifth Avenue te beroven.'

'Niet zo best. Was hij dronken?' Tony kijkt me grijnzend aan. Zijn sneeuwwitte haren, hét kenmerk van engelen, blinken alsof ze zelf licht geven.

'Misschien,' zeg ik glimlachend. 'Dat beroven is één ding. Zou een kwestie voor de politie zijn, maar als ze hem uiteindelijk toch te pakken krijgen en ontdekken hoe hij het precies gedaan heeft… Gelukkig dacht hij er wel aan om de camera's te laten ontmantelen.'

'Die kans is klein toch?' Tony kijkt me met opgetrokken wenkbrauwen aan.

'Je weet maar nooit. Jabar wil geen risico's nemen.'

Tony knikt. 'Terecht.'

We zijn even met onze eigen gedachten bezig. Ik vraag me af of de wereld ooit klaar zal zijn om ons, anderssoorten, te aanvaarden, zonder ons meteen als freaks te beschouwen. We zijn tenslotte een zijtak van de menselijke soort en bestaan al even lang. Het enige verschil tussen ons en de mensen is dat bepaalde delen van onze hersens net iets anders geëvolueerd zijn, waardoor we vreemde gaven hebben. Verder blijkt ons DNA in minieme mate af te wijken. Zo miniem dat ze het, tot nu toe, nog steeds niet kunnen detecteren. We vrezen echter dat het niet zo lang meer zal duren en hopen tegen dan een oplossing gevonden te hebben. Het is namelijk cruciaal dat ons bestaan geheim wordt gehouden. Niemand van ons, anderssoorten, heeft zin in circusgedoe en zeker ook niet in uit elkaar gehaald worden in naam van de wetenschap.

Ik sta op. 'Ik haal wat koffie.'

'Lekker. Zwart, net als mijn vrouwen. En geen suiker, hoewel mijn vrouwen wel zoet mogen zijn.' Hij grinnikt zachtjes.

Ik ga me eerst even opfrissen. Mijn vermoeid uitziende gezicht verraadt dat ik een korte nacht achter de rug heb. Momenteel zie ik er nog uit zoals ik normaal ben: schouderlang donkerblond haar, grijsblauwe grote ogen, een neus die een beetje scheef staat en hoge jukbeenderen. Ik kan het aanpassen naar believen, maar dan zou ik nooit mezelf zijn.

Ik voel me echt naakt zonder mijn wapens, mis dat drukkende gevoel tegen mijn zij. Gelukkig wacht een mannetje van Jabar me op in New York met de nodige munitie. Dat stelt me enigszins gerust.

In de luxeuze chromen keuken, van alle comfort voorzien en meer, zet ik twee koppen koffie en wacht tot ze klaar zijn. Voor de tweede maal vandaag check ik of het briefje met het adres in de zak van mijn broek zit. Ik heb me voor deze opdracht eenvoudig en onopvallend gekleed. Een wit bloesje op een jeans en enkelhoge laarzen. Ik grijns wanneer ik naar de hak van de laarzen kijk. De hoogte is niet echt handig wanneer het op een gevecht uitdraait, maar dat verwacht ik ook niet. Ik draag zelden hakloze schoenen, want mijn lengte, 1 meter 65, is het enige wat ik niet naar believen kan aanpassen, tenzij ik de vorm van mijn lichaam belachelijk dun maak.

De koffie is klaar en ik loop met de twee kopjes naar de cockpit.

'Hm, kan ik wel gebruiken,' zegt Tony en hij neemt dankbaar een kopje over. Hij slokt de koffie haast in één teug achterover. Ik vraag me af of hij nu zijn slokdarm niet heeft verbrand.

Ik ga zitten en neem kleine slokjes van het hete brouwsel.

'New York is mooi in deze tijd van het jaar,' zegt Tony. 'Hoelang denk je nodig te hebben?' Hij hoopt natuurlijk een beetje aan sightseeing te kunnen doen voor we morgen terugkeren naar Oostende. En bij Tony behelst het rondkijken vooral het vrouwelijk schoon. Het zou niet de eerste maal zijn dat ik hem betrap met een fraai exemplaar in de jet.

'Geen idee, Tony. Ik bel je wel op je mobieltje. Ik verwacht het vandaag af te handelen zodat we morgen zo snel mogelijk kunnen vertrekken.'

We drinken in stilte onze koffie op. Dat vind ik zo fijn aan Tony. Vlak voor een opdracht heb ik behoefte aan gezelschap, maar ook aan stilte, hoe tegenstrijdig dat ook klinkt. Tony, die me intussen twee jaar kent, weet dit en houdt daar rekening mee. Soms wil ik me mentaal voorbereiden en soms heb ik afleiding nodig. Vaker echter vermengen die twee zich met elkaar en wip ik van de ene behoefte in de andere.

Het is tijd om te landen en de copiloot komt erbij. De copiloot of First Officer is niet in vaste loondienst van Jabar. Het is nooit dezelfde persoon, maar tot nog toe wel altijd een mens. Ik verdwijn uit de cockpit en breng de lege kopjes weg.

Wanneer ik weer ga zitten in de lederen stoel, doe ik mijn gordel om. Dit vind ik het leukste gedeelte van het vliegen: het landen en het opstijgen. Het aanzwellende geluid van de motor, de landingsbaan die altijd maar dichterbij komt en dan het licht hobbelend neerkomen van het toestel. Voor mij kan het niet lang genoeg duren.

## 2

We zijn geland op een klein, onbekend vliegveld en Tony taxiet het toestel naar de aangegeven zone. Ik ga mijn spullen halen die nog op de stoel liggen. Ik trek mijn groen lederen jack aan en prop mijn portefeuille met de reispapieren en dollars in de ene binnenzak en mijn mobieltje in de andere. Mijn zonnebril, een retro ding uit de jaren tachtig, zet ik meteen op. Ik ben er klaar voor. Nu ja, dat denk ik in ieder geval.

Wanneer we uiteindelijk de hele douanerompslomp voorbij zijn en buiten staan, overvalt het warme, drukkende weer me. Ik ben te warm gekleed, dat is zeker, maar kan mijn jack niet uitdoen. Ten eerste heb ik geen handtas bij me en ten tweede moet het mijn pistool, dat ik dadelijk ontvang, uit het zicht houden.

De lucht ruikt naar benzine en zweet. Een paar meter verderop houdt een vrouw een bord omhoog. Ze leunt nonchalant tegen een gele taxi aan. Op het bord staat mijn naam in krullerige letters genoteerd.

'Tot later, Tony. Wees aardig tegen de New Yorkse vrouwen.' Ik kus hem vluchtig op de wang en stap naar de vrouw toe.

'Alsof die mij niet aankunnen!' roept Tony me nog na.

Ik grinnik. Engelen zijn ongelooflijke versierders en vrouwengekken.

De vrouw ziet me aan komen lopen en laat het bord zakken. Ik kan niet meteen zien wat voor anderssoort ze is. Ze is ontzettend aantrekkelijk. Haar gezicht lijkt volmaakt symmetrisch en haar lichaam op de juiste plaatsen voluptueus. Ze heeft donkerbruin golvend haar tot op haar schouders en een sensualiteit die zelfs op afstand voelbaar is. Ze zou best een vampier kunnen zijn. Een engel is ze niet, want engelen zijn de enige soort die altijd wit haar hebben. Tenzij ze haar haren gekleurd heeft natuurlijk. Gelukkig is ze niet veel groter dan ik, zodat mijn zelfbeeld niet helemaal een knauw krijgt.

'Manon Maxim?' Haar Amerikaans klinkt melodieus prettig. Ik vermoed dat ze opgegroeid is in Louisiana. Ze zal vast ook wel Nederlands en nog een resem andere talen spreken. Dat is typisch voor anderssoorten die vaak verhuizen naar andere landen.

'Ja, dat ben ik.'

We schudden elkaar de hand. Haar handen zijn perfect gemanicuurd met rode nagellak. Dat in tegenstelling tot mijn eigen afgebeten vingernagels. Ik heb het al vaak geprobeerd, maar lange, mooie nagels zijn geen lang leven beschoren bij mij blijft nagellak er niet eens een dag ongeschonden op zitten.

'Stap maar in,' zegt ze met een gebaar naar de gele taxi.

'Jouw taxi?' vraag ik terwijl ik instap.

De airconditioning in de wagen verfrist me meteen weldadig en het geurt er naar kokosolie.

Ze gaat zitten op de chauffeursstoel. 'Ja, inderdaad.'

Ze start de wagen en voegt zich in het verkeer dat de luchthaven verlaat. Uit ervaring weet ik dat het minstens een uur rijden is tot in het centrum van New York City.

'Niet gevaarlijk om als vrouw een taxi te besturen?'

Ik kan nog net haar ogen zien door haar zonnebril. Ze kijkt me zelfverzekerd aan in het achteruitkijkspiegeltje. 'Niet echt, ik ben een vampier.'

Dat verklaart een boel. Vampiers zijn veel sterker dan de gemiddelde mens.

'En ik heb mijn bescherming bij me.' Ze tikt op het handschoenkastje.

Ik vermoed dat ze daar minstens één pistool in heeft liggen, enkele reservezonnebrillen en tubes zonnecrème.

'O, voel even onder de stoel,' zegt ze dan.

Ik buk en mijn vingers stoten tegen een hard object, verpakt in een plastic tas. Ik kan al raden wat erin zit en voel me meteen stukken beter. In de tas zit mijn favoriete pistool, de Glock 17, en hoera, een ploertendoder. Ik check het magazijn: er zitten vijftien 9 mm kogels in, in plaats van zeventien. Prima, want een vol magazijn heeft meer kans op defecten. Ik doe de schouderholster om die eveneens in de tas zit en stop de ploertendoder en de reservemunitie in mijn binnenzak. Zo, nu ben ik onoverwinnelijk. Zolang ik het mezelf vaak genoeg zeg, is het misschien zo.

'Ik heet Selena,' zegt de vrouw.

'Aangenaam. Ik dacht eerlijk gezegd dat Ben me zou komen ophalen. Is hij niet meer de contactpersoon in New York?'

'Nee, hij is met pensioen. Ik ben de nieuwe.'

Ik vind het eigenaardig dat Jabar me dit vergat te vertellen.

'Heeft hij je opgeleid?' vraag ik.

'Wie? Ben?'

Ik knik.

'Ja, al zijn computers staan nu in mijn flat. Ik stootte haast meteen op dat bizarre voorval van die diefstallen. Het viel eerst niet op tussen alle nieuwsberichten. Althans niet voor iemand die er niet op let.'

'Ik dacht dat Ben het ontdekt had, maar in ieder geval goed gedaan.'

'Duivel zeker?' De blik waarmee ze me in het spiegeltje aankijkt, blijft onbewogen.

'Vermoedelijk.'

'Dacht ik al.'

Ik schrik op wanneer Selena luid toetert.

'Klootzak,' gilt ze naar een bestuurder. Meteen daarna, alsof ze een knop omdraait, zegt ze op zachte toon: 'Het was al te eigenaardig. Het personeel herinnert zich niets. Het ene moment liggen de spullen er nog en tien minuten later is de winkel half leeggeroofd. Niemand weet hoe het gebeurde of kan zich herinneren wie er in de winkel kwam. En de camera's functioneerden plots niet meer.'

'Een vampier zou het ook lukken.'

'Onze hypnosetechnieken dienen om te verleiden, niet om te stelen.'

Ik kan haar reactie niet aflezen door de zonnebril, maar ze klinkt verbeten.

'Sorry, maar eerlijk is eerlijk,' zeg ik schouderophalend. 'De kans is inderdaad groter dat het een duivel is. Ze zijn telepathisch enorm sterk en kunnen gemakkelijker mensen beïnvloeden door gedachtemanipulatie. Maar toch…'

'Het is een duivel. Zeker weten,' onderbreekt ze me.

Ze neemt het gauw persoonlijk op, vind ik, maar ik ga er verder niet op door.

Tijdens de verdere rit hangt er een ijzige stilte in de wagen. Ik ook met mijn grote mond! Ik had kunnen weten dat ze het kwalijk zou opnemen. Hoewel er een verbondenheid heerst tussen de anderssoorten, is die toch nog intenser binnen elke soort. Begrijpelijk natuurlijk.

Alsof ze me wil straffen voor mijn vermoedens, rijdt ze hard en schokkerig. Ik ben dan ook opgelucht wanneer we eindelijk het centrum binnenrijden.

'Heb je het adres waar hij werkt?' wil Selena weten. Ze klinkt koel.

'Ja.' Ik voel me plots minder zelfverzekerd. 'Hoe kwam je trouwens aan zijn woonadres?'

'Simpel,' zegt ze hooghartig. 'De beroofde winkels bevonden zich alle rond zijn woning. Op de lijst van anderssoorten in New York was hij de enige die in die buurt woonde, dus achtte ik de kans groot dat hij de schuldige was. Ik vind dat ze op die lijst zouden moeten bijhouden welke anderssoort het is.'

'Veel te risicovol,' meen ik. 'Als een mens de lijst te zien krijgt, hebben we de poppen aan het dansen.'

Het wordt tijd dat ik vervorm en ik heb al beslist waarin. Voor ik vertrok, vanmorgen vroeg, heb ik op internet scholen en hun uniformen opgezocht, zodat ik er als een onschuldig ogend meisje uitzie dat langs deuren gaat om balpennen te verkopen voor het goede doel. Ik heb geen idee of dat nog gebeurt in New York, maar veronderstel dat de duivel niet meteen achterdochtig zal zijn en me genoeg tijd zal geven om binnen te dringen in zijn huis.

Na het vervormen heb ik een wollen, grijs plooirokje aan dat nu al jeukt als een gek en tot net boven de knieën komt, een wit bloesje, een donkerblauw colbert, enkelhoge donkerblauwe kousen en simpele zwarte schoenen.

De school die zijn leerlingen er zo belachelijk laat uitzien is de Academy of the Holy Angels uit North Jersey. Ik vond de naam wel toepasselijk. De pennen die ik zogenaamd verkoop, hebben netjes het logo van de school, kwestie van met details rekening te houden. Het feit dat ik iets moet beethouden en dan maar voor balpennen heb gekozen is om de volgende reden: ik ben een vervormer. Dat betekent dat ik in alles kan veranderen wat ik wil. De vorm moet echter evenveel moleculen bevatten als mijn oorspronkelijke massa. Een schoolgaand meisje is kleiner, dus stop ik de resterende moleculen in balpennen. Zolang iets mijn huid aanraakt, bijvoorbeeld kledij, kan ik het naar believen mee laten vervormen. Het pistool en de ploertendoder blijven onveranderd in de binnenzak van mijn colbertje.

Ik kan evengoed in mist vervormen en het huis van de duivel binnendringen door kieren en sleutelgaten. Ik beleef echter veel meer plezier en voldoening aan een rollenspelletje op zijn tijd.

Selena verpinkt geen moment wanneer ze me in mijn nieuwe vorm aanschouwt. 'Ik zet je voor zijn woonadres af. Als hij daar niet is, dan kun je terecht op zijn werkadres dat je ook gekregen hebt. Dat is maar een paar blokken verder, dus je hebt mij voorlopig niet nodig.'

Ze stuurt de wagen scherp door een bocht heen, waardoor ik opzij geworpen word en het pistool pijnlijk tegen mijn ribben aankomt.

*Bedankt, trut!*

'Bel me morgen als ik je op moet komen halen.' Het klinkt niet alsof ze dat een leuk vooruitzicht vindt. Ik ook niet.

'Hier is het, dat gele huis.' Ze parkeert de taxi en ik stap snel uit.

Zoals ik verwacht had, scheurt Selena ervandoor, nog voor ik het portier goed en wel heb dichtgegooid. Ik neem een grote hap lucht en voel me plots als een uitgewrongen dweil. De hitte buiten, het vervelende gesprek, de lange vlucht en het al vroeg uit de veren zijn beginnen hun tol te eisen. En dan moet ik nu nog een duivel op zijn donder gaan geven! Misschien volg ik toch beter Jabars raad op om pas morgen, na een nachtrust, de duivel op te zoeken en minstens enkele dagen in New York te blijven.

Jabar heeft eigendommen over de hele wereld, waarvan sommige worden bewoond door zijn contactpersonen en sommige door mij gebruikt worden wanneer ik een opdracht heb. Maar wanneer ik niet moet werken in het café van Oded of in een of ander land ben waar een anderssoort voor problemen zorgt, ben ik het liefst gewoon thuis. Vandaar mijn stomme beslissing om alles op één dag af te handelen en morgen alweer in de jet huiswaarts te keren. Als het niet volgens de wet verplicht was om de piloot minstens vierentwintig uur rust te gunnen tussen twee transatlantische vluchten, dan zou ik Tony overhalen me meteen terug te vliegen.

De omgeving waar Selena me heeft gedropt, is een aangename buurt met leuke rijtjeshuizen en een snoezig parkje. Ik heb geen idee waar ik ben, maar dat interesseert me niet. Het gele huis is alles wat van belang is.

Voor ik aanklop, bel ik nog even Diedie op.

Zodra er opgenomen wordt, zeg ik: 'Diedie, het is zover. Doe je mojo.'

'Doe ik. Luister goed.' Ik luister naar de magische woorden die Diedie me influistert. Ik begrijp ze niet, maar dat hoeft ook niet. 'Het is klaar. Wees voorzichtig, meisje.'

Ik grijns en klap het mobieltje dicht. Hoe oud ik ook word of hoeveel gevaarlijke opdrachten ik ook tot een goed eind breng, voor Diedie blijf ik een meisje dat beschermd moet worden. Nu even kijken waarmee ik te maken krijg.

*Showtime.*

Ik bel aan.

# 3

Ik wacht geduldig af, maar het ziet ernaar uit dat hij niet thuis is. Verdomme, ik heb geen zin om hem op het werk op te zoeken. Dat bemoeilijkt mijn opdracht aanzienlijk. Getuigen en eventuele verborgen camera's hebben er al vaker een zootje van gemaakt. Ik wil me omdraaien om een taxi op te zoeken, wanneer ik schuifelende voetstappen hoor. Ik controleer of mijn Glock goed verborgen zit en haal mijn lieve meisjesglimlach boven.

Nu pas ontdek ik het oog in de deur waardoor hij me begluurt. 'Wat moet je?' De stem klinkt alsof hij onder invloed is van een of andere substantie.

'Sarah, mijnheer,' zeg ik allerliefst en in het Engels. Ik wapper met de balpennen voor het oog. 'Ik verkoop pennen voor het goede doel in opdracht van mijn school The Academy of Holy Angels.'

Ik hoor een grom en dan het ontgrendelen van de deur. Die wordt slechts op een kier geopend zodat enkel zijn afgeleefde, vlekkerige gezicht te zien is dat gekenmerkt wordt door donkere wallen onder de bruine ogen, gekloofde lippen en vettig donkerbruin haar.

Ik weet wat hij nu probeert, dat voel ik aan het feit dat mijn haarwortels kriebelen. Ik zou het ook aan de kleur van zijn ogen kunnen zien, want die veranderen wanneer een anderssoort zijn of haar gave gebruikt. Alleen buigt hij zijn hoofd voorover zodat ik het niet kan zien.

Maar het is duidelijk dat hij mijn gedachten probeert te lezen om na te gaan in hoeverre ik de waarheid spreek. Ik kan mijn uiterlijk dan wel veranderen, maar niet mijn geest. Het is dus inderdaad een duivel. Ik ben er gerust op dat het hem niet zal lukken. Daar heeft Diedie wel voor gezorgd. Het enige wat hij nu te lezen krijgt, is dat ik een braaf schoolgaand meisje ben. *Kudos voor jou, Diedie.*

'Ik koop niet aan de deur,' lispelt hij uiteindelijk.

Hij kijkt me opnieuw aan met normale kleurogen en niet de typische pikzwarte.

'Maar mijnheer, het is om de weeskindjes te helpen,' pruil ik. 'Ze kosten maar 1 dollar.'

Met moeite focust hij zich op de pennen in mijn hand. De deur gaat nu iets verder open, maar hij blijft hem vasthouden alsof het een reddingsboei is. In zijn versleten kamerjas, die er groezeliger uitziet dan de stoep, staat hij te trillen op zijn benen.

'Ik heb geen geld in huis.'

'Mag ik dan even binnenkomen om u ons goed doel uit te leggen, mijnheer? Dan kan ik later terugkomen met de pennen wanneer u wel geld hebt,' houd ik vol.

Ik zet een stap voorwaarts.

'Morgen dan,' zegt hij.

Een walm van alcohol en muffe kaas komt mijn richting uit en ik moet moeite doen om niet te kokhalzen. Het is genoeg geweest. Ik stop de balpennen in een zakje van het colbertjasje en stap naar voren. Ik geef hem een harde duw waardoor hij wankelend achteruit strompelt en uiteindelijk op de vloer neerkwakt. Hij komt pijnlijk op zijn ellebogen terecht en uit een vloek waar Oded jaloers op zou zijn. Snel loop ik het huis in en gooi de deur achter me dicht. De hal ruikt naar pis en gemorste etensresten en ziet er dito uit, maar eigenaardig genoeg geeft het huis me vooral het gevoel dat het al jaren leeg staat.

'Wat doe je…' stottert hij. Hij kijkt me met grote ogen aan.

Ik zie hem denken: *hoe kan een klein meisje nou zoveel kracht hebben?*

'Het is niet netjes, mijnheer, om je steun aan een goed doel te weigeren.'

'Godverdomme,' roept hij. 'Mijn huis uit!'

Hij krabbelt slungelig overeind, me intussen geen moment uit het oog verliezend. 'Wat zijn dat voor guerrillapraktijken, zeg!'

Waggelend staat hij voor me en zwaait met zijn wijsvinger voor mijn gezicht heen en weer. In één vlugge beweging grijp ik de vinger beet, knak hem om en dwing hem zo op zijn knieën. Ondanks mijn tengere verschijning behoud ik mijn eigen kracht. Hij jammert als een kind en de tranen schieten in zijn ogen. Wanneer de ergste pijn geweken is – maar ik laat hem verdomd niet los – kijkt hij met een ruk naar me op, zijn blik razend en vuurspuwend.

'Jij heet niet Sarah, hé?'

'Het had gekund, hoor. Ik was een vondelingetje.'

'Wie ben je?'

'Wie ben jij?' kaats ik de vraag terug.

'Laat me los en ik vertel het.'

'Oké, goede deal.'

Ik laat zijn vinger los en natuurlijk springt hij op en vliegt me naar de keel.

*Braaf duiveltje.*

Met een voldane grijns op zijn smoel knellen zijn handen zich om mijn hals. Ik blijf hem allervriendelijkst toelachen en dan beseft hij waarom. Of beter gezegd, dan voelt hij waarom. De loop van mijn Glock port in zijn buikstreek. Zijn blik verandert van verbazing naar angst in een nanoseconde, sneller dan ik kan vervormen. Het voordeel is dat zijn ogen nu heel wat helderder staan dan daarnet, maar het kan nog beter. Ik ontgrendel de eerste veiligheid van de Glock wat een aangenaam klikgeluidje geeft en ervoor zorgt dat ik zijn volledige aandacht heb.

'Het praat een stuk fijner zonder vingers rond mijn keel,' zeg ik poeslief.

Zijn greep voel ik amper, want ik heb de massa rond mijn hals deels verplaatst naar een lagere regio, waardoor ik nu dikkere borsten heb. Eindelijk.

Aarzelend zet hij een stap achteruit en staart me woedend aan. Hm, hij is nu tenminste nuchter.

'Je bent een vervormer,' sist hij tussen zijn tanden door.

'Wat ben je slim, zeg.'

Ik houd het pistool op zijn voorhoofd gericht. Dat is geen sinecure, aangezien ik nog steeds een stuk kleiner ben dan hij en dus mijn armen omhoog moet houden. Ik ben echter niet van plan om te vervormen naar mijn gebruikelijke uiterlijk. Jabar heeft me aangeraden dat zoveel mogelijk te vermijden op missies. Zolang de anderssoorten die zich misdragen niet weten hoe ik eruitzie, ben ik veiliger.

'Wat doe je hier?'

'Ik kom je billenkoek geven.'

Het moet een grappig gezicht zijn. Een schoolmeisje in een nonachtig uniform dat een pistool gericht houdt op een veel grotere man en even doodleuk zegt dat ze hem billenkoek komt geven. Als de situatie niet zo ernstig was, had ik er hartelijk om kunnen lachen.

De duivel doet het echter in mijn plaats en begint hardop te lachen. Het klinkt als een hyena met darmklachten. Zijn kamerjas valt halfopen en dat is nou een zicht dat ik mezelf had willen besparen.

'Jij… een meisje… mij… billenkoek geven? Zelfs met het pistool…'

Met een triomfantelijke grijns haal ik mijn ploertendoder boven. Ik ben nu gewapend in beide handen. 'De linker- of de rechterhand? Jij mag kiezen.'

Zijn ogen vernauwen. 'En waarom? Wat heb ik jou misdaan?'

'Mij niet persoonlijk, hoor. Dat zou je niet eens lukken. Je vormt een risico voor de anderssoorten.'

'Waar heb je het over?'

'Houd je niet van den domme. Je hebt je gave gebruikt om enkele winkels te beroven.'

'Hoe weet… en wat dan nog? Wat gaat jou dat aan? Ben je van de politie of wat?'

Godver, mijn pistoolarm wordt moe.

'Nee. Laten we het zo zeggen: ik zie erop toe dat onze soort niet verraden wordt. Dat ze binnen de lijntjes blijven kleuren. En ieder die daarbuiten kleurt, krijgt een bezoekje van mij. Je weet best dat je je gave geheim moet houden en al zeker niet mag misbruiken.'

'En wat ga je eraan doen, hè? Het is gebeurd en die spullen zijn al verkocht.'

'Je gaat het geld netjes teruggeven. Op dezelfde manier waarop je die dingen gestolen hebt.'

Ik laat mijn pijnlijke arm zakken, maar verlies hem geen moment uit het oog. 'Eén beweging en je pist voortaan door een slangetje.'

'En als ik dat geld niet terugbreng?'

Wanneer heeft hij nou door dat hij het niet kan winnen?

'Dan laat ik een heks je geheugen wissen en wel in die mate dat je niet eens weet hoe je moet eten zonder te kwijlen en je alleen nog het woord 'mama' kent. Het duurt maar zolang als een telefoontje dat jij moet aannemen. Simpel en snel.'

Zijn vorsende blik en zenuwachtig gefriemel aan zijn kamerjas doen me vermoeden dat hij zijn opties afweegt. *Alert blijven, Manon.*

'Hoe komt het dat ik jouw gedachten niet kan beïnvloeden? Er zit een schild omheen.'

'Sterke mojo.' Ik zwaai met het pistool. 'Hoe zit het? Wat beslis je?'

'Je kunt toch nooit weten of ik het geld effectief terugbreng,' probeert hij, maar het klinkt niet alsof hij dat echt gelooft. 'Wat ga je doen? Mijn handje vasthouden?'

'Ik pak nooit iets beet met mijn blote handen waar ik vies van ben. En wees er maar niet zo zeker van dat we het niet kunnen nagaan. We hebben zo onze middelen. Mijn volgend bezoekje zal er een met weinig opties zijn. Slechts één, als je me begrijpt.'

Zijn blik verandert en hij kijkt me nu zielig aan. 'Ik heb dat geld nodig.'

'Waarom dan?'

'Voor drugs.' Hij wendt zijn blik af en kijkt naar de grond.

'Drugs?'

Dat had ik niet zien aankomen. Duivels staan erom bekend dat ze een afschuw hebben van drugs, tenzij in alcoholische, vloeibare vorm. Waarom krijg ik nou de indruk dat hij niet compleet eerlijk is? Iets in zijn blik is niet zuiver.

'Ik heb persoonlijke problemen en mijn verdriet wegdrinken lukt niet. Dus probeerde ik het met drugs. Maar ook daar heb ik een hoog tolerantieniveau voor.'

'Nooit gehoord van therapie?' sneer ik, totaal niet onder de indruk van zijn flauwe excuus. 'Je krijgt nog tien seconden om te beslissen.'

Zijn ogen schieten heen en weer, alsof hij een ontsnappingsroute zoekt. De voordeur is door mijzelf geblokkeerd. Hij zou het op een lopen kunnen zetten en eventueel via de achterdeur in de keuken, die ik van hieruit kan zien, ontsnappen. Hij kan het proberen. Ik heb van Jabar een goede training gekregen in schieten en popel om die uit te testen. Tot nu toe deden de mispeuterende anderssoorten telkens netjes wat ik vroeg.

'Vijf seconden.'

'Goed, goed, goed. Ik breng alles terug.'

'Zo snel mogelijk.'

Hij knikt heftig. 'Zo snel mogelijk.'

'Onthoud dat het je enige kans is. De volgende...'

'Ja ja, de volgende keer ben ik duivelsstamppot.'

'Zonder worst.'

'Ja ja.'

'En denk maar niet aan ontsnappen. Waar je je ook verbergt, we zullen je vinden.'

Ik stop de ploertendoder in mijn binnenzak en loop achterwaarts naar de voordeur met het pistool op hem gericht.

'Morgen wordt het gecontroleerd.' Met die laatste woorden verlaat ik het huis.

Buiten zuig ik de schone lucht op. Nou ja, schoon. Maar vergeleken met de verzuurde lucht in het huis van de duivel, ruikt een storthoop nog muntfris. Ik stop het pistool weg en loop de straat uit.

Nu op zoek naar een leuk eettentje, ik sterf van de honger door de adrenaline en spanning. Iets verderop zie ik een snackbar in de typische felle kleuren en chroom uit de jaren zestig. Een blik op mijn horloge vertelt me dat het acht uur in de morgen is. Hoog tijd voor een ontbijt.

Ik glip een schaduwrijk steegje in, kijk even goed om me heen en vervorm naar mijn gebruikelijke uiterlijk, wat slechts twee seconden duurt. Er is een groot nadeel verbonden aan het vervormen. Wanneer ik weer in mijn oorspronkelijke gedaante ben, heb ik het minstens een uur ijskoud. Het heeft te maken met de energie die ik in korte tijd verbrand. Maar gelukkig is het zo heet buiten dat ik er deze keer nauwelijks hinder van ondervind.


De volgende morgen bel ik Selena op terwijl ik een taxi probeer aan te houden. Ik besluit hetzelfde eettentje als gisteren op te zoeken. Ze hadden verdomd goede hamburgers.

'Ik ben klaar en ga naar dat eettentje, vlak om de hoek van die duivel. Het heet Shaken Burgers.'

'Ik ben er over een uurtje.'

'Doe maar rustig aan, ik heb honger.'

Ik klap het mobieltje dicht voor ze daar een opmerking over kan maken. Het liefst neem ik een taxi naar de luchthaven. Alleen weet ik niet wat ik dan met mijn wapens aan moet. Jabar heeft niet graag dat de wapens in zijn huis achterblijven, er zou best eens ingebroken kunnen worden. Ik ben dus verplicht om Selena opnieuw te ontmoeten. De plek waar mijn pistool tegen mijn ribben is aangekomen door toedoen van Selena, voelt nog steeds beurs en pijnlijk aan.

Hopelijk zullen de twee hamburgers en de flinke portie friet die ik van plan ben te bestellen, me niet alleen lichamelijk sterken voor een volgende Selena-confrontatie.

# 4

Ik zit net aan mijn tweede hamburger en bananenmilkshake wanneer Selena met een hooghartige blik binnenkomt. Ze gunt de mannen, die haar aangapen alsof ze de herrezen Madonna is, geen blik waardig en stevent recht op mij af. Ondanks de benauwende temperatuur buiten is ze volledig bedekt gekleed in een stijlvolle zwarte broek en rode zijden bloes waarvan de knoopjes tot boven dichtzitten. Vampiers kunnen in het daglicht lopen, maar verbranden veel sneller dan mensen, zodat ze zich optimaal beschermen met hoge factor zonnecrème, zonnebrillen en kleren. Toch ziet Selena er nog steeds adembenemend sexy uit. Ik voel me meteen het lelijke eendje in vergelijking met de prachtige zwaan.

Ze gaat naast me staan en kijkt misprijzend neer op mijn bord waar de frieten nauwelijks te zien zijn onder de dikke laag ketchup.

'Ben je klaar? Het stinkt hier.'

'Ja, lekker, hè. Vet en friet, de geur van nouvelle cuisine.'

Ik neem de laatste hap van de hamburger en prop er een paar frieten bij. Ik moet een grijns onderdrukken. Haar afgrijzen kon niet groter zijn.

'Hoe kun je die troep in je lijf stoppen en dan nog 's morgens vroeg? Heb je dan geen enkel respect voor jezelf?'

Ik doe alsof ik nadenk en neem enkele frieten tussen mijn vingers die ik zogenaamd bestudeer. Dan stop ik ze in mijn mond.

'Nee, toch niet. Als ik moet kiezen tussen respect en deze lekkere dingen, heb ik gauw mijn keuze gemaakt.'

Nogal luidruchtig slurp ik mijn milkshakebeker leeg. Selena kijkt me aan alsof ik een mensgrote kakkerlak ben. Normaal gedraag ik me niet zo boertig, maar ze haalt me het bloed onder de nagels vandaan. Nou ja, nog altijd beter dan dat ze met die scherpe tandjes van haar een paar gaatjes prikt en mijn bloed opzuigt.

Ik veeg mijn mond af aan een papieren servetje, leg de nodige dollars plus fooi neer en wip van de barkruk.

'Nu ben ik klaar.'

Ze draait zich zonder een woord met een ruk om en ik volg in haar kielzog. De taxi staat met ronkende motor te wachten. Net als gisteren ga ik achterin zitten. Zonder nog een woord te wisselen rijden we het centrum van New York City uit.

Pas op de snelweg opent ze haar mond. 'De Glock en de ploertendoder?'

Ik haal ze met spijt uit mijn binnenzakken, prop ze in het plastic tasje dat op de achterbank ligt en leg ze weer onder de stoel.

'Hoe is het gegaan?'

Ik val in verbazing. Wat is dat nu? Wil ze opeens sociaal doen of zo?

'Goed,' antwoord ik. 'Volgens plan.'

'Dan zal... hoe heet je baas alweer? Ik ben zijn naam even kwijt.' 'Jabar?'

Ze knikt. 'Dan zal Jabar tevreden zijn.'

Ik vind die plotse omslag in haar gedrag eigenaardig, maar zoek er verder niet veel achter. Vamps zijn nogal eigenaardige wezens met bizarre gemoedsveranderingen.

'Doen jij en Jabar al het werk alleen?'

'Dat weet je toch van Ben?' antwoord ik, nu toch een beetje achterdochtig.

'Euh... ik ben nog niet volledig ingelicht over alles. De tijd er nog niet voor gehad.' Ze ontwijkt mijn blik en houdt haar ogen strak op de weg gericht.

'Dan hoor je het later allemaal wel van Ben.'

'Ja, natuurlijk. Daar heb je gelijk in.'

Waarom krijg ik het gevoel alsof ze me aan het uithoren is? Ze is me hoe dan ook te aardig, verdacht aardig. Wil ze me plots verleiden of zo? Dat kan ik me nauwelijks voorstellen. Vamps houden vooral van vamps. Heeft met bloeduitwisseling en zo te maken, geloof ik.

Het is een hele poos stil, maar ik merk dat ze me af en toe steels aankijkt. Ik neem de gelegenheid om Tony op te bellen. Hij moppert dat hij niet genoeg tijd had om zijn slag te slaan. Ik zeg hem grinnikend dat als het hem nu nog niet lukte, het een verloren zaak is.

Een halfuur later, vlak voor we de luchthaven binnenrijden, vraagt Selena: 'Waar woon je eigenlijk in België? Bij Jabar? Of woon je nu op jezelf? Misschien kan ik je eens opzoeken.'

Is ze helemaal van lotje getikt? Ik zou haar niet eens op het terrein laten.

'Ergens rustig en gezellig.'

Ze heeft door dat ze niet veel meer uit me krijgt en zwijgt tot ze de taxi parkeert. We wensen elkaar geen goedendag. Prima, het zou toch niet gemeend zijn.


Het is één uur 's nachts wanneer ik op het parkeerterrein van de luchthaven van Oostende naar mijn wagen loop. Een rode, kleine Citroën die zijn beste jaren lang achter zich gelaten heeft, maar hij rijdt nog en ik ben er behoorlijk gehecht aan.

Ik heb het algauw koud en de kille temperatuur maakt het er niet beter op. Ik kruis mijn armen voor mijn borst en stap snel door, verlangend naar een warm bed. Tot mijn opluchting start de wagen meteen. Het zou niet de eerste maal zijn dat hij er de bui aan geeft en ik wil Jabar niet weer een excuus geven om aan mijn kop te zeuren. Het afgelopen jaar probeerde hij verwoed een degelijke wagen voor me te kopen. Een Mercedes of Volkswagen. Nee, bedankt. Stijlvolle, dure wagens passen niet bij mijn zelfbeeld.

Ik draai meteen de verwarming aan, maar het duurt nog een hele poos eer de motor opgewarmd is. De eerste kilometers breng ik klappertandend door. Om de twintig minuten naar huis wat aangenamer te maken zet ik de radio aan. Een van mijn favoriete nummers verdrijft mijn vermoeidheid toch een beetje. 'Eden' van Hooverphonic. Ik zing mee en laat de snelheid oplopen tot een redelijk acceptabele honderddertig kilometer per uur.

Jabar zou me een zoveelste boete niet in dank afnemen en ik heb het de laatste tijd al te gortig gemaakt. Ik vind het zalig om op snelwegen te rijden die zo goed als verlaten zijn. Daarom vind ik het niet erg om midden in de nacht te rijden, hoewel ik absoluut geen nachttype ben.

Ik neem de afslag naar Jabbeke en niet veel later rijd ik de residentiële wijk in waar ik woon, Flaminckapark.

Er staan alleen maar gigantische kasten van huizen met tuinen waar menig stadspark jaloers op zou zijn. Zo ook het huis van Jabar Tahon, mijn adoptievader.

Ik kon het als vondelinge slechter getroffen hebben. Met de afstandsbediening open ik een van de twee smeedijzeren hekken en rijd de lange oprijlaan op. Links van de oprijlaan ligt een vijver met een eilandje middenin en rechts mijn favoriete boom, de treurwilg. Onder die boom zit ik vaak wanneer ik pieker of me niet lekker voel. De parapluachtige kruin geeft een beschermend gevoel en ik voel me naderhand altijd beter. Een gedachte die me op zo'n moment opbeurt, is dan bijvoorbeeld: lichtblauwe hemels en groene boomkruinen, meer moet er niet zijn om gelukkig te zijn. Waar het op slaat, weet ik niet, het geeft me alleen een goed gevoel.

Enkele meters voorbij de treurwilg staat de helikopter van Jabar.

Ooit was dit een koetshuis waar de paardenkoetsen van het kasteel verderop in ondergebracht werden. Maar begrijp me niet verkeerd. Nadat het bewoonbaar gemaakt werd, is het met zijn zes slaapkamers, vier badkamers, twee woonkamers en bibliotheek niet echt meer een stal te noemen.

Er brandt nog licht in de woonkamer, wat betekent dat Jabar me opwacht. Het maakt niet uit of ik hem al op de hoogte heb gebracht van de hopelijk succesvolle uitkomst van de opdracht en op weg ben naar huis. Tot ik in mijn bed lig, zal hij niet gerust slapen.

Een tweede knop op de afstandsbediening opent een garagepoort. Ik parkeer de wagen en stap uit. Tussen de garage en de woonkamer ligt de keuken, ingericht met eikenhouten kasten en een ronde eettafel in het midden.

Ik heb een ontzettende dorst en neem een glas uit een kast. Terwijl ik het vul met water uit de kraan, komt Jabar binnen.

Hij is langer dan ik, ongeveer twintig centimeter en heeft een uiterlijk dat je meteen tot respect dwingt. Schouderlang zwart haar, dat hij al zolang ik me kan herinneren in een staartje draagt. Zijn kledingstijl is sober maar stijlvol: een eenvoudige jeans en effen gekleurd overhemd, vanavond in hardroze. Hij is een elf en honderdvijftig jaar oud of in mensenjaren vijftig. Zijn voorouders stammen uit een Aziatisch land, wat weerspiegeld wordt in zijn schuinstaande, donkere ogen en crèmekleurige huid.

Jabar heeft veel geduld, oneindig veel meer dan ik. Het lijkt alsof hij daar relaxed staat met zijn handen in de zakken, leunend tegen de deurpost, maar ik weet dat hij brandt van nieuwsgierigheid. Dat laatste is een trekje dat, volgens Diedie, de meeste elfen bezitten. Ik draai me naar hem om en neem een slok water.

'Alles is goed gegaan,' zeg ik.

'Geen getuigen?'

'Nee. Hij was gelukkig thuis.'

'Goed zo.'

Ik wip op het aanrecht en laat mijn benen bungelen. 'Hij deed het om aan geld te raken om drugs te kopen.'

Emoties zijn niet eenvoudig af te lezen van zijn gezicht, maar ik ken hem. Het optrekken van één wenkbrauw geeft al aan dat hij van deze mededeling onder de indruk is.

'Drugs?'

'Jup.' Ik drink het glas leeg en zet het in de spoelbak. 'Ik denk wel dat hij de boodschap begrepen heeft. Hij brengt het geld terug.'

'Prima.'

'Het zou gemakkelijker zijn als we de politie op types als hem konden afsturen.'

'Gemakkelijker, ja.'

'Ik weet het. Het risico dat een gave ontdekt wordt, is groter wanneer een anderssoort door de politie ondervraagd zou worden of in de gevangenis terecht zou komen.'

'Precies.'

Zo verlopen de meeste van onze gesprekken. Ik lijk verdorie op een spraakwaterval in zijn buurt.

'Ben je moe?' vraagt Jabar.

Ik trek mijn schouders op. 'De rit heeft me weer wakker gemaakt.'

'Ga toch maar naar bed. Morgen moet je werken.'

Ik zucht diep.

'Het is je eigen keuze, Manon,' zegt hij op zachte toon.

Ja ja, ik weet het. Ik ben stom en koppig. Volgens Jabar hoor ik niet te werken, aangezien ik al werk voor hem. Maar het op de vingers tikken van anderssoorten zie ik niet als een volwaardige baan. Hoe moet ik het bovendien verklaren aan anderen? O ja, ik werk, hoor, maar het is geheim werk.

Ik laat me van het aanrecht zakken. 'Ik moet toch ergens geld mee verdienen?' Het komt er harder uit dan bedoeld.

'Ik kan je betalen voor de opdrachten,' oppert Jabar.

'Ik wil ook een echte baan,' zeg ik scherp. 'Een baan waar ik over kan praten met anderen.'

'Oké.'

Ik loop hem voorbij de woonkamer in en plof neer op een blauwe chesterfield bank. De openhaard smeult nog een beetje na, zodat de warmte me algauw een loom gevoel geeft. Jabar gaat in de fauteuil zitten.

De woonkamer is zo groot als een tweekamerflat. Er staat een drie meter lange antieke eettafel met stoelen rondom waarvan het leer hier en daar ouderdomsbarsten vertoont. Verder nog een blinkend zwarte vleugelpiano waarop ik wanhopig probeer te spelen. Tot ongenoegen van Jabar krijg ik er niet veel deftige noten uit, ondanks de vele privélessen waarmee ik opgegroeid ben. Aan de ene kant van de woonkamer, die minstens vijf meter hoog is, zijn er drie grote koepelvormige ramen met zware, donkerrode gordijnen die uitkijken op een stuk van de tuin waar de helikopter, een Robinson R22, en een immens standbeeld van Miguel Ortiz Berrocal staan. Dat beeld is mijn favoriete werk van Berrocal. Aan de andere kant van de woonkamer zijn er openslaande ramen die uitkijken op de rest van de gigantische tuin. Overal hangen dure olieverfschilderijen van Vlaamse en Nederlandse meesters. Bij een deur die naar de zolderruimte leidt, staat een twee meter hoge oude schildersezel waarop nog steeds een van mijn eindejaarswerken van de kunstacademie geëtaleerd staat. Een olieverf van een naakt vrouwelijk model.

'Slaapmutsje?' vraagt Jabar.

Ik schud mijn hoofd.

'Hoe was het met Tony?'

Ik glimlach. 'Volgens mij vond hij de New Yorkse vrouwen te eigengereid.'

'Iedere vrouw die nee tegen hem zegt, is eigengereid.' Jabars mondhoeken krullen lichtjes omhoog, zijn manier van lachen.

Dat brengt me op het volgende.

'Ik vind die nieuwe contactpersoon in New York, Selena, niet erg aangenaam in de omgang.'

Jabar staart me een poosje aan en ik wil het net herhalen, denkend dat hij het niet goed begrepen heeft, wanneer ik merk dat er een groene waas in zijn ogen verschijnt.

'Welke nieuwe contactpersoon?' vraagt hij.

Ik krijg het plots ijskoud. 'Selena? Een vamp?'

'Dit is ernstig.'

'Wat is ernstig?' Mijn stem schiet de hoogte in.

Jabar staart in de kleine vlammen en over zijn anders zo serene gezicht hangt nu een duistere gloed. 'Er is geen nieuwe contactpersoon.'

# 5

De zolder van het koetshuis beslaat de hele bovenste verdieping en is zo ruim dat je er gerust twee grote gezinnen in kan onderbrengen. Jabar had er andere plannen mee.

In de ene helft staan er drie computers, een pingpongtafel en een originele Wurlitzer jukebox. Diedie is namelijk gek op pingpong, ze meent dat het haar spieren laat werken na uren achter de computer zitten.

De Wurlitzer is mijn speeltje. Hij zit vol met originele singles. Muziek vanaf de jaren zestig tot de jaren negentig, allerlei genres door elkaar. Ik ben dagen bezig geweest om de singles te labelen en van etiketten te voorzien die overeenkomen met de plaats van de single.

Aan de ene wand staan er ingebouwde witte kasten die volgepropt zitten met boeken, strips en dossiers. Ik heb er voor de sfeer enkele planten neergezet die weinig daglicht nodig hebben, aangezien er slechts twee dakraampjes op de zolderverdieping aanwezig zijn.

In de andere helft van de zolder krijg ik gevechtstraining en hangt er een bokszak aan het plafond. Er hangen aan de ene wand allerlei 'wapens', van lange stokken die zwaarden moeten voorstellen tot aan korte voor het oefenen in het ontwapenen van pistolen. Aan de muren prijken nog steeds posters uit mijn tienerjaren van de Spice Girls. Ik moet ze nodig eens weghalen. Ook hier zijn er slechts twee dakraampjes. Verder is de ruimte kaal.

Daarnaast zijn er op de zolderverdieping nog twee kamers waarvan de ene door Diedie wordt gebruikt en die ruim genoeg is voor een slaapkamer en woonkamer in één. Aansluitend heeft ze haar eigen badkamer.

Een trapje naar beneden brengt je uiteindelijk naar de meditatiekamer.

Jabar gaat meteen achter een computer zitten en neemt contact op met Ben, zijn connectie in New York. Ik ga achter hem staan en volg zijn getik op het toetsenbord. God, ik kan mezelf wel voor mijn kop slaan dat ik zo stom ben geweest!

'Het spijt me, Jabar,' begin ik mijn verontschuldigingen. 'Ze zei dat Ben met pensioen was en dat zij de nieuwe contactpersoon was.'

Jabar wuift met zijn hand, maar blijft het scherm aankijken. 'Je kon het niet weten.'

'Ik had achterdochtiger moeten zijn. Soms ben ik zo stom naïef en goedgelovig!'

'Je bent nog jong. Je leert het wel.'

Ben verschijnt op het scherm. Ik heb hem slechts eenmaal eerder ontmoet, maar toch is het mij overduidelijk dat er iets aan de hand is. Hij wrijft met zijn ene hand over zijn hoofd, alsof daar een bult zit en trekt pijnlijke grimassen.

'Jabar,' zegt hij. 'Er is me iets overkomen.'

'Dat vermoeden had ik al,' zegt Jabar zacht. 'Gaat het?'

'Het is niet iets wat ik niet kan overleven, maar ik denk dat ik toch maar een dokter opzoek. De klap op mijn hoofd was behoorlijk hard en met een stomp voorwerp. Ze heeft me ook nog gedrogeerd. Ik ben net een vijftiental minuten wakker en ik sterf van de honger. Ik ben verdorie bijna twee dagen onder zeil geweest!'

Ben is een duivel met hoogblond haar en een haast onzichtbare snor. Zijn gezicht lijkt op een landkaart bestaande uit rimpels waar ravijnen nog jaloers op zouden zijn.

'Heb je gezien wie het was?'

'Een vrouwelijk exemplaar met bruin haar. Ik vermoed een vampier, want ze was behoorlijk sterk.'

Jabar knikt. 'Kan kloppen. Manon heeft haar ontmoet. Ze deed zich voor als de nieuwe contactpersoon in New York.'

'Verdomme. Niet te geloven. Alles goed met Manon?'

Ik ga voor de webcamera staan en wuif. 'Behalve een gekwetst ego ben ik in orde.'

'Gelukkig,' zucht Ben. 'Ze heeft in mijn computer ingebroken en onze berichten onderling gelezen. Daarom wist ze waar, wanneer en wie er zou verschijnen in New York.'

'Ik vraag me af waarom. Ze heeft Manon niets aangedaan en haar netjes bij die duivel afgezet en weer naar het vliegveld gebracht.'

'Ze wist zelfs dat mijn favoriete wapens een Glock 17 en een ploertendoder zijn,' voeg ik eraan toe.

'Eigenaardig in het minst,' beaamt Ben. Hij gooit een aspirine in zijn mond en slikt die door met water. 'Het hele gedoe heeft haar uiteindelijk niets opgeleverd.'

'Niet waar wij van weten, nee.'

'Het was haar dus niet om mij te doen?' vraag ik.

'Misschien,' antwoordt Ben. 'Op het eerste zicht niet, maar wie weet.'

'Hoe kon ze dan weten dat Manon überhaupt naar New York zou gaan?' meent Jabar.

Ik zie aan de frons op zijn voorhoofd dat hij zijn hersens pijnigt. Het is een vreemde situatie, ik kan er eveneens geen touw aan vastknopen.

'Misschien hebben we een hacker die jouw computers in de gaten houdt,' oppert Ben. 'Laat Diedie er eens naar kijken.'

'Zal ik doen. Ben?'

'Ja.'

'Je weet wat dit betekent?'

'Ja, er zit een verrader in ons midden.'

Er zijn niet veel anderssoorten die op de hoogte zijn van onze werkzaamheden. Diedie, Jabar, Oded, Tony en ik in België en verder één contactpersoon in de grote of meest bevolkte steden. Jabar kent ze allemaal en ik weet dat hij het onmogelijk acht dat er een verrader tussen zit. Hij heeft ze een voor een uitgebreid gescreend, hun persoonlijkheid en verleden ontleed met chirurgische precisie. Bovendien worden ze royaal beloond en dat enkel om de nieuwsberichten en roddels in het land in de gaten te houden, zoekend naar indicaties dat een anderssoort zijn boekje te buiten gaat. Wanneer ik hun land aandoe, rijden ze me rond en bezorgen me de nodige wapens. Meer hoeven ze meestal niet te doen.

'Wees voorzichtig,' zegt Jabar tegen Ben.

'Jullie ook. Intussen houd ik hier de boel in de gaten. Is het wel gelukt met die duivel, Manon?'

'Ja, dat is prima gegaan. Morgen moet je even checken of hij inderdaad het geld teruggebracht heeft.'

'Komt in orde. Ik laat het je weten.'

Dan valt me opnieuw iets te binnen.

'Ik kreeg wel de indruk dat Selena, die vamp, me aan het uithoren was. Ik heb jouw naam genoemd, Jabar.'

Jabar kijkt naar me op, gelukkig niet beschuldigend. 'Maak je geen zorgen, Manon, we lossen het op. Nog iets anders gezegd?'

Ik bijt op mijn onderlip en schud mijn hoofd.

'Manon?'

'Nee, zeker niet.'

'Goed.'

Al eeuwen heeft de familie van Jabar erover gewaakt dat de anderssoorten in het geheim tussen de mensen kunnen vertoeven. Overgeleverd van ouder op kind. Waarom precies de familie van Jabar is ook voor hem een raadsel. Hij veronderstelt dat zijn voorouders ooit een plechtige belofte deden dat zij die taak op zich zouden nemen omdat ze altijd al erg rijk, machtig en invloedrijk geweest zijn. Toen Jabar me eindelijk, na jaren training, klaar voor de taak achtte, liet hij de actieve kant aan mij over.

En nu heb ik, een stomme meid die niet eens bloedverwant is van Jabars familielijn, er misschien voor gezorgd dat alles aan het licht komt. Ik zal het mezelf nooit vergeven als het uit de hand loopt.

Jabar ziet mijn gekwelde blik en legt zacht een hand op mijn arm. 'Manon, we lossen het op. Werkelijk.'

Hij kijkt me zo zelfverzekerd aan dat ik hem wel moet geloven. Maar het kost me behoorlijk wat moeite.

'Ja,' zeg ik uiteindelijk.

'Het kon ieder van ons overkomen, Manon, ieder van ons,' voegt Ben eraan toe en knipoogt.

'Ben, je moet wel zo snel mogelijk verhuizen. En Manon?'

'Ja?'

'Morgen je mobiele nummer veranderen.'

'Oké.'

'Dan ga ik nu een dokter opzoeken en tien hamburgers opvreten,' zegt Ben. 'Mijn hoofd staat op ontploffen. Tot morgen.'

We sluiten de computer af.

'Gaat het?' vraagt Jabar.

Ik knik. 'Zou je het me kwalijk nemen als ik de boel verprutst heb?'

'Heb ik je ooit iets kwalijk genomen?'

'Nou.' Ik trek een grimas. 'Herinner je je nog toen ik vijf was en we naar de kinderboerderij gingen? Je vond het niet zo leuk toen ik al je kruiden geplukt had zonder dat je op de hoogte was en ze bovendien aan de geiten voerde.'

Jabar glimlacht. 'Maar was ik boos?'

'Het is nooit aan je te zien dat je boos bent,' zeg ik grinnikend. 'Maar ik kreeg die dag geen ijsje en dat zei genoeg.'

'Als er iets verkeerd loopt en jij de schuld onterecht op je neemt, dan mag je voor mijn part jezelf straffen door jezelf een ijsje te onthouden.'

'Hm, ijsjes zeggen me toch niet veel meer.'

'Geen chocolade voor een week dan,' zegt hij op quasi strenge toon.

'Ha nee, hè. Dat niet.'

'Ik zal jou nooit iets kwalijk nemen, Manon, laat dat duidelijk zijn.' Ik hoor dat hij dat wel meent. 'Laten we naar bed gaan.' Jabar staat op. 'Ik laat zo snel mogelijk Diedie de computers checken en misschien is er helemaal niets aan de hand.'

Ik knik en zoen hem welterusten. Met hangende schouders druip ik af naar mijn slaapkamer. Ik weet nu al dat het een woelig nachtje wordt.

# 6

De volgende morgen heb ik absoluut geen zin om naar het café te gaan waar ik werk. Maar als ik een redelijk normaal leven wil voorhouden, moet ik wel. Afgelopen nacht was een hel waarin de schuldgevoelens met extreme golven over me heen gegooid werden en ik mezelf zo vaak vervloekt heb dat ik van geluk mag spreken ooit nog in de hemel terecht te komen. Niet dat ik erin geloof, maar goed, je weet maar nooit.

Ik neem een snelle, koude douche en trek een makkelijke jeans en witte bloes met franjes aan. Met een beetje mascara en lipgloss ben ik klaar voor de dag. Jammer genoeg moet ik mijn wapens achterlaten. Ik voel me zoveel beter mét, maar ik ben er dan ook mee opgegroeid en leerde al schieten toen ik elf jaar oud was.

Ik slenter naar de keuken waar de heerlijke geur van koffie me tegemoetkomt.

Diedie, zoals meestal in een eenvoudige stretchbroek en zomers truitje, staat fluitend aan het fornuis eitjes te bakken.

'Goedemorgen,' mompel ik en ga aan de keukentafel zitten.

Diedie draait zich om en glimlacht me breeduit toe. 'Goedemorgen, zonnestraaltje. Koffie?'

'Minstens een halve liter,' kreun ik. Ik leg mijn hoofd op mijn armen op tafel.

'Ik heb de computers gecheckt,' zegt ze.

'En?'

'Niets aan de hand. Geen spoor te vinden van hackers.'

Het volle kopje wordt voor me neergezet. Langzaam hef ik mijn hoofd op en neem een slok.

'Ben je daar echt zeker van?'

'Lieverd, ik ken computers net zo goed als magie.'

Het is zo. Niet alleen is Diedie een fantastische huishoudster en een krachtige heks, maar daarbovenop een uitstekende computerkenner. Als die dingen, waar ik weinig van snap, levend zouden zijn, zou Diedie er een huwen.

'Ik ben zo stom geweest,' zeg ik mat.

'Je leert van je fouten. Zo gaat dat in het leven.' Diedie draait zich om naar het fornuis en strooit wat peper op de omeletten.

'Waar is Jabar?'

'In de kruidentuin, zoals meestal. Hij kan daar het beste nadenken.'

Diedie neemt een bord uit de kast en schuift er de omelet op die ze voor mijn neus zet.

'Eet op,' gebiedt ze me. 'Je moet nog een hele dag werken en ik denk niet dat je veel geslapen hebt vannacht.'

Ze legt ook nog twee toastjes op mijn bord.

'Is het zo duidelijk?' vraag ik.

'Schatje, ik ken je al van toen je voor de deur gedropt werd. Iedere minieme verandering in je toestand ken ik op mijn duimpje.'

'Kan je niet een of andere magische formule op me loslaten zodat de vermoeidheid verdwijnt?' Ik zucht diep, want ik ken het antwoord al.

'Nee, liefie, dat doe ik niet en dat weet je. Heksen gebruiken hun magie enkel in het hoogstnodige geval. We moeten geen slapende honden wakker maken.'

'Nee, alleen mijzelf wakker maken, is genoeg.' Ik grijns.

'Eet nou maar je omelet op.' Ze begint de vaatwasser leeg te ruimen.

Ik gehoorzaam en neem een hap van de overheerlijke omelet met koriander en fijngesneden uitjes. Diedie is een echte moederkloek. Niet alleen in gedrag, maar ook in uiterlijk lijkt het wel. Ze heeft een klein, mollig postuur, warmrode haren en een rond, blozend gezicht dat er ondanks haar vijfenzestig jaar nog glad en jong uitziet.

Zonder een degelijk ontbijt dat ik volledig op moet eten, laat ze me toch niet gaan. Geloof me, ze kan me tegenhouden zonder me aan te raken, enkel met woorden. Daar ben ik weerloos tegen, zelfs met mijn uitgebreide praktijkervaring van verdediging en gevecht-sporten.

Wanneer mijn bord leeg is, komt ze het weghalen en zoent me op mijn kruin.

'Jabar is echt niet boos op je. Hij begrijpt dat je een beginneling bent en nog veel moet leren.'

*Auw.* Lief van haar, maar anderzijds voel ik me daardoor ontzet-tend klein. Het was niet mijn eerste opdracht en ik dacht verdorie toch echt dat ik het nu wel aankon zonder fouten te maken.

'Dank je, Diedie.'

'Graag gedaan, liefie. De spreuk die je hersens afschermde voor telepathie en manipulatie is trouwens opgeheven.'

'Voor mijn part mocht die blijven zitten. Hij werkte uitstekend.'

'Natuurlijk werkte hij uitstekend, maar het is nooit goed om al te lang met magie in je lijf rond te lopen, lieverd.'

'Dacht ik al.'

'Iets wat niet in je lichaam hoort, heeft altijd zijn gevolgen.'

'Krijg ik opeens een derde oog dan?'

Diedie kijkt eerst geschokt en grinnikt dan. 'Gekkerd. Maar het kan zijn dat je de hele dag naar het toilet moet.'

Nu ben ik degene die geschokt kijkt.

'Grapje,' zegt ze dan met een knipoog. 'Als jij het kan, kan ik het ook.'

'Ha ha ha.'

'Dat je zo moe bent, is waarschijnlijk het gevolg van de magie.'

'Als dat het maar is. Hoelang duurt het?'

Ze haalt haar schouders op. 'Hooguit een dag.'

'Oké, dat moet dan maar. Je hebt een heerlijke omelet bereid, Diedie.'

Ze glundert, zoals altijd wanneer iemand haar kookkunsten prijst.

'Mijn programma begint zo.' Ze stopt het laatste vuile bord in de vaatwasser en klapt hem dicht. 'Tot vanavond.'

Diedie en haar eeuwige soapseries. Momenteel is ze helemaal verknocht aan 'The Bold and the Beautiful'. Ik vind het maar een stompzinnig en saai gedoe, maar zij houdt ervan en mist zelden een aflevering.

De koffie is intussen lauw geworden, zodat ik enkele kopjes na elkaar binnengiet. Ik raap mijn restje energie bij elkaar, zet het lege kopje in de spoelbak en loop de tuin in.

Een beetje weemoedig kijk ik naar de vijver met het eilandje. Hoe vaak heb ik hier niet in gezwommen als kind? Dan deed ik alsof ik een drenkeling was die op het eilandje aangespoelde. Samen met Oded heb ik zelfs ooit een vlot gebouwd van planken en oude vaten. Ik zie Oded nog steeds aan de kant staan en lachen om mijn toneelstukjes. Zoals die keer toen ik het vlot liet schudden en het uitgilde omdat ik deed alsof er een haai onder zat. Die onbekommerde kinderjaren zijn voorgoed voorbij.

Langs de vijver kom ik uit bij het tuinhuisje waarnaast de kruidentuin ligt. Jabar zit op zijn knieën onkruid te wieden. Als elf heeft hij de gave om de natuur te beïnvloeden. Niet alleen de flora, maar ook alle diersoorten. Van insecten tot aan olifanten, vogels en reptielen. Daarnaast kan hij het weer manipuleren: mist laten verschijnen, de wind van richting laten veranderen, plaatselijke stortbuien, en meer van dat. Hij gebruikt zijn gave echter niet om onze gigantische tuin te onderhouden, hij houdt namelijk van de uitdaging. Gelukkig heeft hij groene vingers.

Ik weet niet zoveel van kruiden en vergeet vaak de namen, hoe vaak Jabar ze me ook verteld heeft. Er zijn er slechts een paar die me bijblijven door de bijzondere bladvorm of zijn eigenschappen. De Vrouwenmantel, waarvan gezegd wordt dat de ochtenddauw op de bladeren de huid eeuwig jong houdt, doet het goed, zie ik. Verder ken ik enkel Duizendblad met zijn piepkleine blaadjes en Moederkruid, omdat ik de naam zo lief vind.

Jabar heeft niet in de gaten dat ik vlak achter hem sta. Tussen groen gebladerte kan hij zichzelf zodanig verliezen dat hij niet eens zou merken dat de wereld om hem heen vergaat. Ik houd ervan hem bezig te zien en kijk even genietend toe hoe zijn handen wroeten in de aarde. Hij graaft een kuiltje, propt er wat mest in die hij uit onze eigen biobak gehaald heeft en stopt er dan voorzichtig een plantje in. Iedere plant wordt met evenveel zorg en liefde aangeraakt en behandeld. Het zijn net zijn kindjes.

'Jabar,' zeg ik zacht zodat hij niet opschrikt.

Hij kijkt naar me op. 'Manon, goedemorgen.'

'Ik ga naar Tempus Fugit.'

'Doe Oded de groetjes en zeg hem dat ik nog een goede whisky staan heb die we eens soldaat moeten maken.'

'Oké, ik zal het hem doorgeven. Nog iets?'

'Nee, niet waar ik zo meteen op kan komen.'

'Diedie vertelde me dat ze geen sporen van een hacker gevonden heeft.'

Jabar komt zuchtend overeind en klopt de aarde van zijn broek af. 'Ja, het blijft een eigenaardige zaak waar vast nog een staartje aan komt.'

'Dat denk ik ook,' zeg ik en wend schuldbewust mijn blik af. 'Het voelt als een donkere wolk die boven me hangt en elk moment kan de regen eruit losbarsten.'

Jabar kijkt me intens aan. 'Manon, die Selena had Ben overmeesterd en was al aan de nodige gegevens gekomen. Daar had jij niets mee te maken.'

'Ik had niet zomaar moeten aannemen dat zij de nieuwe contactpersoon was.'

'En dan? Wat had je dan gedaan?'

Ik trek mijn schouders op. 'Ik had haar uit kunnen horen.'

'Luister, je hebt de opdracht volbracht en wat er verder komt, dat zien we dan wel weer.'

Hij legt zacht een hand op mijn wang en kijkt me liefdevol aan. 'Missen is menselijk.'

*Prima, alleen ben ik niet volledig menselijk.*

'Dat weet ik ook wel.'

'Nou dan. De volgende keer zal je het niet zo gauw aannemen, dus je hebt ervan geleerd.'

'Ehum.'

'Kijk wel goed uit, oké?'

Ik knik.

Dan draait Jabar zich om, bukt en gaat verder met zijn bezigheden. 'Hoe laat ben je klaar?' vraagt hij nog.

'Rond acht uur, denk ik.'

'Goed. Niet te veel piekeren, Manon, dat heeft geen nut.'

'Ja, Obiwan.'

Ik loop naar de garage en stap in mijn wagen.

## 7

Tempus Fugit, het café van Oded, ligt in Oostende aan de Van Iseghemlaan. Oded is Jabars beste en oudste vriend. Ik heb begrepen dat ze samen gevochten hebben in Normandië en dat alleen al kweekt een band die onverbreekbaar is.

Ik neem dezelfde weg terug als vannacht en kom binnen de twintig minuten in het centrum aan. Enkel in de vakantieperioden wordt de route tussen Jabbeke en Oostende druk bereden door toeristen, verder is het meestal rustig.

Het is een prachtige lentedag en de wolkeloze hemel vrolijkt mijn humeur toch een beetje op. "What's that sound" van Lamb doet de rest, zodat ik met een glimlach mijn auto parkeer voor de deur van Tempus Fugit. Ik leg de bewonersparkeerkaart duidelijk in het zicht achter de voorruit, haal mijn vingers door mijn haar en stap uit.

Het café is nog niet open, dus gebruik ik mijn sleutel.

Oded staat achter de bar glazen op te poetsen. Tempus Fugit is op het eerste gezicht een normaal café, gezellig ingericht met donkerhouten meubels en zachte fauteuils. De muren zijn behangen met memorabele souvenirs van Oded die hij door de jaren heen verzameld heeft. Oude nummerborden en pamfletten, gesigneerde posters van beroemdheden van de jaren veertig, grappige prentjes en zo meer.

Oded is een duivel en honderdzevenentwintig jaar oud, wat in mensenjaren ongeveer tweeënveertig is.

Het café staat erom bekend de grootste en meest exclusieve whiskycollectie te hebben van België; mensen van allerlei niveaus en van heinde en verre komen hierheen om ze te proeven.

'Hoi Oded.' Ik haast me meteen achter de toog, dump er mijn portefeuille en autosleutels en geef hem een zoen. Piep de rat, die

Oded overal en altijd meezeult in het borstzakje van zijn shirt, krijgt een aai over zijn kopje.

'Hey, Manon. Ruige nacht achter de rug?' Oded kijkt me met guitige oogjes aan. Zijn donkerblonde, volle haarbos piekt zoals gewoonlijk alle kanten op.

Ik zucht diep. 'Ik denk dat ik vandaag maar een ander uiterlijk aanneem. Ik zie er blijkbaar echt niet uit.'

'Nah, ik pest je maar wat. Trouwens, wat zouden de klanten denken? Dat ik een nieuwe serveerster heb aangenomen, terwijl jij zo verdomd goed was?' Oded glimlacht en plaatst de glazen in de kast achter hem.

We hebben in het begin afgesproken dat hij de meest gebruikte glazen en flessen laag zet, want met zijn twee meter lengte kan hij er dan wel bij, maar ik niet.

'En een betere serveerster vind je nooit meer.'

Ik neem de vaatdoek en met een knipoog loop ik op de ronde tafeltjes af om ze schoon te wrijven. 'De opdracht gisteren was trouwens in New York.'

'New York? Leuk! Geschifte stad bewoond door een stelletje stressbavianen. Nog wat van de omgeving gezien?'

Ik grijns hem toe. 'Je kent me toch, zo snel mogelijk weer naar huis.'

'Meisje toch, hoe kan je dan iets zien van de wereld?'

'Ik ben nog jong. O, zeg, mag ik vanmiddag even vlug naar de telefoonwinkel om een nieuw nummer?'

'Natuurlijk.' Oded kijkt me even peilend aan, maar vraagt niet verder. Gelukkig, ik wil mijn blunder niet nog eens oprakelen.

Ik neem de asbakken die op de bar staan en plaats er een op elke tafel. Als het zover komt dat roken verboden wordt in cafés, dan weet ik nu al dat Oded er zich niet aan zal houden. Als verstokte roker zal hij het niet pikken dat de overheid zich bemoeit met wat er gebeurt in zijn zaak. Hij zal vast zoiets zeggen als: 'Ik heb gevochten in de Tweede Wereldoorlog en was in Normandië. Ik heb mijn bijdrage geleverd en nou moeten ze me met rust laten.' Alleen voegt hij er dan nog een stel gepeperde scheldwoorden bij.

Ik grinnik wanneer ik eraan denk.

'Wat is er? Mag ik meedoen met het binnenpretje?' vraagt Oded.

'Ga je gehoorzamen als ze het roken verbieden in cafés?'

Zijn gezicht staat gelijk op onweer. 'Ben je gek? Van mijn leven niet! Ik heb godverdomme gevochten...'

Gelijktijdig met hem vul ik de rest aan: 'In de Tweede Wereldoorlog.'

'En...' Hij kijkt me aan en schiet in de lach. Ik ook.

Het doet deugd hardop te lachen en algauw rollen de tranen over mijn wangen.

'Je kent me te goed, Manon,' grinnikt hij nog na en steekt gelijk demonstratief een sigaret op.

'Zeg, Oded?'

'Ja?'

'Duivels hebben toch een hekel aan drugs?'

'Normaal gezien wel, ja. Waarom?'

'Die duivel in New York beweerde dat hij geld nodig had om drugs te kopen.'

'Het zou kunnen natuurlijk. Je hebt in alles wel uitzonderingen.'

'Ja, dat zal wel. Je hebt weer een leuk shirt aan trouwens.'

Oded bekijkt zijn hawaïhemd alsof hij hem voor het eerst ziet en glundert. 'Gevonden in die tweedehands winkel op de Nieuwpoortsesteenweg.'

Op Oded kan je wel vertrouwen, hij verandert amper. Ik kan me zo voorstellen dat zijn kast uitpuilt van de hawaïhemden met allerhande patronen en kleuren en katoenen broeken.

Ik zet de stoelen wat ordelijker en de eerste twee klanten komen binnen. Met hun maatkostuum en stropdas doen ze me vermoeden dat het zakenlui zijn die hun middagaperitiefje komen drinken. Ze nemen plaats en bestellen elk een Glenmorangie The Lasanta. Prima keus. Na twee jaar weet ik best welke whisky's goed zijn en welke minder.

Ik ga achter de bar staan en ruim een beetje op. Oded is intussen de drank aan het aanvullen. Hoewel ik de twee heren niet echt in de gaten houd, voel ik hen toch af en toe naar me kijken. Maar telkens wanneer ik opkijk, lijken ze druk in gesprek en geen acht op me te slaan. Misschien beeld ik het me wel in. Tenslotte ben ik moe en is mijn hoofd niet al te helder. En mogelijk hebben de afgelopen gebeurtenissen me paranoia bezorgd. Nou ja, dat is niet slecht. In mijn soort werk is dat beter dan te goedgelovig.

Ik moet nodig naar het toilet en loop voorbij het tafeltje van de zakenlui. Ze zitten met hun gezichten dicht naar elkaar toe gebogen alsof ze de grootste geheimen bespreken. De ene, met een neus waar een olifant nog jaloers op zou zijn, kijkt me steels aan en legt de ander met een *sshhh* het zwijgen op.

Oded ziet dit gebeuren en fluistert me in het voorbijgaan grijnzend toe: 'Je hebt prijs.'

Ik trek mijn neus op. 'Liever niet van die twee, dank je.'

In het toilet bekijk ik mezelf wat beter. De wallen onder mijn ogen en mijn futloze stomme haar zijn nu niet echt mannenlokkers vandaag. Maar ah, misschien zijn de heren niet zo kieskeurig en verleiden ze allès wat maar enigszins beweegt en vrouwelijke vormen heeft.

Ik was mijn handen en plens water in mijn gezicht, ijdele hoop om de wallen te verdrijven.

Wanneer ik het café inkom, zijn de heren verdwenen. Gelukkig, ik vind het oervervelend als iemand me uitnodigt voor een date en ik die moet afwijzen. Het is moeilijk met mijn bijbaan en het feit dat ik een anderssoort ben om een relatie met een mens aan te knopen. Eigenlijk om een relatie met wie of wat dan ook te beginnen. Ik ben bang dat ik als oude vrijster alleen achterblijf op het grote domein, samen met Diedie en Jabar.

Ik ruim de tafel van de twee heren af en spoel de glazen om. Met de fooi die ze achtergelaten hebben, kan ik nog niet eens een zuurtje kopen. *Vrekken!*

De verdere middag is het relatief rustig zodat het geen probleem vormt wanneer ik even wegglip om mijn telefoonnummer te veranderen. Het is eigenaardig, maar ik ben veel meer op mijn hoede. Die dreigende donkere wolk voel ik tot in mijn zenuwuiteinden en het houdt mijn hersens scherp en mijn blik oplettend.

Terwijl ik wacht om geholpen te worden in de telefoonwinkel, voel ik dat iemand me bekijkt. Ik draai me met een ruk om naar het raam en laat ik nou niet meteen flippen, zeg! De ene man, met zijn dikke neus, staat me aan de overkant van de straat te begluren! Ik retourneer een venijnige blik en met snelle passen verdwijnt hij een zijstraat in. Zo, die zat. Mij een beetje bespioneren. De durf!

Ik vertel het later aan Oded en hij raadt me aan om het vanavond zeker aan Jabar en Diedie mee te delen.

'Ik denk nu niet meer dat het louter interesse voor je vrouwelijkheid is,' zegt Oded. 'Misschien is er meer aan de hand.'

'Dat begin ik ook te vermoeden,' zeg ik. 'Ik vond het al raar dat hij mijn wallen aantrekkelijk vond.'

De verdere avond zijn we te druk bezig met het bedienen van klanten, zodat ik niet meer de tijd heb om na te denken over het hele voorval. Ik blijf nog wat langer doorwerken om Oded uit de brand te helpen. Rond negen uur komt er een figuur binnen, geheel in het zwart gekleed. Zijn haar is glanzend zwart en lijkt al het licht uit de ruimte op te slorpen. Met zelfverzekerde tred loopt hij op de bar af en gaat zitten op een kruk, zijn lange zwarte jas netjes achteruit draperend.

Hij is niet bijzonder knap, maar heeft een gezicht dat je nooit meer vergeet. Zoals een puzzel die je blijft intrigeren. Ik heb moeite mijn blik van hem los te rukken. Hij heeft het in de gaten en glimlacht me toe. Ik glimlach haperend terug en loop op hem af.

'Zeg het maar.' Goed zo, ik heb mijn stem onder controle.

'Ik heb gehoord dat jullie uitstekende rum hebben.' Zijn stem klinkt warm en uitnodigend.

'Ja, zeker. Maar we hebben nog betere whisky. Alleen cognac doen we niet aan, dat vindt de baas een overgewaardeerd drankje.'

'Ik ben het helemaal met hem eens.'

Zijn blik is zo indringend dat ik mijn benen slap voel worden. Ik moet hem maar snel bedienen en dan wegwezen voordat ik begin te kwijlen. 'Wat voor rum had je gewild?'

'Weet je wat. Doe toch maar een whisky en kies jij maar. Ik vertrouw op je oordeel.'

'Oké.'

Ik draai me om naar de flessen. *Denk, Manon, denk en maak nu geen fout! Imponeer hem met een uitstekende keuze!* Zonder hem aan te kijken vraag ik: 'Maakt de prijs wat uit?'

'Totaal niet,' antwoordt hij resoluut.

Ik kies voor de Dun Bheagan, Vintage Bottling van elf jaar oud. Prima om mee te beginnen.

Hij neemt behoedzaam een slok, laat het gouden drankje over zijn tong rollen en slikt door.

'Voortaan mag jij altijd mijn whisky uitkiezen,' grijnst hij.

Ik merk nu pas dat hij twee uitstekende hoektanden heeft. Hij zou dus een vampier kunnen zijn, hoewel dat geen overtuigend bewijs is. De hoektanden van vampiers zijn klein, niet zoals in de films, en zelfs mensen hebben die vaak. Het maakt ook verder niet uit, besluit ik en ga een andere klant bedienen.

Ik blijf hem echter stiekem in de gaten houden, wanneer ik zeker weet dat hij het niet merkt. Hij praat met niemand en staart het grootste deel van de tijd in zijn glas of voor zich uit. Af en toe fronst hij, alsof hij in een discussie met zichzelf verwikkeld is. Ik vind dat hij er verloren uitziet, gepijnigd. Iemand die een zwaar verleden op zijn schouders meetorst. Maar misschien beeld ik het me allemaal in en dicht ik hem mysterieuze eigenschappen toe die er helemaal niet zijn.

Gebroken en oververmoeid neem ik rond tien uur afscheid van Oded. Hij beveelt me niet voor vier uur morgenmiddag terug te komen en eens goed te slapen.

Hopelijk zal het me deze nacht lukken, maar ik vrees ervoor. Ik ben nou eenmaal iemand die bij het minste geringste pieker tot het probleem opgelost is.

# 8

Weer thuis zitten Diedie en Jabar samen gezellig voor de open haard. Een fles rode wijn en een schaal met nootjes staan op het salontafeltje.

'Ik ben kapot,' zeg ik terwijl ik neerplof en in kleermakerszit mijn voeten onder me schuif.

'Hoe ging het?' vraagt Diedie me. Haar blozende wangen geven aan dat ze al behoorlijk wat wijn opheeft.

'Druk,' antwoord ik terwijl ik mezelf een glas inschenk. 'Ik heb Oded verteld van je whisky. Hij komt gauw eens langs.'

Ik probeer een nootje van op afstand in mijn mond te gooien. Ernaast, natuurlijk.

'Prima.' Jabar staat op om nog wat hout op het vuur te gooien.

'Ik ben waarschijnlijk aan het overdrijven, maar ik kreeg de indruk dat ik in de gaten werd gehouden vandaag.'

In het schijnsel van de vlammen blinken Jabars zwarte haren als gepolijst opaal. Het doet me denken aan die rustige, aantrekkelijke klant uit het café. Ik had hem niet eens naar buiten zien gaan, maar plots leek hij verdwenen te zijn. Vreemd genoeg liet het me achter met een leeg gevoel.

Jabar blijft met zijn rug naar de openhaard staan en kijkt me bezorgd aan. 'Hoezo?'

'Nou,' begin ik. 'Eerst waren er twee mannen in het café die nogal geheimzinnig fluisterden tegen elkaar en ze hielden meteen hun mond toen ik ze voorbijliep. Later, toen ik in een telefoonwinkel stond, zag ik een van hen aan de overkant van de straat staan. Hij keek recht naar mij, daaraan twijfel ik niet. Toen ik hem aankeek, liep hij snel weg.'

'Misschien viel hij op je,' oppert Diedie.

'Hoe zag hij eruit?' vraagt Jabar en gaat weer zitten.

Ik trek mijn schouders op. 'Niet bijzonder. Normale lengte en uiterlijk. Hij had wel een knoeperd van een neus.'

'Mens?'

'Geen idee.'

'Het is vervelend,' zegt Diedie, 'dat we anderssoorten niet gemakkelijker kunnen herkennen.'

Diedie heeft gelijk, het zou mijn werk heel wat vereenvoudigen. Anderzijds lukt het ons juist daardoor om tussen de mensen te leven zonder dat ze van ons bestaan afweten.

De uiterlijke kenmerken van iedere soort zijn subtiel en komen dan ook nog soms voor bij mensen. Elfen hebben licht spitse oren, vamps hun hoektanden, engelen sneeuwwit haar, duivels worden geboren met elf tenen of vingers en heksen hebben een moedervlek. Enkel vervormers zoals ik hebben geen specifiek kenmerk.

'Wat maakt het uit dat je hen zou herkennen?' zegt Jabar.

'Niets, gewoon. Dan weet je dat tenminste,' meent Diedie.

'Anderssoorten zijn niet gevaarlijker dan mensen,' voegt Jabar eraan toe.

'Nee,' zegt Diedie. 'Maar als een mens Manon in de gaten houdt en hij ziet haar veranderen, dan vormt dat een groter probleem dan wanneer het een anderssoort is die het ziet.'

'Daar heb je gelijk in,' beaamt Jabar.

'Het is dan ook eenvoudiger om een levenspartner te vinden als je kinderen wil,' voeg ik eraan toe.

'Kijk, zo is het maar net,' zegt Diedie.

Jabar lijkt even aan iets te denken, een frons verschijnt op zijn voorhoofd.

'Is er nog iets bijzonders gebeurd vandaag?' vraag ik.

'Nee,' antwoorden Diedie en Jabar in koor.

'Geen gavenmisbruikers?'

'Nee, nergens,' antwoordt Jabar.

'Gelukkig maar, ik heb er even geen zin in.'

'Wil je nog iets te eten?' vraagt Diedie.

'Nee, dank je. Ik ga naar bed toe.' Ik sta op en vraag Jabar: 'Kunnen we morgenvroeg trainen?'

'Goed idee. Welterusten, Manon.'

'Welterusten.'

Ik drink de rest van mijn wijn op, geef hen een zoen en loop naar mijn slaapkamer.

Ik heb een ruime slaapkamer met alles waar ik behoefte aan heb. Onder de ramen zijn er planken die vol staan met boeken van schrijvers zoals Dean Koontz, John Vermeulen, Tisa Pescar, Thirza Meta en Michael Marshall Smith.

In het midden van de kamer, die overwegend in gele kleurtinten is ingericht, staat een tweepersoonsbed dat nagenoeg vol ligt met pluchen beren die ik al mijn hele leven verzamel. Voor het bed een televisie. En aanpalend een badkamer met bad, twee wastafels en zitbank.

Ik gooi mijn kleren op de vensterbank die zo breed is dat je er gerust met een groepje op kan zitten. Dan neem ik een lange, hete douche.

De aantrekkelijke man uit het café blijft door mijn hoofd spoken, afgewisseld met het beeld van die vervelende gluurder. Verdorie, nou kan ik niet eens in alle rust nazwijmelen over die knapperd, zonder dat die dikke neus ertussen komt.

Omwikkeld met een zachte, warme kamerjas kruip ik in bed, schuif de pluchen beren opzij en zet de televisie aan. Rond dit uur zijn de meeste films al afgelopen. Ik zap dan maar een beetje doelloos van de ene naar de andere zender, zonder er echt mijn aandacht bij te houden.

Uiteindelijk dommel ik in met de televisie nog aan, wat wel vaker gebeurt.

Midden in de nacht word ik wakker door een vreemd geluid. Ik ga rechtop zitten en spits mijn oren. Misschien heb ik het me ingebeeld, want het is muisstil in huis. Het televisiescherm is zwart. Waarschijnlijk heeft Jabar de televisie uitgezet voor hij naar bed ging. Net op het moment dat ik weer wil gaan liggen, mezelf vermanend om mijn springerige gedrag, hoor ik geschraap in de kamer naast die van mij.

Nou ben ik het zeker!

De kamer naast mij is een slaapkamer die niet gebruikt wordt. Zelfs visite wordt niet in deze, maar in een andere slaapkamer ondergebracht. Diedie slaapt op een zolderkamer en Jabar heeft een slaapkamer op de eerste verdieping, dus van hen kunnen de geluiden niet afkomstig zijn. Bovendien staat de kamer, afgezien van een paar stoelen, verder leeg.

Ik weet echter wel dat in die kamer, achter een schilderij van Permeke, een kluis in de muur gemetseld zit. Ik weet niet of Jabar er waardevolle dingen in bewaart en misschien is de kluis wel leeg. Dat geeft echter niet het recht aan een inbreker om ons huis binnen te dringen.

Jabar zal nu misschien wel overtuigd kunnen worden om, tegen zijn principes in, het huis elektronisch te beveiligen. Dat hoop ik althans.

Stil sta ik op en knoop de kamerjas, waarmee ik in slaap gevallen ben, strakker om me heen. Niet echt een praktisch gevechtstenue, maar ik wil nu geen tijd verspillen. Wie weet hoelang hij of zij al bezig is. Zo geruisloos mogelijk open ik mijn nachtkastje en neem er, uit een speciaal daarvoor voorziene afgesloten doos, mijn Glock uit. Het is verboden om de kogels in het pistool te houden, behalve uiteraard op de schietbaan, maar ik stop er toch standaard vijftien kogels in, dus dat hoef ik gelukkig niet te controleren. Onnodig op iemand schieten doe ik niet. Het geeft een hoop rotzooi en confrontaties met de politie, zelfs al heb ik een wapenvergunning. Dus stop ik het pistool op mijn rug, tussen de riem van de kamerjas.

Waarom verander ik mijn hand niet in een pistool? Het zou inderdaad eenvoudiger zijn en dan kan ik het ook niet per ongeluk laten vallen. Het probleem is echter dat wanneer ik zou schieten en de kogel in iemands lijf zit, ik dan een vingerkootje of zo kwijt ben.

De telescopische ploertendoder neem ik wel in mijn hand, klaar om hem te gebruiken.

Ik sluip naar de deur van mijn kamer en open die langzaam. Geen geluid. *Oef.*

Het is slechts één meter naar de deur van de kamer ernaast. De roodstenen vloer voelt koud aan onder mijn voeten. Ik houd mijn adem gespannen in. De deur van de kamer ernaast is dicht, maar ik hoor onmiskenbaar een beweging.

*Eén... twee... drie.*

Ik open de deur en knip meteen het licht aan.

## 9

Voor me staat een figuur, geheel in een zwarte maillot met masker
en al. Het is een man, aan de diepe uitroep van verbazing te horen.
Hij kijkt me met grote angstige ogen door de gleuf van het masker
aan en laat een leerachtig boek, dat hij in zijn handen heeft, op de
grond vallen. Het maakt een hard, dof geluid en ik hoop dat Jabar
het gehoord heeft en me komt helpen. Het schilderij ligt op de grond
en de kluis en een gebroken raam staan open.

Ik loop op de indringer af en intussen klap ik de ploertendoder
open. Ik mik op zijn hoofd, maar hij zet net een stap opzij, waardoor
het op zijn schouder terechtkomt. Hij laat zich op de grond vallen,
rolt en springt een meter van me af weer op. Hij heeft het boek opnieuw in zijn handen dat hij met een zwierige beweging uit het raam
gooit.

Dan gaat alles heel snel. In mijn ooghoek zie ik nog een figuur in
de tuin het boek oprapen en ervandoor schieten. De man buiten
heeft blijkbaar allerlei gereedschap bij zich, want hij maakt een klet-
terend geluid terwijl hij wegloopt. Tegelijk springt de man in de
kamer op me.

Ik val plat en pijnlijk op mijn rug, maar heb nog steeds – en daar
ben ik best trots op – de ploertendoder vast. Het pistool zal echter wel
een ferme kneuzing veroorzaken. De man zit nu op me en grabbelt
naar mijn handen om die op de grond vast te pinnen. Hij is echter
niet snel genoeg.

Een slag met de ploertendoder in zijn nek ontlokt hem een kreun,
maar hij blijft op me zitten en ziet nu zelfs kans mijn polsen beet te
grijpen. Hij is zwaar en naar ik voel verdomd gespierd. Ik probeer
onder hem uit te komen, maar het lukt me niet.

Nu is het genoeg! Of het nou een mens is of iets anders, hij krijgt ervanlangs!

Ik vervorm mijn vingers zodat ze langer en dunner worden en grijp zijn polsen beet. Ik blijf zijn blik in de gaten houden, maar hij kijkt niet alsof het vervormen als een totale verrassing komt.

De deur vliegt open, net op het moment dat hij wil opstaan om te vluchten.

Mijn vingers zijn intussen in staaldraad veranderd zodat hij aan me vast komt te zitten, alsof hij geboeid is.

'Probeer hier maar eens uit te raken, klootzak!' roep ik uit.

'Laat hem los, Manon, ik heb hem,' hoor ik Jabar zeggen, maar zie hem niet staan.

Ik vervorm mijn handen weer naar normaal. De man wordt achterovergetrokken en komt met zijn hoofd op de vensterbank terecht waar hij in elkaar zakt.

Jabar staat op me neer te kijken en biedt me zijn hand aan om op te staan.

'Gaat het?' vraagt hij met een bezorgde blik.

Ik fatsoeneer mijn kamerjas, raap het pistool en mijn ploertendoder op en knik. 'Stomme inbreker. Hij had een partner die ervandoor is gegaan met een boek.'

'Haal even een flink stuk touw uit de garage naast mijn kantoor en geef me je pistool,' commandeert hij.

Ik overhandig de Glock, leg de ploertendoder op de vensterbank en haast me door de voordeur, want voor het kantoor moet ik naar buiten. Naast het kantoor is een tweede garage waar de Porsche van Jabar staat. Ik gris een dik stuk kabeltouw weg dat boven de werkbank hangt en snel terug naar binnen.

'Hier.' Ik geef Jabar het touw.

'Help me even.'

Met zijn tweeën zetten we de gemaskerde man op een stoel en wikkelen het touw strak om zijn borst en armen.

'Wat als hij een duivel is of een vampier?'

Ik bedoel daarmee dat een duivel aan gedachtemanipulatie kan doen en een vampier de gave van hypnotiseren heeft. Twee dingen waar Jabar en ik niet immuun voor zijn en waar een pistool niets tegen kan beginnen.

'Haal snel Diedie,' gebiedt Jabar me. 'Voor hij bij zijn positieven komt.'

Ik sprint de houten trap op die naar de eerste verdieping leidt, ontwijk voor mijn doen behendig de meubels in de tweede woonkamer en neem de volgende trap naar de zolderverdieping. Hijgend klop ik op Diedie's kamerdeur.

'Diedie, snel!'

Ik blijf kloppen tot ze aan de deur verschijnt in een snoezig gebloemd slaapjurkje.

'Wat is er aan de hand?'

'Inbreker... nu... hebben je magie nodig.'

Diedie aarzelt geen seconde en volgt me naar beneden.

Ze slaat haar hand voor haar mond wanneer ze de man in de stoel ziet zitten.

Jabar heeft zijn masker afgetrokken en staat nonchalant tegen de vensterbank geleund met zijn armen gekruist. De kluis is opnieuw gesloten en Permeke hangt er netjes voor.

De inbreker ziet er uit als Jan Modaal met een kort, bruin kapsel. Ik herken hem eerst niet zonder maatpak en in die typische zwarte inbrekersmaillot. Bovendien leunt zijn kin op zijn borst. Wanneer ik dichterbij kom, zie ik dat het een van die twee heren is die in het café waren vanmiddag. Niet degene met de dikke neus, maar die andere.

'Diedie, scherm ons allen even af, wil je?' vraagt Jabar rustig.

Diedie prevelt enkele woorden die Jabar en ik niet begrijpen. Haar ogen krijgen een intense, paarse kleur die ik altijd prachtig vind. Een lichte kriebeling tegen mijn schedeldak geeft aan dat het volbracht is. Net op tijd, want de man ontwaakt kreunend, kijkt verbaasd naar het touw en dan naar ons.

'Welkom,' zegt Jabar schertsend.

'Het is een van die mannen die vanmiddag in het café zo geheimzinnig deed,' zeg ik.

Jabar knikt me toe en zegt dan tegen de indringer: 'Waar is mijn boek?'

'Je kunt me wat, vuile elf,' sist de man met opeengeklemde tanden. De man weet dus wat we zijn. Vervelend, maar het maakt het ondervragen een stuk interessanter.

'Even checken wat voor soort jij bent,' zeg ik en terwijl ik me over hem buig, vervorm ik mijn wijsvinger en duim in een tang.

'Wat ga je doen?' schreeuwt hij uit.

Ik plaats de tang tussen zijn lippen en kijk in zijn mond. 'Even checken,' zeg ik poeslief. Daarna controleer ik zijn oren, voeten en handen.

Waarom niet gewoon met mijn vingers? Een tang is zoveel leuker en enger. Ik vertik het echter om zijn lichaam op moedervlekken na te gaan. Zoveel wil ik nou ook niet aanraken.

'Blijf van me af!' Hij schudt met de stoel.

'Als je niet ophoudt, steek ik een oog bij je uit.'

Gehoorzaam houdt hij zich stil en sist: 'Freak.'

'Nou nou, dat is niet aardig.' Ik draai me om naar Jabar en Diedie. 'Geen kenmerken. Mens, heks of vervormer dus. Aangezien hij nog geen spreuk heeft losgelaten of veranderd is, gok ik op het eerste.'

Voor ik me van de indringer verwijder, prik ik nog even in zijn oog. Hard.

'Auw, trut!' roept hij uit.

'Waar is het boek?' herhaal ik Jabars eerdere vraag.

Hij spuugt vlak voor mijn voeten op de grond. Kijk, dat vind ik nu walgelijk. En vooral ordinair en cliché.

'Houd je rustig, Manon,' zegt Jabar op zachte toon.

Ik weet echter dat hij het niet meent, maar de *good cop* speelt. Hij laat de ondervraging voornamelijk aan mij over en ik weet waarom. Een zoveelste test.

'Wil je dat ik je laat betoveren door haar?' zeg ik en wijs Diedie aan. 'Ze is een krachtige heks, weet je.'

'Heksen kunnen geen slechte magie beoefenen,' antwoordt hij met een triomfantelijke grijns. 'Het keert namelijk drie keer terug.'

'Ah, je kent je les,' zeg ik op honende toon. 'Maar ik kan in je vreselijkste nachtmerries vervormen en ben niet gebonden aan de brave ethiek van heksen.'

Een vage glimp van angst verschijnt in zijn ogen.

'Je hebt me bovendien uit mijn slaap gehaald. Slaap die ik broodnodig had, hufter! Dat kan niet ongestraft.'

'Het boek?' herhaalt Jabar die zijn emoties heel wat beter onder controle heeft dan ik.

'Weg. En jullie zullen het nooit meer vinden.'

Ik kijk vragend op naar Jabar.

'Vertel ik later wel over,' zegt hij. 'Doe maar je ding.'

*Speeltijd!*

Ik vervorm in een van mijn favoriete dieren: de wolf.

De muil maak ik groter dan normaal en de tanden extra scherp. Ik ben niet van plan hem te bijten. *Jakkes.* Ik ben geen vampier. Ik hoop dat de verschijning alleen voldoende zal zijn om hem te overtuigen van onze ernst.

Had ik gedacht! Hij begint verdorie luid te lachen. 'Manon Maxim. Denk nu niet dat we je niet kennen. Jij durft me niet te bijten.'

Hé, verdorie. Hoe weet hij dat nou? En hoe kent hij mijn naam? Wist ik nou maar waar hij bang voor was.

En dan krijg ik een idee.

Waar zijn de meeste mensen bang voor? Juist. Kriebelende, prikkende en harige geleedpotigen. In twee seconden tijd is de wolf vervormd en uiteengevallen in honderden bananenspinnen en schorpioenen. Ik moet er wel voor zorgen dat elke geleedpotige met een ander in contact blijft, zodat ik een geheel blijf. Met mijn duizenden facetoogjes zie ik hoe de indringer met de stoel naar achteren schuift.

Zijn gegil en het schrapen van de stoelpoten snijden door mijn gehoorgangen.

'Het boek?' Jabars stem klinkt alsof hij door een megafoon praat.

Ik hoop dat hij gauw toegeeft, want de geluiden doen pijn aan mijn trommelvliezen.

'Ik weet niet hoe hij heet,' jammert de inbreker nu.

Ik kruip in zijn broekspijpen. Hij schudt met zijn benen tot ik op de grond val, maar mijn pantser beschermt me.

'Haal ze van me af! Haal ze van me af! Ik zal alles zeggen wat ik weet!'

Oef, weer naar goede oude Manon. Met tranen in de ogen kijkt hij opgelucht naar mijn menselijke verschijning op. De kou na het vervormen neemt onmiddellijk bezit van me en ik sta te rillen als een gek.

De man beeft eveneens, maar dan van angst. 'Ik heb nooit de opdrachtgever gezien, maar weet dat hij bestaat. Ik werk rechtstreeks voor Selena.'

Zijn dialect klinkt Antwerps, hoor ik nu, en niet Oostends.

'De vamp,' zeg ik.

Hij knikt heftig.

'Hoe heet je? En je partner?'

'Edward Moon en mijn partner is mijn broer, Joseph Moon.'

'Waarom moesten jullie dit boek stelen?'

'Dat weet ik niet, echt niet. Ik weet niet eens wat voor boek het is. Je moet me geloven!'

'Hoe komt het dat je ons kent en vooral wat we zijn?' vraagt Jabar.

'Van Selena. Ze weet een heleboel over jullie. Ik weet niet hoe ze aan die informatie komt. Ik behoor tot het laagste niveau. Ze vertelde me alleen het hoognodige.'

'Wat is je opdrachtgever,' vraag ik. 'Een anderssoort?'

'Anderssoort?' Hij knippert verbaasd met zijn ogen en dan: 'O, je bedoelt… ik weet niet wat hij is.'

'Wat weet je wel?' dring ik aan.

Was ik nu maar een duivel, dan kon ik zijn gedachten lezen.

'De touwen snijden in mijn vel.' Er zit geen greintje moed meer in zijn stem.

'Wat weet je wel?' negeer ik zijn smeekbede.

'Niets. Ik word betaald voor deze opdracht. Royaal betaald. Boek stelen en wegwezen, dat was het.'

'Wat vertelde Selena over ons en over de anderssoorten?'

'Gewoon.' Zijn ogen schieten angstig heen en weer tussen ons. 'Wat jullie kunnen. We geloofden het eerst niet. Maar nu...'

*Verdomd, Manon!* Had ik toch beter niet kunnen vervormen!

'We kunnen hem niet laten gaan,' zeg ik tegen Jabar.

'We moeten, Manon, we zijn geen moordenaars en we houden evenmin gevangenen. Trouwens, zijn partner weet waarschijnlijk evenveel en die is weg.'

'De politie?'

'Nee.'

'Waarom niet? Hij is een mens en heeft ingebroken!' roep ik kwaad uit.

'Ik vertel je later wel waarom niet. Trouwens.' Jabar komt dichter bij me staan en fluistert in mijn oor: 'Ik heb zo het vermoeden dat Selena die twee zal opruimen. Ze heeft er geen baat bij als ze besluiten om grof geld te verdienen aan het uitlekken van informatie.'

Ik knik. Het is vreselijk om te weten dat die twee mensen het waarschijnlijk niet zullen overleven. Anderzijds, ze hebben er zelf voor gekozen. Ik hoop van harte dat ik hiermee mijn geweten kan sussen, maar er zit niets anders op.

'Dus daarom hielden jullie me in de gaten vanmiddag?' vraag ik de inbreker.

'Ja, ja, om je gade te slaan. Zien waarmee we geconfronteerd zouden worden.'

'Met hoeveel mensen werkt Selena?'

'Ik weet enkel af van mijn broer en ik. Verder niets.'

'Waar is Selena nu?'

'We spraken nooit bij haar thuis af, maar telkens op een andere locatie. Een leegstaande loods of zo.'

'Diedie? Kan je geen waarheidsspreuk op hem loslaten?' vraag ik.

'Laat maar.' Jabar bukt zich om de touwen los te maken. 'Ik zie zo wel dat hij verder niets weet en de waarheid vertelt.'

Tja, als je al honderdvijftig jaar leeft, doe je de nodige mensenkennis op.

Even later kruipt de inbreker door het raam naar buiten en gaat er als een speer vandoor.

'Het heeft geen nut hem te volgen, Manon,' zegt Jabar wanneer hij ziet dat ik aanstalten maak om door het raam te kruipen. 'Hij zal vast niet meteen zijn partner opzoeken. Laat maar.'

Ik blijf hem nog even nakijken.

'Wat voor boek was het, Jabar?' zeg ik uiteindelijk.

# 10

Jabar heeft een houten plank voor het raam getimmerd. Natuurlijk kan geen van ons de slaap vatten, dus nemen we plaats in de woonkamer. Diedie schenkt voor ieder een cognac in.

'Neem je nu een alarmsysteem voor het huis?' steek ik van wal, nippend van mijn glas.

'Nee,' zegt Jabar op neutrale toon.

'Nee?' roep ik uit. 'Kom op, zeg, Jabar. Je hebt gezien wat er kan gebeuren.'

'Denk je nu echt dat wat elektronische draadjes inbrekers tegenhouden?'

'Het maakt het ze verdomd moeilijker, ja!'

'Ik kan een magisch alarmsysteem rond het huis plaatsen,' oppert Diedie op sussende toon.

'Ik weet het niet,' zegt Jabar.

'Waarom hebben we dat nooit eerder gedaan?' Ik steek mijn handen verontwaardigd omhoog.

'Omdat het voelbaar is,' antwoordt Diedie. 'Zelfs mensen voelen aan dat er iets niet klopt als ze voorbij een magisch schild lopen. En omdat we het nooit eerder nodig gehad hebben.'

'Bovendien moet Diedie er dan aan denken om het regelmatig te vernieuwen.'

'Nou en?' Ik neem een grote slok van de cognac.

'Het zou nu wel handig zijn.' Diedie kijkt Jabar afwachtend aan.

'Ja, oké, tot die hele affaire voorbij is. Als het voorbijgaat.' Jabar zucht diep en schenkt zich een tweede cognac in. 'Als die twee mensen laten uitlekken dat er anderssoorten bestaan...'

'Dan geloven de meeste mensen dat toch niet,' onderbreek ik.

'Ze zouden op onderzoek uitgaan. Sommigen zouden het geloven.'

'Maar je zei net zelf dat Selena ze waarschijnlijk een kopje kleiner maakt.'

Diedie uit een zacht kreetje en slaat haar hand voor haar mond. 'Denk je dat echt, Jabar?'

Hij schokschoudert. 'Het lijkt me logisch. Vampiers zijn niet zo vredelievend en springen makkelijker om met de dood.'

'Dan hadden we die arme man moeten helpen!' stoot Diedie verbolgen uit.

'Het is zijn eigen schuld,' weerleg ik.

'Manon!' Diedie kijkt me geschokt aan.

'Wat? Het is toch zo?'

Het wordt een discussie zonder einde, dus gooi ik het over een andere boeg. 'Wat voor boek was dat nu, Jabar?'

Hij slokt het tweede glas cognac naar binnen en vult opnieuw bij met trillende handen. Ik heb Jabar nooit eerder zoveel zien drinken in korte tijd. En ik heb hem ook nooit eerder zo panisch zien kijken. Zijn zelfbeheersing lijkt danig te balanceren op de rand van een afgrond en ik wil niet meemaken dat een rots zoals hij naar beneden dondert.

Dat boek moet dus wel erg waardevol of bijzonder zijn.

'Dat boek,' begint Jabar.

Ik kan merken aan de nieuwsgierige blik van Diedie dat ze er evenmin iets over weet en dat is op zijn minst eigenaardig. Ze kennen elkaar al bijna vijftig jaar en delen, voor zover ik weet, alles, behalve het bed.

'Het is nu ongeveer honderd jaar oud,' gaat Jabar verder. 'Ik begon eraan te schrijven…'

'Jij hebt het geschreven?' onderbreek ik.

'Ja, Manon, een beetje meer geduld.'

'Sorry.' Ik lach schaapachtig en begraaf mijn gezicht in het glas.

'Ik begon het te schrijven omdat ik een overzicht wilde van de verschillende soorten. Een naslagwerk. Het boek heet "Lexicon der Species".'

'Het boek gaat over de anderssoorten?' Ik begin nu toch wat vermoeidheid te voelen en leun achterover in de kussens van de bank.

'Ja. Achteraf gezien misschien stom, maar ik vond het toen wel nuttig. Ik besloot de soorten uitvoerig te bestuderen: de gedragingen, de gaven, de zwaktes, alles. Een naslagwerk dus dat ik enkel voor eigen doeleinden wilde gebruiken.'

'Waarom?' Het is Diedie die het vraagt. 'Als het in je hoofd zit, is dat toch voldoende.'

'Voornamelijk voor mezelf, want het geheugen is niet altijd even betrouwbaar. Daarnaast voor Manon. Als er iets met mij zou gebeuren, dan had ze het boek waar tot in detail in staat hoe de verschillende soorten zijn. Ook de mensen.'

'Het was een zwaar boek,' zeg ik onnozel.

'De kaft bestaat uit dik leder en er zit een metalen slot op, dat makkelijk opengebroken kan worden. Ik heb het volledig met de hand geschreven.'

'Wat moet Selena nu met dat boek? Of die zogenaamde grote opdrachtgever, als hij bestaat,' vraagt Diedie zich af.

'Het voorspelt niet veel goeds. Ik denk dat ze me ermee wil chanteren.'

'Voor geld?' vraag ik.

'Ik kan me niets anders voorstellen,' antwoordt Jabar.

Jabar is ontzettend rijk, daar bestaat geen twijfel over. Hij bezit een erfenis die al eeuwen in de familie overgedragen wordt en nooit opgesoupeerd kan worden. Zelfs al houdt hij er de meest exorbitante levensstijl op na, wat hij niet doet, dan nog kunnen meerdere families er eeuwig van leven. De vele eigendommen en de interesten doen het saldo elk jaar alleen maar stijgen.

'Tja, waar draait de wereld meestal om?' zeg ik gelaten.

'Ik ga even een toertje om het huis maken,' zegt Diedie en staat op.

Ze gaat natuurlijk een magisch alarmsysteem aanleggen.

'Loop ik even met je mee?' stelt Jabar voor.

'Nee, ik kan me niet voorstellen dat ze op eenzelfde nacht twee-maal inbreken. Trouwens, ze hebben waarvoor ze kwamen.'

Jabar knikt. Diedie opent een raam naar de tuin toe en loopt naar buiten.

'Heb je vijanden? Uit het verleden of zo?' vraag ik.

Jabar denkt even na en schudt dan zijn hoofd. 'Ik zou niet weten wie. Mijn familie leidde, net als ik, een leven in de schaduw. We tra-den nooit expliciet op de voorgrond en hebben nooit iemand voor het hoofd gestoten. De eigendommen zijn legaal verkregen en wer-den telkens ruimschoots betaald.'

'Dacht ik al. Sorry dat ik het vroeg.'

'Je hebt het goed gedaan, Manon,' zegt hij.

'Dank je. Maar misschien had ik beter niet kunnen vervormen.'

'Het hielp en ik hield je niet tegen. Slechts één opmerking.'

Ik zucht. Hij is een strenge leermeester.

'Ik zou de volgende keer niet in iets veranderen dat uit zoveel verschillende stukken bestaat. Dat is te kwetsbaar.'

'Waarom?'

'Ik heb ooit eens gehoord van een vervormer die in duizenden bijen veranderde. De bijen bleven dicht bij elkaar, maar zo kon hij een groter gebied bespioneren. Het probleem was dat een paar hon-derd van die bijen verpletterd werden. Ik weet niet meer precies waardoor, maar daar gaat het niet om. Toen hij vervormde naar zijn mensverschijning, had hij een verbrijzeld been dat niet meer hersteld kon worden. Hoe meer onderdelen je gebruikt om in te veranderen, hoe kwetsbaarder je bent.'

'Ik begrijp het.'

Toch doet het me pijn. Ik weet dat hij me alleen maar waarschuwt, maar ik ben nou eenmaal gevoelig voor kritiek, in welke vorm dan ook.

'Hoe kon Selena of die grote baas nou afweten van het boek?' valt me ineens te binnen. 'Wie weet er nog meer van?'

'Enkel mijn zus en ik en zij wist wel beter dan er met iemand over te praten. Ik veronderstel dat Selena ons al een poosje in de gaten houdt. Misschien heeft ze me weleens het boek uit de kluis zien nemen en erin zien schrijven. Aangezien het in een kluis zit, zal ze wel gedacht hebben dat het belangrijk was.'

'Dan zal ze nu wel juichen van plezier.'

'Ja.'

We nippen van onze cognac. Ik zie Diedie, met haar ene arm in de lucht, voorbij de grote ronde ramen aan de voorkant van het huis lopen. Zelfs in de inktzwarte nacht zijn haar paarse ogen duidelijk zichtbaar.

We moeten toch echt leren om onze privacy wat meer af te schermen. Omdat er een enorme tuin rond het huis ligt en we bovendien in een rustige buurt wonen met alleen maar mastodonten van huizen, sluiten we nooit de gordijnen. Geen wonder dat Selena of wie dan ook ons moeiteloos in de gaten kon houden.

'Dus daarom wilde je de politie niet laten komen,' zeg ik.

'Dan zouden ze willen weten wat voor boek het was en indien ze er achteraan gingen en het zouden vinden…'

Diedie komt langs de achterdeur weer naar binnen en gaat zitten. Haar ogen hebben opnieuw een doorsnee grijsblauwe kleur. 'Het moet toch minstens tot overmorgen standhouden.'

Ik sta op en sluit alle gordijnen in de woonkamer. 'Laten we dat voortaan maar elke avond doen, niet?'

Jabar staat op met langzame bewegingen. De vermoeidheid hangt als een aura om hem heen.

'Ik ga even kijken op zolder of er nog berichten zijn binnengekomen. Misschien van Ben.'

Diedie en ik besluiten dat het genoeg is geweest en gaan naar bed.

## 11

We zijn allen laat opgestaan en na een stevig ontbijt bestaande uit croissants, witte bonen in tomatensaus en gebakken worstjes, gaan we met zijn drieën naar de zolder om de nieuwsberichten op internet na te gaan. We nemen de sterke koffie als steun mee. Door Diedies mojo om onze hersens af te schermen voel ik me wederom uitgeput, ondanks de uren slaap die ik gehad heb.

Jabar heeft vannacht al van Ben vernomen dat de duivel inderdaad het geld heeft teruggebracht. Het nieuwsbericht meldde dat de winkeleigenaars verwonderd waren, maar niettemin opgelucht, toen ze merkten dat hun kassa aangevuld was. Ze veronderstelden dan maar dat iemand de spullen meegenomen had met de intentie ze later te betalen.

Het belooft een warme dag te worden en dat voelen we meteen wanneer we boven aankomen. De zolderverdieping voelt aan als een sauna, even heet en vochtig. Ik zet de dakraampjes open en smeek Jabar om een airconditioninginstallatie aan te schaffen.

'Ik kan zo niet trainen,' doe ik nog een duit in het zakje. 'Ik zweet nu al!'

'Ik zal er vandaag een bestellen, goed?'

Ik puf als antwoord en neem naast hem en Diedie voor een van de computers plaats. Jabar overloopt de verschillende nieuwssites, tot ik uitroep: 'Wacht, daar! Naar beneden.'

De kop van het artikel luidt: **Dubbele zelfmoord in Antwerpen.**

Jabar kijkt me vragend aan.

'Vergezocht, ik weet het, maar die man had een Antwerps accent,' zeg ik en begin te lezen.

Twee mannen waren vanmorgen vroeg, vermoedelijk rond vier

uur, op het dak van hun flat gaan staan en naar beneden gesprongen. De politie vond een briefje onder een steen in twee verschillende handschriften die sterk leken op de handschriften van de springers. In de brief stond dat ze het niet meer zagen zitten, te veel financiële en persoonlijke problemen hadden en de dood als enige uitweg zagen. De springers werden geïdentificeerd als de broers Edward en Joseph Moon.

'Bingo!' Ik klap in mijn handen.

'Maar zelfmoord?' zegt Diedie geschokt.

'Zou Selena hen geduwd hebben?' opper ik.

'En het briefje dan?' zegt Jabar.

'Ze kan hen gedwongen hebben het te schrijven. Onder hypnose.'

'Nee.' Diedie schudt haar hoofd. 'Vampiers kunnen enkel hypnose toepassen om te verleiden, om het slachtoffer weerloos te maken voor een beet. Niet om je een brief te laten schrijven en al zeker niet om je te laten springen van een hoge flat.'

'Hoogst eigenaardig,' besluit Jabar.

'Wacht eens even. Misschien werkt er een duivel met haar samen.' Ik kijk hen verwachtingsvol aan. 'Een duivel kan hen gemakkelijk met manipulatie gedwongen hebben het briefje te schrijven en hen te laten springen, toch?'

'Dat is een mogelijkheid. Hij zou het hen zelfs uren van tevoren opgedragen kunnen hebben en hoefde er niet eens ter plaatse voor te zijn.' Jabar knikt goedkeurend en ik voel mijn trots opzwellen.

'Dat betekent dus dat ze niet alleen werkt,' meent Diedie.

'Dat wisten we al. Het zou zelfs kunnen dat haar opdrachtgever die duivel is, degene die achter het hele gedoe zit,' zeg ik en neem een slok van mijn koffie. 'Het zou wel veel verklaren.'

'Maar dan weten we nog altijd niet waarom en wat ze met het boek van plan zijn. En waarom die Selena Manon in New York opzocht,' zegt Diedie.

'Alsof de kat met de muis speelt,' zeg ik peinzend. 'En in dit geval ben ik liever niet de muis.'

'Is de muis klaar om te trainen?' vraagt Jabar.

'Zeker weten. Ik moet me dringend afreageren.' Ik drink mijn kopje koffie leeg.

'Eerst mediteren.'

Ik trek een grimas. 'Ha nee, alsjeblieft niet.'

'Je weet dat de za-zenmeditatie een essentieel onderdeel is van de gevechtskunst, Manon. Je moet je…'

Ik vul aan: 'Geest leegmaken van onbelangrijke gedachten zodat je één wordt met de wereld en je intuïtief reageert in plaats van met je rationele kant.'

Jabar knikt tevreden. 'De theorie ken je, nu de praktijk.'

Zuchtend sta ik op en loop naar de kamer op zolder die we ingericht hebben als meditatieruimte.

Er ligt een hoogpolig, crèmekleurig tapijt op de grond met enkele meditatiekussens op. Verder staat er een Boeddhabeeld dat tevens dienst als wierookhouder en een kast waar mijn jiujitsugi-tenue in hangt. Ik kleed me om en wikkel de zwarte band netjes volgens de strikte regels rond mijn witte pak, met een platte knoop dus. Dan doe ik mijn haar in een staart en ontsteek een wierookstokje, mijn favoriete merk Nag Champa.

Jabar komt binnen en gaat zitten. Hij heeft geen jiujitsugi aan, maar een witte, linnen broek en losse, witte bloes. Ik ga voor hem zitten op een meditatiekussen, met mijn voeten onder het kussen en mijn handen in mijn schoot gevouwen.

'Concentreer je vandaag op je ademhaling,' zegt Jabar met zijn ogen gesloten.

Ik ken het verhaaltje al, maar wacht geduldig af.

'Controle over de ademhaling is erg belangrijk in de gevechtskunst. Adem met de buik, zet de buik zover mogelijk uit bij het uitademen. Hoe meer je daarop oefent, des te sneller verlaag je het zwaartepunt van je lichaam zodat je stabieler gegrond staat tijdens een gevecht.'

'Ja, Obiwan.'

'Manon.'

Ik grijns, al ziet hij het niet. 'Sorry, ik zal mijn best doen.'

Mediteren vind ik een vervelend onderdeel van mijn gevechtstraining. Ik heb er het geduld niet voor, maar ik besef ook wel dat het een grote bijdrage levert aan je sterkte. Alleen geef ik niet graag toe dat Jabar gelijk heeft.

Ik sluit mijn ogen. Gedachten dwarrelen ongevraagd binnen. Ik schuif ze een voor een aan de kant en concentreer me op mijn ademhaling. Het is me ooit eens gelukt om slechts éénmaal in en uit te ademen in een minuut tijd. Dat is absoluut niet zo eenvoudig als het klinkt en brengt je in een zeer diepe rust. Daarna had ik Jabar voor de eerste maal verslagen tijdens het trainen.

Nog even ruik ik de zoete geur van de wierook tot deze volledig uit mijn bewustzijn verdwijnt. Buitengeluiden vervagen, de wereld om me heen houdt op te bestaan. Enkel het nu en mijn langzame ademhaling zijn nog van belang. Mijn geest is zo leeg als een uitgeholde eierschaal en ik verlies het besef van tijd.

'Hoe klinkt het heelal?'

Ik open mijn ogen en antwoord intuïtief: 'Zwart.'

'Mooi antwoord op de koan, Manon, je bent er klaar voor.'

'Hoelang hebben we gemediteerd?' vraag ik.

'Een dik uur.'

'Waw.' Voor mijn gevoel zijn er slechts tien minuten voorbijgegaan.

We lopen via de computerkamer door een glazen deur naar de dojo, waar ik staande de groet uitvoer. Rustig en beheerst, precies zoals het hoort.

'Wat oefenen we vandaag?' vraag ik.

'Het reactievermogen,' antwoordt Jabar. 'De kime no kata, enkel de staande posities.'

'Oké.'

'Rei!' zegt Jabar op ferme toon.

We groeten elkaar.

Het volgende uur trainen we intensief.

Ik zweet niet gauw, maar de benauwde sfeer en het ononderbroken oefenen zorgen er al snel voor dat de druppels van me afdruipen. Jabar is een strenge, maar ontzettend goede leermeester die zijn opleiding genoten heeft in Japan toen hij daar woonde, nog voor ik in zijn leven kwam.

Anderssoorten verhuizen namelijk om de zoveel jaren. Sommigen, zoals de duivels, engelen, elfen en vampiers leven minstens driehonderd jaar. Nu de overheid alle gegevens van elk individu bijhoudt, laten de anderssoorten om de zoveel tijd hun documenten vervalsen of nemen ze de identiteit aan van een overledene. Vaak in een ander land. Na zoveel millennia van verhuizen zit het in ons bloed, zoals bij zigeuners. En al leven heksen en vervormers maar enkele jaren langer dan de gemiddelde mens, ook bij ons zit het ingebakken.

Jabar let op de kleinste verkeerde beweging en hamert er continu op dat ik de kracht vanuit mijn buik en uitademing moet gebruiken.

Een uur zonder zorgen, zonder piekeren en aardse beslommeringen.

Nadien, onder de hete stralen van de douche, voel ik me ontzettend goed en sterk. De vermoeidheid is volledig verdwenen. Laat die trut van een Selena nu maar eens komen.


Voor ik naar het werk vertrek, probeer ik wat te lezen. Normaal gezien kunnen de boeken van John Vermeulen me urenlang de wereld om me heen laten vergeten, maar vandaag niet. Ten einde raad ga ik dan maar mijn slaapkamer schoonmaken. Na een vol uur zwoegen is het er nooit eerder zo schoon en fris geweest.

Netjes op tijd kom ik 's middags aan op het werk. Er zitten al wat klanten, enkele vaste en een paar Duitse toeristen.

Oded heeft weer een flitsend shirt aan dat ik niet eerder gezien heb, met rode papegaaien en groene palmbomen. Pieps neusje steekt uit het borstzakje, snuffelend op zoek naar lekkers.

Oded heeft al meermaals de warenwetcontroleurs op zijn dak gekregen voor het houden van een rat in het café, al zit die in zijn borst-zak. Maar zoals bij de meeste zaken trekt hij zich daar niets van aan.

Ik geef de rat een pinda en Oded een zoen. Daarna ga ik zo hevig de glazen oppoetsen dat het lijkt alsof ik ze weer tot zand wil malen.

Oded kijkt me schuin aan. 'Alles goed?'

Ik mompel een antwoord. Het euforische gevoel dat ik had na de gevechtstraining is jammer genoeg weg.

'Wat?'

Ik kijk verstrooid naar hem op. 'Nee, niets. Met het verkeerde been uit bed gestapt, dat is alles.'

Hoewel Jabar en hij al jaren dikke vrienden zijn, weet ik niet hoe-veel ik kan vertellen over het boek. Dat laat ik wel aan Jabar over. Oded kijkt me aan met een blik die zegt dat hij me niet gelooft, maar hij gaat er niet verder op door.

Hij legt wel glimlachend een hand op mijn arm en zegt: 'Dat glas is nu wel schoon, zou ik zo denken.'

'Euh ja, sorry.'

'Wil je liever naar huis? Dinsdag is meestal een rustige dag, ik kan het wel alleen aan.'

'Nee, ik kan de afleiding goed gebruiken.'

'Oké dan.'

'Maar bedankt.'

Hij knipoogt en gaat een klant bedienen.

Ik kan het niet helpen, maar ik kan de klanten nu niet meer enkel als klanten zien. Ik merk dat ik ze nauwkeurig observeer en ge-sprekken probeer op te vangen. Als een man me aanstaart, denk ik niet dat hij me wil versieren of een drankje wil, maar een mede-plichtige is van Selena.

Verdorie, dat wijf heeft me danig in de war gebracht. Als ik haar ooit nog eens zie… Mijn fantasie neemt een loopje met me en trak-teert me op een voorstelling van de meest afschuwelijke geweld-dadigheden. Beschaamd schud ik die gedachten van me af. Ik zou het in de praktijk toch niet kunnen.

De verdere namiddag zijn er geen bijzondere incidenten en kan ik niemand betrappen op vreemd gedrag. Het is als de stilte voor een storm en ik voel dat het losbreken ervan niet lang meer op zich zal laten wachten.

Rond negen uur komt een bekend gezicht het café binnen. De knappe vent van gisteren!

Ik kijk snel even in de spiegel achter de toog. Niet echt een goede haardag, maar ze vallen sierlijker op mijn schouders dan de meeste dagen. Voor het eerst vervloek ik mijn scheve neus en doorsnee gezicht.

Wanneer hij op de bar af komt lopen, maakt mijn hart een vreugdesprongetje. Ik laat het glas dat ik in mijn handen houd bijna vallen.

Oded ziet natuurlijk dat mijn gezicht een en al glimlach is en volgt mijn blik. De man neemt plaats op een barkrukje.

Grijnzend zegt Oded: 'Zo, die komt om meer.'

'Meer whisky, ja. Haal je nou maar niets in je hoofd.'

Een flauwe glimlach krult zich om de lippen van de man. Hij heeft ons toch niet gehoord, hoop ik? Een mens of zelfs de meeste anderssoorten zouden ons nooit gehoord kunnen hebben van op die afstand. Tenzij… zou het dan toch een vamp zijn? Ik voel mijn wangen meteen rood kleuren en draai me snel om.

'Euh Oded, wil jij hem bedienen?'

'Waarom?' Zijn ogen twinkelen ondeugend.

'Ik denk dat hij ons gehoord heeft.'

'Vampier?'

Ik haal mijn schouders op. 'Weet niet.'

'Wil je dat ik zijn gedachten lees?'

'Nee nee, dat voelt hij meteen en dan worden je ogen zwart.'

Oded loopt op de man af en vraagt wat hij wil drinken. Het antwoord komt er zo zacht uit dat ik het niet begrijp. Dan wenkt Oded me. Schoorvoetend ga ik naar hem toe.

'Hij wil enkel whisky die jij aanbeveelt.'

'Nou ja.' Stotterend vervolg ik: 'Ik bedoel, hij weet er meer vanaf, hoor.' Ik wijs Oded aan.

'Je hebt me gisteren zo goed geholpen dat ik mijn geluk niet wil tarten,' zegt hij op rustige toon.

Mijn hemel, zijn stem klinkt als opgewarmde honing, uitgegoten over een fluwelen doek. Zoiets.

'Ik kijk wel even.' Opgelucht draai ik me om naar de flessen.

Ik doe er langer over dan gewoonlijk voor ik mijn keus gemaakt heb, hopend dat mijn hart intussen wat kalmeert en ik niet meer overkom als een loopse teef.

'Een Glenlivet deze keer.' Ik zet het glas voor hem neer.

'Hoe heet je?' Hij overvalt me zodanig met die vraag dat ik hem aanvankelijk aanstaar alsof hij zojuist vroeg of ik met hem wil trouwen.

'Je naam?' Zijn linkermondhoek krult omhoog. 'Niet je pincode.'

'O, euh Manon. Maxim.' En daar gaat mijn hartslag weer!

Hij reikt zijn hand over de bar naar me toe. 'Prachtige naam. Ik heet Lucas Lee.'

Zucht. Kon hij een nog mooiere naam hebben? Ik dacht het niet.

Ik ben zo opgelucht dat een andere klant me roept, dat ik bijna over mijn eigen voeten struikel, maar me nog net kan vastgrijpen aan de spoelbak. Ik durf hem niet aan te kijken, maar wed er mijn geliefde Citroën op dat hij nu zijn lachen moet inhouden. *Stomme, stomme stuntel die je bent,* scheld ik mezelf de huid vol.

Gedurende de verdere avond vermijd ik zoveel mogelijk direct contact met Lucas. Nooit eerder heb ik me zo gevoeld door een man. Ik kan mezelf meestal wel in de hand houden, uiterlijk gezien dan, maar bij hem lijken mijn biologische systemen me niet meer te gehoorzamen. Ik bloos, ben onhandig en krijg klamme handen.

Ik voel dat hij me in de gaten houdt. Op de momenten dat hij het niet merkt en ik hem begluur, ziet hij er zorgelijk en peinzend uit.

'Manon, je aanbidder wenkt je,' grijnst Oded.

'Ja ja.'

Zo onverschillig mogelijk stap ik op hem af en kijk hem vragend aan.

'Kan ik hetzelfde nog eens krijgen?'

'Waarom vroeg je het dan niet aan Oded?'

'Hij is lang niet zo knap als jij en ik val niet op mannen.'

'Nou, ik ook niet,' floep ik eruit. Hoe kom ik daar nu bij? Natuurlijk val ik op mannen! Van vrouwen ben ik ook niet vies, maar ze genieten niet mijn voorkeur.

Hij grinnikt en trekt zijn wenkbrauwen op.

'Nee, euh, zo bedoelde ik het niet. Ik bedoel dat ik niet op zoek ben naar een man.'

*Weer fout, Manon, je kunt beter je bek houden.*

'O?' Hij kijkt me diep in de ogen aan. 'Wie zegt dat ik op zoek ben?'

'Dat beweerde ik niet.'

Voor ik mezelf nog verder belachelijk kan maken, grijp ik de whiskyfles beet en schenk voor hem in. Veel te veel natuurlijk.

'Dank je.'

'Graag gedaan. Ik moet…'

Ik kijk wanhopig rond op zoek naar een wachtende klant, maar ze zijn allemaal bediend.

'Je moet nodig eens met me uitgaan,' vult hij aan.

Hij windt er verdorie geen doekjes om, zeg.

'Ik moet niets, behalve af en toe eten en eens genieten van een ononderbroken nachtrust.'

Het klinkt stoer, maar mijn knieën knikken. Als ze van metaal waren geweest, dan had ik er xylofoon mee kunnen spelen.

'Mag ik je iets persoonlijks zeggen, alsjeblieft?' Hij buigt zich over de bar naar me toe.

'Hangt er vanaf.'

Ik wil blijven staan, maar voel hoe mijn voeten iets dichter naar hem toeschuiven.

'Ik wil het niet zeggen voor het hele café.' Hij wenkt me met zijn wijsvinger.

Nou ja, wat kan er in een vol café verkeerd gaan, toch? Langzaam stap ik dichter naar hem toe. 'Wat dan?'

'Iets dichter.'

'Oké.'

Zei ik nu oké? En buig ik me nu volledig naar hem toe, zodat onze gezichten elkaar bijna raken?

Hij kijkt me zo intens aan dat de hele omgeving wegvalt en ik alleen nog zijn ogen zie, zonder lichaam, alsof ze in de lucht hangen. Ze krijgen een dieprode kleur, maar het dringt niet tot me door. Niet echt. Ik ruik zijn ademhaling, een mengeling van munt en whisky. Zijn lichaamsgeur een zwoele mix van kruidnagel en gepelde sinaasappelen. Het lijkt alsof ik los van mezelf sta, alle geluid met een knop wordt uitgezet en ik alleen nog zijn satijnen stem hoor.

'Ik wil je al vanaf het eerste moment dat ik je zag.'

Ik hoor het mezelf zeggen: 'Neem me dan nu mee. Alsjeblieft.'

Zijn lippen beroeren vluchtig de mijne.

'Manon.'

Ik hoor het, maar kan er niet op reageren.

'Manon!'

Het is een andere stem. Onbelangrijk.

'Kijk enkel naar mij, Manon.' Lucas' stem. Heerlijk warm.

'Manon!!!'

Ik lijk te ontwaken uit een diepe dagdroom en kijk verbaasd om me heen. Wat is er gebeurd? Lucas zit op zijn barkruk en neemt een slok uit zijn glas. Hij lijkt niet op me te letten, maar gewoon een beetje om zich heen te kijken.

'*Miljaarde*! Manon!'

Het is Oded die me met driftige gebaren naar zich toeroept. Versuft loop ik erheen.

'Wat?'

'Merkte je het dan niet?'

'Merkte ik wat?' Het lijkt verdorie wel alsof ik net een dutje heb gedaan.

'Het is nu wel zeker een bloedzuiger. Hij was je verdomme aan het hypnotiseren!'

'Nee toch.'

Ik kijk achterom, maar Lucas heeft het café verlaten.

'Jawel, en je was al aardig ver heen. Er liep nog net geen kwijl uit je mondhoeken. Het is een wonder dat je nog op mijn stem reageerde. Zag je zijn godverdomde ogen niet dan?'

'Verdomme!' roep ik veel te hard uit waardoor enkele klanten opschrikken. 'Als ik hem nog eens zie, dan schop ik hem in zijn ballen.'

'Zorg dat je schoenen aanhebt,' raadt Oded me aan. 'Met metalen punten.'

## 12

Die nacht heb ik koortsige dromen. Beelden die in half wakkere, half slaperige toestand tot me komen. De indringende rode blik van Lucas laat me niet los. Zijn stem herhaalt mijn naam, niet op een uitnodigende toon, maar eerder dwingend, bevelend. Dan weer zie ik Selena die me uitlacht en me honend aankijkt.

Wanneer ik 's morgens ontwaak, veel te vroeg naar mijn idee, ben ik kletsnat van het zweet en voelt mijn geest aan alsof er net een bulldozer overheen gewalst is. Ik blijf nog een tijdje liggen, starend naar het plafond, maar in geen geval nog van plan te gaan slapen.

Uiteindelijk sta ik op en neem een koude douche. Ik trek een jeans aan en een paarse bloes, doe een beetje mascara op, steek mijn haren op met een speld en voel me een beetje tot leven komen. Om mijn hevige emoties te bedaren, maak ik zonder nadenken mijn pistool schoon. Ik haal het helemaal uiteen en poets elk hoekje en kantje voor ik het weer in elkaar zet. Het helpt bijna evengoed als mediteren.

Wanneer ik naar de keuken ga, tref ik er niemand aan. Een blik op mijn horloge verklaart dat Diedie naar een van haar soapseries aan het kijken is en dat Jabar vermoedelijk boven de nieuwsberichten afstruint of in de kruidentuin bezig is. Ik zet een pot koffie en smeer een boterham terwijl ik wacht tot de koffie doorgepruttuld is.

Enerzijds hoop ik dat Lucas morgenavond niet weer in het café verschijnt. Na de wilde droom van afgelopen nacht voel ik een lichte mate van angst en walging voor hem. Anderzijds wil ik hem eens goed zeggen wat ik vind van zijn manipulatieve gedrag. En een klein deel van mij verlangt naar hem. Een deel dat ik liever negeer en niet toelaat.

Ik eet de boterham al staande op en loop dan met mijn kop koffie de tuin in. Een blik op de lucht toont me een lichtblauwe hemel met hier en daar een onheilspellend donkere wolk. Het kan vandaag dus beide kanten op: droog of regen. Het is frisser dan gisteren en ik beklaag het dat ik geen dikke trui of jas aanheb.

Ik vind Jabar in het tuinhuisje waar hij zaadjes in bloempotten stopt. Tot aan het plafond staan er plastic potjes en bekers op de schappen en in glazen kassen. Het ruikt er naar volle potaarde en mest. De plantjes worden door Jabar liefdevol meerdere malen verpot, zodat ze optimaal kunnen groeien. Ik vind het prachtig om de groei van de zaadjes vanaf hun kleinste ontkieming te volgen. Jabars handen zitten onder de aarde, tot onder zijn nagelriemen toe.

'Hoi,' groet ik.

'Goedemorgen, Manon.' Hij kijkt me zijdelings aan. 'Ga je vanmiddag mee naar een veiling?'

'Ja hoor.'

Jabar neemt een gietertje en vult het met kraanwater. 'Oded gaat ook mee, aangezien het café vandaag gesloten is.'

'Leuk.'

'Ik heb een ventilator opgehangen aan elk plafond op zolder. Dat zal toch al een beetje verkoeling brengen.'

'Tof, bedankt!'

'Hier.' Jabar overhandigt me het gietertje. 'Een klein beetje op elk plantje in die kas daar.'

Ik zet mijn kop koffie op de tafel in het midden, tussen alle troep in. 'Vertrouw je me?'

Hij trekt zijn wenkbrauwen vragend op.

'Ik bedoel met je plantjes je kindjes,' grinnik ik.

'Ja, natuurlijk.'

Hij gaat verder met de zaden en ik open de kas. De warmte uit de kas stijgt op en ik ruik die heerlijke frisse geur van groeiend groen. Voorzichtig geef ik elk plantje enkele drupjes water.

'En als ik het verpruts dan doe je gewoon je mojo, toch?' zeg ik.

'Waar haal je dat woord toch vandaan?'

'Ik vind het lekker klinken.'

'Hm, op een dergelijk moment voel ik me oud.'

'Vanwege dat woord?'

Jabar trekt een scheve grijns. 'Vanwege het feit dat alles verandert, zelfs woorden en omschrijvingen.'

'Maak je niet druk.' Ik geef hem een zachte tik. 'Je bent nog jong van geest.'

Hij maakt een grommend geluid.

'Gaat Diedie ook mee naar de veiling?' vraag ik.

'Nee. Ze wil de benedenverdieping een grondige schoonmaakbeurt geven.'

'Heb je er iets op het oog?'

Jabar gaat zijn handen afspoelen. 'Twee schilderijen van de Italiaanse school. Olieverf op metaal.'

Jabar gaat haast wekelijks naar het veilinghuis. Kunst verzamelen is een grote passie van hem. Maar in tegenstelling tot de meeste steenrijke kunstverzamelaars, laat hij zich niet leiden door de waarde, maar meer door de schoonheid en de emoties die een bepaald stuk losmaakt.

'Ik ben benieuwd,' zeg ik en dat meen ik.

Ik heb niet voor niets de laatste drie jaar van mijn middelbare studies plastische kunsten gestudeerd aan de Sint-Lucasschool in Gent. Niet dat ik nu een kunstexpert ben, verre van, maar ik ken er toch iets van. Na mijn middelbare opleiding heb ik nog getwijfeld om de kunstkennis verder te verfijnen door een hogere studie, maar zag er toch vanaf. Jabar werd een dagje ouder en wilde serieus beginnen met mijn training. Hij was pas laat begonnen met mijn gevechtsopleidingen, zo rond mijn vijftiende, omdat hij me een onbekommerde kindertijd wilde bezorgen. Na mijn afstuderen en een paar maanden vakantie ben ik toen parttime in het café van Oded gaan werken en kreeg de training van Jabar een intensievere vorm.

Jabar droogt zijn handen af en vervolgt: 'Vooral dat ene schilderij is prachtig. Het heet "Man met harp en jong meisje". Het doet me een beetje aan ons denken.'

'Nou maak je me helemaal nieuwsgierig,' grijns ik.

'Het tafereel is erg lieflijk. Net een vader die zijn dochter wijze raad geeft.'

In een opwelling loop ik op hem toe en geef hem een zoen op de wang. 'Jij bent mijn vader.'

Jabar glimlacht en hervat een beetje onwennig zijn bezigheden.

Hoewel ik hem nooit papa of vader noem, is hij het voor mijn gevoel wel. Ik was slechts enkele maanden oud toen hij me voor zijn deur vond. Hij woonde toen nog in Londen, maar stond net op het punt om naar zijn woning in België te verkassen. Hij twijfelde er geen moment aan om me in huis te nemen en te adopteren en heeft me opgevoed als zijn eigen dochter. Samen met Diedie overigens, die ik beschouw als mijn moeder.

'Ik ben klaar!' Ik zet het gietertje weer op zijn plaats. 'Dan ga ik even vragen of Diedie mijn hulp nodig heeft tot we naar de veiling gaan.' Ik neem het kopje mee en loop naar buiten.

De lucht is plots veel donkerder geworden, wat me enorm doet verlangen naar de zon en de zomer. Aangezien ik me als een ijskast voel na vervormen, is de zomertemperatuur voor mij veel aangenamer dan de winter. Opdrachten op warme, exotische plaatsen genieten dan ook mijn voorkeur.

Jabar heeft me beloofd dat, wanneer het weer tijd is om te verhuizen, ik zelf een residentie mag uitkiezen, waar dan ook. Sindsdien struin ik regelmatig het internet af op zoek naar verre zonnige oorden en hun gebruiken, cultuur, temperatuur en dergelijke. Ik twijfel momenteel tussen Zuid-Frankrijk en de Bahamas, maar dat kan volgende week evengoed weer een heel andere locatie zijn.

Diedie is in de keuken te vinden, waar ze aardappels aan het schillen is. Ze kijkt stralend naar me op: 'Brooke en Ridge zijn weer samen.'

'Hé?'

'Brooke en Ridge,' herhaalt ze. 'Je weet wel.'

'O, natuurlijk, uit je soapserie.'

Ze houdt een aardappel vast alsof het een knappe man is en kijkt dromerig voor zich uit. 'Hm, ze vormen een mooi koppel samen.'

'Diedie, het zijn acteurs!'

'Dat weet ik toch wel,' antwoordt ze verontwaardigd.

'Kan ik je helpen met iets?'

Ze blikt achterom. 'Als je het niet erg vindt, mag je die spruitjes daar schoonmaken.'

Ik neem de zak met spruitjes en een mesje uit de lade, ga bij haar aan tafel zitten en begin de buitenste blaadjes af te snijden.

'Sharon heeft gebeld,' zegt Diedie.

'Sharon! Wat leuk. Wanneer?'

'Daarnet. Ik dacht dat je nog sliep, sorry.'

'Ik bel haar straks wel terug.'

Door mijn anderssoortheid heb ik bewust, tijdens mijn schoolgaande jaren, mensen op afstand gehouden en nooit veel vrienden gehad. Sharon vormt daarop de uitzondering en is nog steeds mijn beste vriendin. Jammer genoeg, doordat haar ouders al te lang in België woonden, is ze verhuisd naar Canada. We zien elkaar dus erg weinig de laatste jaren, maar telefoneren en e-mailen regelmatig.

Het was bij toeval dat ik ontdekte dat ze een engel was. Gaven komen pas tot uiting in de puberteit, dus we zaten al enkele jaren in dezelfde klas voor ik het wist.

We moeten nog steeds lachen wanneer we terugdenken aan die dag op school. We waren toen veertien jaar oud. Ik zat op het toilet met het deksel gesloten, mijn voeten omhooggetild en de deur op een kier, toen Sharon de ruimte binnenliep. Ik wilde me afzonderen omdat ik behoorlijk baalde. Ik had net te horen gekregen dat ik een zes op tien had gescoord voor geschiedenis, in plaats van de verwachte acht. Aangezien de toiletten op dat lesuur verlaten waren en ik wilde mokken zonder gezien te worden, zat ik daar. Sharon was ervan overtuigd dat ze alleen was in de ruimte, want alle deuren stonden open, toen ze het toilet naast me nam. Blijkbaar was het toiletpapier op en besloot ze dat van mij met telekinetische kracht naar haar te halen. Ik zag er toen wel de grap van in om haar de stuipen op het lijf te jagen en hield de rol tegen. Met mijn andere hand voor mijn mond hield ik mijn lachen in. Ze vloekte als een bootwerker. Uiteraard hoorde ze me gniffelen en vertelde me later dat ze gespannen haar adem had ingehouden en zich amper durfde te bewegen. Haar ouders zouden furieus zijn als een mens haar gave ontdekte, dus ze zag de straf al helemaal voor zich.

Heel voorzichtig zag ik haar hoofd onder de afscheidingsmuur verschijnen. Ik zie nog steeds die vertwijfelde blik in haar ogen, niet zeker hoe ze moest reageren. En daarna de opluchting toen ze vernam dat ik ook een anderssoort was. Sindsdien delen we alle lief en leed en we hebben heel wat afgehuild bij ons afscheid. Ik mis haar verdorie enorm.

Diedie brengt me weer naar het heden. 'Ik denk dat ze verliefd is.'

'Sharon is elke dag verliefd. Elke dag op een ander.'

Diedie grinnikt. 'Die meid verslijt meer vriendjes dan ik onderbroeken.'

'Ah, ze heeft gelijk,' zeg ik. 'Ik wou dat ik zo onbevangen kon leven. Elke dag is een feest voor haar.'

'Je bent geen engel, Manon. Engelen worden heel snel verliefd en zijn heel snel weer iemand zat. Dat zit niet in jouw aard.'

Ik schokschouder. 'Een vamp probeerde me te versieren gisteren.'

'Een vamp? Pas daar maar mee op. Die zijn niet altijd te vertrouwen.'

Ze bedoelt het goed, maar soms kan ik niet tegen betuttelen. 'Dat weet ik ook wel,' stoot ik veel te fel uit. Ik zie haar letterlijk ineenkrimpen. 'Sorry, Diedie, je hebt gelijk.'

'En ik moet aanvaarden dat je nu een grote meid bent.'

We lachen elkaar schaapachtig toe en zijn dan even in stilte met de groenten bezig.

'Weet je,' zeg ik even later. 'Die hufter probeerde me zelfs te hypnotiseren.'

Diedie zucht diep. 'Je zou denken dat ze anders niet aan een partner raken. Wat bezielt hen toch?'

Jabar komt de keuken in. 'Ik ga douchen. Over een uurtje begint de veiling.'

'Oké,' antwoord ik. 'Ga je echt niet mee, Diedie?'

'Nee, lieverd, een groot huis als dit vergt veel onderhoud.'

'Jabar zou het echt wel begrijpen en het stof loopt niet weg.'

Diedie legt een hand op mijn arm. 'Gaan jullie maar fijn. Ik amuseer me wel met de spinnenwebben en stofwolkjes.'

'Oké.' Ik sta op om de afvalrestjes van de spruitjes in de daarvoor bestemde afvalbak te gooien.

In haar plaats zou ik magie gebruiken om het huis te poetsen. Gelukkig ben ik geen heks. Met de kracht van magie zou ik veel vaker mijn gave misbruiken, vermoed ik. Maar wie weet wat ze doet wanneer wij er niet bij zijn. Hoewel, ik kan het me echt niet voorstellen. Diedie is erg strikt wat gebruik en misbruik van gaven betreft.

'Kan ik nog iets doen?'

'Nee, lieverd. Bedankt voor de spruitjes.'

'De nada. Ik ga nog even lezen.'

'Goed, meid.'

# 13

Om half twee vertrekken Jabar en ik in zijn Porsche Carrera naar het veilinghuis. Telkens wanneer ik in die luxewagen zit, twijfel ik toch sterk om toe te geven aan Jabars voorstel een nieuwe wagen voor me te kopen. De leren stoelen zitten heerlijk en we glijden over de straat als schaatsers over het ijs. De krachtige motor voel ik ronken tot onder mijn zitvlak en geeft een machtig gevoel.

Jabar praat nooit veel wanneer hij rijdt. Hij wil zich vooral op de wagen en het wegdek concentreren, dus stop ik een cd in de speler. Massive Attack. Sharon heeft wel eens geopperd dat ze vermoedt dat het anderssoorten zijn. Het zou me niet verbazen.

Jabar trekt een afkeurende grimas, maar zegt niets.

We rijden Oostende binnen. Een miezerige regen valt neer op de voorruit. Verdorie, ik heb geen paraplu bij me en met mijn haar, dat snel kroest bij vochtig weer, is dat echt wel een vereiste.

'Kan je het weer niet even veranderen?' vraag ik. 'Die wolken wegblazen of zo?'

'Nee,' reageert Jabar uiterst serieus. 'Je weet dat elfen dat nooit zomaar doen. Enkel in het hoogstnodige geval. Het zou nogal tumult veroorzaken als elke elf zijn eigen weertje creëert wanneer het hem of haar niet bevalt.'

'Waarom heb je dan een gave?' pruil ik.

'We worden gevolgd,' zegt Jabar op rustige toon.

'Wat?' Ik draai me om en kijk door de achterruit. Achter ons rijdt een grijze Audi met donkere ramen.

Jabar slaat bij de volgende verkeerslichten links af. De Audi ook.

'Ben je het zeker?'

'Nee.'

We rijden een rotonde op, met in ons kielzog nog steeds de Audi.

'Ik kan niet zien wie erin zit,' zeg ik.

Even later komen we aan bij Veilinghuis De Wit. De Audi vertraagt en rijdt ons opvallend langzaam voorbij. Jabar parkeert de wagen.

'Misschien was het toeval,' oppert Jabar.

'Met al wat er de laatste tijd gaande is, durf ik dat niet meer te beweren,' zeg ik.

We stappen allebei uit en ik haast me naar de ingang om zo snel mogelijk uit de regen te zijn. Oded, in een stijlvol, donkerblauw hawaïhemd met witte bloemen, staat ons grijnzend in de deuropening op te wachten. Piep zit op zijn schouder in plaats van in het borstzakje.

'Ik weet niet of hij binnen mag.' Ik wijs naar Piep en geef Oded een zoen.

'Er staat enkel dat honden niet toegelaten zijn.' Hij knipoogt. 'Maar goed, verdorie. Piep, zak,' commandeert hij en meteen schiet de rat in het borstzakje. 'Blijf stil,' zegt hij vervolgens en het kopje verdwijnt helemaal zodat er enkel nog een bewegingloze uitstulping te zien is, wat evengoed een zakdoek kan zijn. Ik vraag me af of Oded dit doet met gedachtemanipulatie en vraag het dan ook.

'Nee, op dieren heb ik geen invloed. Dat is voorbehouden aan de elfen. Trouwens, ratten zijn uit zichzelf ontzettend slimme beestjes, net kleine hondjes.'

'Wat zijn net kleine hondjes?' Jabar omhelst Oded. Uiteraard op een mannelijke manier met een rugklop erbij.

'Ratten.'

'Qua intelligentie wel, ja, maar hun gedachtegang is compleet anders.'

'Dank u voor uw wijze raad, o rattenfluisteraar,' grapt Oded.

We gaan naar binnen. Via een hal komen we rechtstreeks uit in de middelruime zaal waar zich vooraan een klein podium bevindt. Op het podium staat een tafel waar al een kunstobject op geëtaleerd wordt en een spreekgestoelte voor de veilingmeester. Voor het podium staan een honderdtal stoelen. Op de muren prijken posters van vorige veilingdagen en andere reclame.

Het is er al behoorlijk druk en we nemen meteen plaats op de achterste rij. In korte tijd zijn bijna alle stoelen bezet en komt de veilingmeester tevoorschijn. Het geroezemoes valt stil.

Een voor een worden beelden, sieraden, zilverwerk, meubelen, glaswerk en porselein geveild. Ik luister niet echt naar de omschrijvingen, noch de bedragen waarvoor ze de deur uitgaan. Ik vind het vooral leuk om de prachtige stukken te bekijken en verzin er telkens een eigen verhaal bij. Een kandelaar die gebruikt werd om een moord te plegen, een beeld dat in een spookhuis gestaan heeft en nog steeds dood en verderf zaait bij de bezitters ervan, een ring die symbool staat voor een verloving waarvan de verloofde spoorloos verdwenen is boven de Bermudadriehoek, en zo verder. Mijn fantasie kent geen grenzen.

Op een gegeven moment komt, nogal laat, een jonge, blonde dame binnen. Ze kijkt even onzeker rond en neemt plaats op de enig overgebleven lege stoel. Haar handtas klemt ze krampachtig op haar schoot.

Ik weet dat Jabar geduldig wacht op de twee schilderijen die hem interesseren, maar intussen toch alle aangeboden objecten nauwkeurig volgt voor het geval er toch nog iets moois tussen zit.

Oded komt vooral mee omdat hij het gezellig met ons vindt, zegt hij zelf. Kunst boeit hem wel, maar niet om te kopen. Hij verzamelt vooral voorwerpen uit de Tweede Wereldoorlog, waarvan hij in zijn huis een onbetaalbare, uitgebreide collectie heeft.

Dan is het de beurt aan de twee schilderijen van Italiaanse meesters waar Jabar zijn zinnen op heeft gezet. Ik moet toegeven dat ze indrukwekkend zijn.

"Meisje bij de bron" is een fascinerende weergave van een meisje dat haar haren kamt en dromerig voor zich uitstaart. Het is erg gevoelig en realistisch weergegeven en voorzien van een prachtig bewerkt kader.

"Man met harp en jong meisje" is nog mooier. Een oude man met grijze haren en een lange baard bespeelt een harp die op zijn schoot rust en kijkt naar het meisje dat naast hem zit. Hun onderlinge blik bevat zoveel liefde en respect dat het haast voelbaar is. Ook dit olieverfschilderij heeft een krullerig bewerkte, gouden omlijsting.

Ze beginnen met "Meisje bij de bron" en ik vind het startbod belachelijk laag: vijfhonderdvijftig euro. Ik herken dan wel de grote meesters of de periode waarin ze geschilderd zijn, maar ik ken geen snars van de waarde van dergelijke kunstwerken. Het toont maar weer eens aan dat Jabar er geen bal om geeft of de werken een goede investering zijn of niet.

Jabar doet een aanspraak op het bod.

De laat binnengekomen dame met blond haar gaat eroverheen met honderd euro en kijkt Jabar vluchtig aan, haar concurrentie peilend. Wacht maar, denk ik. Ze heeft nog niet door dat Jabar, wanneer hij zijn zinnen op iets zet, niet gauw opgeeft. Tenslotte heeft hij geld zat en kan nog wel een poosje doorgaan.

Jabar biedt honderd euro meer, waardoor het schilderij op zevenhonderdvijftig euro komt. Natuurlijk geeft de blonde dame niet op en gaat er boven met weer honderd euro. En ook nu kijkt ze achterom, waarschijnlijk peilend naar Jabars reactie.

Ik zie dat ze in haar rechterhand een mobiele telefoon vasthoudt die ze continu tegen haar oor gedrukt houdt.

Ik stoot Jabar aan en fluister: 'Zij is niet de werkelijke bieder. Die hangt aan de telefoon.'

Jabar buigt zich naar voren en ziet nu dat de dame aan de telefoon hangt.

Hij knikt. 'Maakt niet uit.'

Het bieden gaat verder en ze zitten algauw aan vijftienhonderd euro. Oded die aan de andere kant van Jabar zit, fluistert: 'Dit is niet normaal. Zoveel is dat schilderij niet waard.'

'Het is mooi,' antwoordt Jabar enkel en steekt opnieuw zijn hand in de lucht.

Oded geeft een teken dat hij met me wil praten. Ik draai me om en leun achter Jabars rug om.

'Voor Jabar is dit waardevol omdat hij het mooi vindt. Ik kan me niet voorstellen dat een ander er net zo over denkt.'

'Ik ben het met je eens en…' Ik bijt mijn woorden af. Bijna had ik gezegd: *en zeker door de afgelopen gebeurtenissen vertrouw ik het hele zaakje niet.*

'Ik weet wat je denkt, Manon,' zegt Jabar rustig. 'Maar het lijkt me vergezocht.'

'En wat, Manon?' Oded kijkt ons een voor een aan. 'En wat, Jabar? Is er iets anders aan de hand?'

Ik schokschouder.

'Later,' zegt Jabar.

Het bieden gaat verder. Het schilderij dat waarschijnlijk maar duizend euro maximaal waard is, zit nu al aan het bedrag van tweeduizend euro. Jabar krijgt een grimmige trek om zijn mond, maar hem kennende zal hij het niet opgeven.

De dame wordt ook nerveus, merk ik. Ze kijkt niet meer zo zelfverzekerd en de conversatie met haar telefoonpartner verloopt verhitter dan eerst.

'Zou je niet beter stoppen?' oppert Oded. 'Blijkbaar is de andere bieder een verdomd grote fan.'

Het publiek wordt onrustiger. Er wordt gefluisterd en gewezen. Ze bekijken het gebeuren alsof ze naar een tenniswedstrijd kijken.

'Nee,' antwoordt Jabar. 'Nog niet.'

De spanning in de zaal is serieus voelbaar, trillend boven ons hoofd. Iedereen vraagt zich natuurlijk af wat er zo bijzonder is aan dat schilderij.

Wanneer het bod van de dame op drieduizend euro komt, laat Jabar zijn kans voorbijgaan. Ik haal opgelucht adem, dit werd te ernstig. Ook de dame laat haar gespannen schouders zakken en haar gezichtstrekken verzachten ogenblikkelijk. Ik denk dat Jabar het uiteindelijk opgeeft omdat hij toch meer interesse heeft in het volgende schilderij "Man met harp en jong meisje".

Ook hier begint het openingsbod met vijfhonderdvijftig euro. En verdorie als het niet waar is. De blonde dame doet weer mee!

Jabars handen ballen zich tot vuisten. Ik heb hem nooit eerder zo gezien.

'Ik denk dat er een spelletje met ons gespeeld wordt,' fluister ik Jabar toe.

Hij kijkt me vluchtig aan. 'Misschien.'

'Ach, komaan, zeg. Ze biedt op niets anders dan net die twee stukken waar jij op biedt.'

Het bieden neemt weer een ongelooflijke snelheid en hoogte aan. Binnen de kortste tijd staat het bedrag op vierduizend euro, vijfduizend euro, achtduizend euro.

Ik zie dat Oded verbaasd knippert met de ogen. Hij weet dat zijn vriend geld onbelangrijk vindt, maar hij heeft hem nooit eerder zoveel zien neerleggen voor iets dat duidelijk niet zoveel waard is.

De dame doet een bod dat een boel stappen overslaat en iedereen in de zaal met verstomming slaat.

'Twintigduizend euro!'

'Vijfentwintig!' roept Jabar.

Het is even muisstil. Het publiek wacht gespannen af, bijna niemand durft ook maar te zuchten.

De vrouw luistert aan de telefoon en knikt dan. 'Vijftigduizend euro!'

Het lijkt alsof het publiek gezamenlijk hun adem inhoudt. Zelfs de veilingmeester is van slag. Hij kijkt de dame aan alsof er net hoornen en een staart bij haar gegroeid zijn.

Jabar laat het schilderij gaan, zijn blik een mengeling van woede en teleurstelling.

Wanneer we als een kudde schapen met de rest mee naar buiten gaan, kan ik het niet laten de blonde dame aan te spreken.

'Excuseer,' zeg ik en leg mijn hand op haar arm.

Ze draait zich om. Het is een knappe vrouw, maar de stress is nog steeds van haar gezicht af te lezen. 'Ja?'

'Mag ik weten uit wiens naam u bood?'

De vrouw zucht diep. 'Hij zei al dat iemand uit het publiek dat zou vragen.'

'O?' Ik kijk haar oprecht verbaasd aan. 'En? Mocht u antwoorden?'

'Ja. Ik mocht zijn naam zeggen, maar het klinkt nogal raar.'

Met mijn blik spoor ik haar aan het te zeggen.

'Hij heet Lex. I. Con.'

'Lexicon. Als ik het niet dacht. Bedankt.'

Ik wil me omdraaien, maar de vrouw houdt me tegen.

'Kent u hem?'

'Nee en ja,' antwoord ik naar waarheid.

'Hij lijkt me nogal raar, niet?'

'U hebt hem nooit gezien?'

'Nooit. Ik kreeg de opdracht om te bieden via het advocatenkantoor waar ik als secretaresse werk. Ik moest me dagelijks paraat houden en zou gewaarschuwd worden wanneer ik naar deze veiling moest komen. Tot een uur geleden wist ik het niet. Zelfs de advocaten voor wie ik werk hebben de opdrachtgever nooit gezien. Alleen gesproken.'

'U weet toevallig niet welke taal hij spreekt?'

'Ja. Hij sprak Nederlands, maar met een Engels accent.'

'Dank u.' Ik glimlach haar dankbaar toe. 'U hebt het goed gedaan, hoor.'

Ze zucht alsof er net een ton cement op haar schouders ligt. 'Ja. Het is gelukkig voorbij. Ik heb hier een hekel aan.'

Ik loop naar buiten, waar Jabar en Oded bij de Porsche staan te wachten. Met een zelfvoldane grijns stap ik op hen toe.

'Ik veronderstel dat je wat te weten bent gekomen,' zegt Jabar.

'En of.'

'Laten we wat gaan drinken,' stelt Oded voor. 'Mijn keelwand voelt aan alsof er een fucking lucifer tegengehouden werd. En dan mogen jullie me even vertellen wat er allemaal aan de hand is. Zelfs Piep voelt de geheimzinnigheid rond jullie hangen.'

'Goed,' zegt Jabar.

'Rijden jullie achter mij aan?' vraagt Oded. 'Ik wil even stoppen bij De Vier Seizoenen, een winkeltje onderweg, het ligt op onze route. Ik wil een pakje rookstokjes kopen en die aardige dame goedendag zeggen.'

## 14

Even later zitten we gezellig in The Piper's Pub in Westende, Odeds favoriete bar en restaurant. Het zal er wel mee te maken hebben dat ze een ruime keuze aan whisky hebben, hoewel lang niet zo uitgebreid als die van zijn café. Het is er aangenaam druk en aan de verschillende talen te horen, zitten er zoals gewoonlijk behoorlijk wat toeristen.

Oded bestelt een whisky voor zichzelf en water voor Piep, ik bestel een glaasje witte wijn en Jabar een groene thee.

'Goed, vertel,' spoort Oded ons aan. Hij steekt een sigaret op. 'Tenzij ik het niet mag weten, natuurlijk.'

Ik kijk Jabar zijdelings aan.

'Als ik het jou vertel, kom je misschien in gevaar,' zegt Jabar.

'Ik lach om gevaar. Ik heb verdorie gevochten... Nou ja, jullie weten het wel,' grijnst hij en giet een beetje water in een flessendop die hij altijd bij zich heeft. Piep slurpt het gulzig op. 'Ik heb thuis nog mijn Brengun liggen,' voegt Oded er aan toe, terwijl de sigarettenrook uit zijn mond komt.

'Goed.' Jabar licht Oded in over New York, Selena, de inbraak en het boek dat gestolen is. Hij vertelt over onze vermoedens dat we achtervolgd werden, maar Oded is vooral onder de indruk van het boek.

'Niet echt slim om zoiets bij te houden, ouwe vriend.' Oded blaast langzaam de rook uit.

Jabar trekt een grimas. 'Ik heb mezelf er al genoeg van langs gegeven.'

'Manon, vertel jij nu eerst wat de peroxidetroela mee te delen had,' vraagt Oded. 'Dan krijgen we een totaalbeeld.'

Ik vertel het. Het is niet veel, maar het bevestigt mijn vermoedens.

'Hij wil het wel erg duidelijk maken dat we weten wie het is,' zegt Jabar. 'Lex. I. Con. Hij lacht ons vierkant uit.'

'Hij wil inderdaad zeker weten dat we doorhebben dat hij het boek heeft laten stelen en je ook nog eens plaagt door die schilderijen onder je neus vandaan te halen,' zeg ik.

'Ik had hoger kunnen bieden,' zegt Jabar grimmig.

'Daar twijfelen we niet aan, ouwe makker,' grijnst Oded. Hij neemt een ferme slok van zijn whisky en drukt zijn sigaret uit in de asbak. 'Maar ik denk dat Lex, laten we hem maar zo noemen, altijd hoger dan jou was gegaan. Ik vermoed dat hij niet arm is, Jabar.'

'Ja, dat kreeg ik door.'

'Wat wil hij toch?' Ik sla gefrustreerd op de tafel. 'Eerst Selena op mij afsturen, dan inbraak, dan een spelletje op die veiling. Wat is zijn bedoeling?'

'Engels accent, eh,' zegt Oded. 'Geen oude vijanden uit de tijd dat je in Londen woonde?'

'Nee.' Jabar zucht en nipt van zijn thee. 'Geloof me, ik heb de laatste tijd mijn hersens gepijnigd. Ik zou niet weten wie hiervoor verantwoordelijk kan zijn.'

Piep bedelt om een nootje en ik geef er hem een. Ik krijg een likje terug.

'Het lijkt mij niet dat hij het boek openbaar wil maken, want dan zou hij die twee verdomde broers niet om zeep gebracht hebben,' oppert Oded.

Jabar bestelt ook een whisky. 'We weten niet zeker of het geen zelfmoord was.'

'Lijkt me nogal duidelijk dat het moord was door gedachte-beïnvloeding van een soortgenoot van me.'

'We denken aan chantage, maar hebben nog niets op dat gebied vernomen,' zeg ik.

'Dat zal niet lang meer duren,' meent Oded. 'Let op mijn welge-manierde woorden.'

'Tenzij hij spelen met ons veel te leuk vindt,' zeg ik op grimmige toon.

'Hebben jullie Selena, die bloedzuigster, al eens laten natrekken?' vraagt Oded.

'Ja. Diedie vond niets over haar terug. Zelfs geen woonplaats. Ze staat nergens op een lijst,' antwoordt Jabar. 'Ze woont niet in New York en werkt niet voor een taxibedrijf.'

'Dan kunnen jullie niets anders doen dan afwachten.'

Daar vrees ik ook voor.

'Maar,' voegt Oded er nog aan toe. 'Jullie weten toch al wat. Ten eerste is het waarschijnlijk een anderssoort, aangezien Lex met anderssoorten samenwerkt. En ten tweede is hij verdomd rijk. Misschien was dat de opzet van hem tot nu toe. Die dingen aan jullie duidelijk maken. Jullie angst aanjagen.'

'Ik popel om hem persoonlijk te ontmoeten,' besluit ik. 'Ik heb al hele scenario's bedacht wat ik hem wil aandoen.'

'Altijd goed je acties overdenken, Manon,' waarschuwt Jabar me.

'Luister naar de wijze woorden van je vader.' Oded knipoogt me toe.

Ik grom. 'Ja ja, een gevecht heeft meer kans wanneer je je hersens erbij houdt. Dat hebben jullie me al vaak genoeg duidelijk gemaakt.'

'Ik twijfel om de inrichting van mijn café te veranderen,' zegt Oded dan.

'Niet doen,' zeg ik. 'De charme van jouw café is juist dat het lekker ouderwets oogt en daardoor is het aparter dan de andere.'

'Ik geef Manon gelijk,' voegt Jabar eraan toe.

'Oké, twee tegen één is overtuigend genoeg.'

We kletsen nog een tijdje over koetjes en kalfjes en Oded wisselt een paar tips uit met de kroegeigenaar over goede whisky's en bijzondere merken bronwater waarmee je ze kan verdunnen. We vergeten daardoor even de dreiging die boven ons hoofd hangt, alsof ons leven doodnormaal is. En dat voelt goed.

## 15

Oded besluit achter ons aan te rijden naar Jabbeke. Hij wil nu wel-eens proeven van Jabars beloofde whisky. Het weer is intussen op-geklaard en de hemel ziet er wolkeloos en stralend blauw uit.

Wanneer we thuiskomen, treffen we Diedie in tranen en shock aan in de woonkamer. Ze kijkt ons beschaamd aan en kan ons door het huilen door amper iets vertellen.

Ik haal snel een glas water uit de keuken en overhandig het haar. We zitten allen rond haar op de Chesterfield banken voor de open-haard en wachten geduldig en bezorgd tot ze enigszins gekalmeerd is.

Uiteindelijk kijkt ze ons met roodbetraande ogen aan. Ik voel een hartgrondige haat door me heen vlammen voor die Lex of hoe hij ook heet. Ik weet zeker dat hij er weer mee te maken heeft.

'Wat is er gebeurd?' vraagt Jabar. Ik hoor zijn ingehouden woede in elk woord.

'Manon,' zegt ze en wijst me met trillende vinger aan. 'Ik dacht dat het Manon was.'

'Hé?' Hoezo? Ik begrijp er niets van.

De anderen evenmin, want Oded vraagt zacht: 'Wat bedoel je, Diedie?'

'Ik… ik was aan het schoonmaken. Stofzuigen.' Ze neemt een slok water.

'Ja,' spoor ik aan. 'En dan?'

'Het geluid van de stofzuiger overstemt de meeste andere gelui-den. Ik heb dus niets gehoord. Tot jij voor me stond.' Ze wijst me aan.

'Ik? Maar ik was met Oded en Jabar weg.'

'Het was jij niet.'

We kijken haar aan alsof ze van lotje getikt is.

'Was ik het nu of niet?' vraag ik. 'Wacht eens even…'

Diedie knikt. 'Het was een vervormer in jouw gedaante.'

'Bah,' breng ik met een grimas uit.

'Doordat hij er als jou uitzag, kon hij natuurlijk via een raam binnenbreken. Het beschermingsschild rond het huis is zo ingesteld dat jouw uiterlijk en dat van mij, Jabar en Oded moeiteloos binnen kunnen komen. En plots stond jij voor me, nou ja, stond hij dus voor me.'

Met trillende vingers neemt ze een slok water en zucht.

'Heeft hij jou iets aangedaan?' vraagt Jabar.

'Nee.'

We nemen allen opgelucht adem.

'Maar ik schrok behoorlijk, dat kan je je voorstellen. Eerst dacht ik dus echt dat jij het was, Manon, en vroeg ik waarom je zonder Jabar teruggekomen was. Maar ik dacht nog steeds niet… Wat ben ik toch stom.'

Ik streel troostend haar schouder. 'Helemaal niet, Diedie. Als het een talentvolle vervormer was, dan kon je het verschil niet zien tussen hem en mij. Geloof me maar.'

'Ik had het moeten weten. Na al die jaren…' Ze neemt nog een slok water. 'Maar vervormers komen zelden voor. Ze zijn het minst talrijk van alle anderssoorten.'

'En toen?' vraagt Oded.

'Hij deed toen weer enigszins normaal en vroeg of ik iets te eten had voor hem. Voor Manon dus. Ik heb verdorie boterhammen voor hem klaargemaakt!'

Volgens mijn herinnering is het de eerste maal dat ik Diedie hoor vloeken.

'Waarover hebben jullie gepraat?' vraagt Oded.

Jabar is intussen opgestaan om de whisky te pakken. Hij schenkt vier glazen in en overhandigt ze ons. Diedie klokt haar whisky bijna helemaal naar binnen.

'Aanvankelijk over koetjes en kalfjes,' antwoordt ze. 'Maar daarna begon hij me uit te horen. Ik had mijn wantrouwen alweer laten varen, want geloof me, hij gedroeg zich net als Manon, praatte zoals zij. Hij had dezelfde kleren aan als zij toen je vertrok vanmiddag. Hij rook zelfs net als jij, Manon, je parfum, alles.' Diedie schudt haar hoofd alsof ze het amper kan bevatten.

'Hij vroeg of ik nog iets ontdekt had. Ik antwoordde: "Hoezo? Ik ben al de hele middag aan het schoonmaken en ik ben niet op de computers geweest." Hij wist zelfs dat jullie naar dat veilinghuis geweest waren en vertelde dat Jabar de schilderijen toch niet te pakken had gekregen. Daarom had ik dus geen argwaan.'

'Natuurlijk niet,' zeg ik. 'Iedereen zou hem geloofd hebben.'

'Maar toch.'

'Nee, niet maar toch,' zeg ik ferm.

'Hoe wist je uiteindelijk dat het Manon niet was?' vraagt Jabar.

'We, die vervormer en ik, hadden net een gesprek over Sharon gehad. Trouwens, Manon, ze heeft opnieuw gebeld.'

'Verdorie, ik moet haar nog terugbellen.'

'Ga verder,' spoort Jabar aan.

'Ik had het over Sharon en hij vroeg toen opeens wel veel over haar. Wat ik van haar vond en zo, maar ik vond het gewoon een gesprek zoals we vaak hebben. Niet anders dan anders. En ook over jou, Oded, vroeg hij het een en ander. Op een manier alsof het Manon was die interesse had in je verleden. Ik had achterdochtiger moeten zijn, zeker met wat er de laatste tijd gebeurd is, met die inbraak en zo.' Ze schrikt om wat ze zelf zegt en kijkt Oded aan en daarna Jabar.

'Oded is op de hoogte,' stelt Jabar haar gerust.

'Maar ik denk niet dat ik iets verkeerds heb verteld, hoor.'

'Maakt niet uit,' sust Jabar.

'Na een uurtje of zo, stond hij op – we zaten in de keuken – en vervormde hij voor mijn ogen. Ik schrok me een hoedje! Stond er opeens een man voor me, niet al te groot met rossig haar en sproeten.'

'Dat wil niets zeggen,' breng ik in. 'Hij zal vast niet zijn ware gedaante getoond hebben.'

'Denk ik ook niet. Hoe dan ook. Stond hij daar met een zelfvoldane grijns. Ik was zo verbouwereerd dat ik eerst geen woord kon uitbrengen, laat staan een spreuk. Dan begon zijn mobiel te rinkelen, maar hij nam niet op en liep weg.'

'Wanneer was dat?' vraagt Oded. Hij staat op om een raam te openen zodat Piep in de tuin zijn behoefte kan doen.

'Een vijftiental minuten voor jullie thuis waren.'

'Dan werd hij waarschijnlijk gewaarschuwd dat we eraan kwamen,' meen ik.

'Ik heb de Audi niet gezien,' zegt Jabar.

'Oded reed op een gegeven moment achter ons. Reed er een Audi achter jou?' vraag ik aan Oded die bij het raam wacht tot Piep klaar is.

'Verdorie, niet op gelet, eerlijk gezegd. Hersenloos stom van me.'

Ik voel me opnieuw razend worden. 'Ze houden ons dus nog steeds in de gaten. Ze wisten dat we weg waren en dat Diedie alleen thuis was. De rotzakken!'

'Hij zei nog één ding voor hij vertrok.' Diedie bijt op haar onderlip.

We kijken haar afwachtend aan.

'Hij zei: "Zeg tegen die elf dat het nog lang niet voorbij is".'

We zijn er even stil van. Het is één ding om te weten dat het nog niet voorbij is, maar om er nog eens zo met je neus op gedrukt te worden is iets anders.

'Het klinkt nogal klotepersoonlijk,' zegt Oded zacht. 'Persoonlijk op jou gericht dus, Jabar.'

'Ja, maar ik zou nog steeds niet weten wie.'

'Tot nog toe hebben ze geen van jullie iets aangedaan,' vervolgt Oded. 'Gelukkig.'

Hij opent het raam en Piep komt binnen. Het verbaast me telkens weer dat die rat er niet vandoor gaat wanneer hij alleen in de tuin rond mag lopen.

'Het lijkt wel alsof die Lex-kerel jou via ons wil pesten,' voeg ik eraan toe. 'Een spelletje met ons speelt, toont hoeveel macht en geld hij heeft.'

'Ik vermoed dat het daar niet bij blijft.' Jabar kijkt peinzend voor zich uit.

'Nee, de big bang moet nog volgen,' zeg ik.

'Diedie, kan je met je magie afluisterapparatuur of camera's opsporen?' vraagt Jabar.

'Ja, dat kan ik en doe ik meteen!' Ze klinkt strijdlustig.

Terwijl Diedie haar ding doet in elke kamer van het huis, beginnend bij de bibliotheek boven, drinken we onze whisky verder op.

'Ik wil iets doen!' roep ik plots uit. 'Iets! Wat dan ook! Ik kan er niet tegen machteloos te moeten afwachten.'

'Ik ook niet, Manon. Maar waar kunnen we beginnen? We hebben geen echte namen en geen verblijfplaatsen,' zegt Jabar.

'We weten nu wel dat er een duivel, vamp en vervormer met die Lex samenwerken. We zijn dus iets beter voorbereid. Stom dat die Lex daar niet aan dacht.'

'Ik denk dat het een arrogante drol is,' meent Oded. 'Hij kickt erop om ons zijn macht te tonen, alhoewel we dan gewaarschuwd zijn. Blijkbaar speelt dat dus geen enkele rol in zijn plan.'

Diedie komt terug met dieppaarse ogen en bevestigt ons vermoeden. Ze houdt enkele kleine technische apparaten in haar handen.

'Onder de bureaulamp op zolder, het Boeddhabeeld in de meditatiekamer, achter Jabars televisietoestel en op nog enkele plaatsen. Ik ga nu de woonkamer en keuken doen.'

Ze deponeert de apparaatjes op de salontafel en beent naar de keuken. Oded grist ze meteen van het tafeltje, gooit ze op de grond en begint er als een razende op te stampen.

'Zo, zo en zo!' roept hij uit. 'Stelletje van de patat gerukte gluur-ders!'

'Ik had er veel eerder aan moeten denken.' Jabars woorden klinken doorspekt van verdriet.

Ik merk dat hij gebukt gaat onder schuldgevoelens. Zijn blik staat somber en zijn voorhoofd is diep gefronst.

'Het is niet zo dat je dit regelmatig tegenkomt,' troost ik hem. 'We hebben dit nooit eerder meegemaakt.'

Diedie gooit opnieuw twee apparaatjes op tafel die Oded met evenveel enthousiasme en getier een kopje kleiner maakt.

Ze neemt nu de woonkamer onder handen. Prevelend houdt ze haar handen voor zich uit. Ik zie uiteraard niet wat zij ziet, maar plots loopt ze doelbewust naar de piano en opent de grote klep. Volgens wat Diedie me ooit vertelde, denk ik dat ze nu een paarse gloed ziet verschijnen op de plaatsen waar de apparaatjes verstopt zitten. Zonder aarzelen grijpt ze in de piano en haalt er iets uit. Hetzelfde gebeurt wanneer ze een schilderij omdraait.

Wanneer deze apparaatjes hun definitieve einde kennen, zakt Diedie uitgeput neer op de bank.

'De tuin doe ik zo meteen,' zucht ze. 'Ik ga eerst koken.'

'Nu is het duidelijk waarom ze zoveel over ons weten,' zeg ik, kijkend naar de gebroken stukken op de grond.

'Eet je mee, Oded?' vraagt Diedie.

'Lekker, graag.'

Diedie staat op, maar Jabar houdt haar tegen.

'Bestel vanavond aan huis, Diedie, je hebt al genoeg gedaan vandaag.'

Ze kijkt hem aan met een mengeling van twijfel en opluchting. 'Maar ik had spruitjes en...'

'Die zijn morgen nog prima,' zeg ik snel.

Uiteindelijk geeft ze toe. 'Goed, ja. Lijkt me fijner.'

'Ik bestel de pizza wel.' Ik spring op. 'Daarna bel ik gelijk Sharon even.'

Ik ga naar mijn kamer waar ik meer privacy heb om met Sharon te kletsen. De gesprekken met haar gaan niet zelden over seks en vriendjes, dus niet echt geschikt voor de oren van de anderen. Ik ben benieuwd hoeveel ervaring ze heeft met vamps. Misschien kan zij me raad geven.

## 16

Ik ga op bed liggen, leunend tegen de muur met kussens en pluchen beren achter mijn rug. Nadat ik de pizza's heb besteld, bel ik Sharon op. Ze neemt bijna meteen op, alsof ze bij de telefoon stond te wachten. Dat hebben we vaker gehad, het lijkt wel of we een telepathische verbinding hebben die zelfs overzee nog standhoudt.

'Hoi Manon,' zegt ze met haar fijne stemmetje dat mij altijd doet denken aan een windorgel.

'Hoe wist je dat ik het was?'

'Vraag je dat nog steeds? Na al die jaren?'

Ik grinnik. 'Je hebt gelijk.'

'Je moet je meer openstellen voor wonderen die niet altijd zichtbaar zijn, Manon, dat maakt het leven een stuk boeiender.'

Ik bedenk me dat mijn leven boeiend genoeg is, maar zeg haar dit niet. Sharon weet niets van mijn dubbelleven af. Dat ik haar nooit heb kunnen vertellen van mijn opleiding en veldopdrachten met anderssoorten, heeft me altijd dwarsgezeten.

'Ik zal het proberen,' antwoord ik.

'Goed zo.'

Ik zie al voor me hoe ze haar hartvormige gezichtje schuin houdt en haar fragiele, parelwitte haren voor haar grote, blauwe ogen vallen.

'Hoe gaat het met je?' vraag ik.

'O, fantastisch!' Ze kreunt. 'Ik ben zoooo verliefd.'

Ik grijns. 'Op wie nu?'

'Je moet het niet zo opvatten, Manon.'

'Hé? Hoe dan?'

'Ik hoor de spot in je stem en ik ken je, je hebt nu een grote grijns op je gezicht.'

'Oké, oké, sorry.'

'Als ik verliefd ben, is het altijd erg serieus.'

*Voor enkele maanden, ja.* 'Ah, kom op, Sharon, hoelang was je langst durende relatie?'

'Relatie? Manon! Zeg dat woord nooit! Het zijn eenwordingen. Eenwordingen staan onder invloed van grote universele krachten en zijn niet tijdsgebonden.'

Soms klinkt ze zo zweverig dat ik amper begrijp wat ze bedoelt. 'De verliefdheid wel?' vraag ik.

'De verliefdheid blijft, maar de vleselijke interesse verdwijnt. Daarom moet ik telkens op zoek naar een nieuwe eenwording. We leven tenslotte op deze planeet en niet in het universum. We bestaan uit vlees en bloed en dat moet ook gevoed worden.'

'Oké, ik snap het.' *Doe ik dat werkelijk?* 'Maar wie is het nu?'

'Een engel. Ik leerde hem een tweetal maanden geleden kennen. Hij is ontzettend lief. En zijn telekinetische krachten... Wawie! Laatst liet hij een veertje mijn huid strelen van onder tot boven, zonder zijn handen te gebruiken. Ooooo, dat was zo fantastisch. Ik denk dat ik nooit eerder zo klaargekomen ben.'

'Dat zeg je iedere keer.'

'Maar iedere ervaring overtreft de vorige,' zegt ze.

'Ja, dat kan best.'

'Het is zo! Weet je dat hij zelfs de wind kan sturen? We waren buiten aan het vrijen en het was behoorlijk zonnig, maar er stond een koude wind. Wat doet die lieverd? Hij zorgt dat de wind omgebogen wordt zodat hij ons niet raakt. Kan je je dat voorstellen? Zo sterk zijn weinig engelen, hoor.'

'Klinkt als een blijvertje,' meen ik. Temeer omdat hij ook een engel is en ze dus samen kinderen kunnen krijgen.

'Neuh. We zijn niet gemaakt om bij één partner te blijven, al moet ik toegeven dat het nu wel langer duurt dan gewoonlijk. Maar er komt vast wel weer een nieuwe, fascinerende persoon op mijn pad.'

'Maar je bent zo verliefd.' Ik onderdruk een grijns, wetend dat ze het waarschijnlijk weer aanvoelt.

'Ja, en dan?'

Ik geef het op. 'Waarom heb je me niet eerder over hem verteld?'

'O, omdat ik toen nog iemand anders zag en het in het begin niet zo serieus was. En hoe gaat het met jou, Manon? Heb jij eindelijk iemand bijzonders in je leven?'

'Niet echt.'

'Wil je het record verbreken misschien?'

'Welk record?'

'Van niet-non zijnde persoon die het minst in haar leven neukt.'

'Ha ha,' sneer ik. 'Ik heb wel iemand ontmoet.'

'O, wie dan? Vertel, vertel.'

'Een vamp.'

'Je méént het.'

'Ja. Hij kwam laatst in het café van Oded en hypnotiseerde me. Ik weet niet of dat een goed teken is.'

'Luister, Manon. Je weet dat ik een expert ben op het gebied van de liefde van anderssoorten, hé?'

'Ja.' En niet alleen op gebied van liefde, denk ik erachteraan.

'Wel. Laat me dan dit zeggen: doe het!'

'Doe het?'

'Ja, doe het! Vampiers zijn ontzettend hete donders in bed. Ze zijn… hoe zal ik het zeggen… woeheeee!'

'Woehee?'

Wanneer Sharon iets niet kan verwoorden, dan drukt ze het intens uit met een uitroep of geluid.

'De moeite waard, dus. Enorm njammie, sissend en kokend.'

'Oké.' Ik grinnik. 'Maar dat hypnotiseren voelt verkeerd aan. Het voelt als mentale verkrachting, snap je?'

'Manon, lieverd, dat hypnotiseren is zo normaal bij vampiers als het geven van bloemen bij mensen. Het hoort bij hun verleidingstactieken en je moet het dus als een compliment opvatten.'

'Zeker?'

'Miljoen procent zeker!'

'Nog tips of tricks?'

'Ja. Laat hem toe je te bijten, maar op jouw voorwaarden.'

Ik trek een grimas. 'Dat weet ik niet, hoor, Sharon, lijkt me pijnlijk.'

'Helemaal niet! Eerst is het net een klein prikje en daarna… hm hm hm hm, je moet het maar zelf ervaren, het is niet te verwoorden.'

'Oké, ik geloof je op je woord.'

'Goed zo.'

'Zeg, ik hoor de bel. De pizza is er.'

'Lekker, eet smakelijk.'

'Dank je. En Sharon?'

Ik denk aan de vervormer die Diedie ondervroeg en nu weet heeft van Sharons bestaan.

'Ja?'

'Wees voorzichtig,' zeg ik zacht.

'Altijd.'

'Nee. Luister, Sharon.'

Ik weet niet hoe ik het moet verwoorden zonder te veel te verraden en vind dan de oplossing. Ik gooi het op de spirituele toer.

'Ik heb gedroomd. Een erg levendige droom dat iemand je pijn wilde doen. Het voelde erg realistisch aan, alsof ik een intuïtieve waarschuwing doorkreeg die ik je zeker moest vertellen.'

Sharon is even stil aan de andere kant van de lijn. En geloof me, dat gebeurt zelden. 'Oké,' zegt ze ten slotte. 'Ik zal extra opletten.'

'Ik mis je,' zeg ik.

'Ik jou ook.'

We gooien nog wederzijdse groeten voor familieleden over en weer en nemen dan afscheid.

De pizza is intussen aangekomen en ligt dampend en heerlijk ruikend op de eettafel. Diedie, die de tuin een grondige inspectiebeurt heeft gegeven, maar niets vond, trekt een fles rode wijn open en vult de glazen. Oded snijdt de twee reusachtige pizza's in partjes. Jabar steekt gezellig de openhaard aan en ik de kaarsen die op tafel staan.

Het lijkt net of we ons collectief voorgenomen hebben om de hele situatie niet aan ons hart te laten komen, zoveel mogelijk te leven als anders en de gezelligheid niet door de dreiging te laten overheersen. Zo voel ik het tenminste aan.

We praten eerst over alledaagse zaken en genieten van de overheerlijke pizza. Piep kan zijn geluk niet op. Iedereen stopt hem wel een stukje toe, dat hij dan in zijn bekje aanneemt waarna hij snel weg trippelt. Op een uiterst schattige manier neemt hij dan het stukje met zijn voorpootjes vast en houdt ons continu in de gaten terwijl hij er tevreden op knabbelt.

De pizza's zijn gauw op, maar we blijven nog napraten aan tafel met rode wijn. De avondschemering valt in en ik sta op om de gordijnen te sluiten. De helikopter van Jabar blinkt in de laatste lichtstralen. Daardoor komen we natuurlijk onvermijdelijk bij onze hachelijke toestand terecht.

'Diedie, kan je nagaan of er met de helikopter geknoeid is?' vraag ik, terwijl ik weer ga zitten.

'Ja, natuurlijk, doe ik morgenochtend meteen.'

'En de wagens ook,' voegt Jabar eraan toe.

'Vanaf morgen doe ik dagelijks een inspectieronde en beveilig meteen elk voertuig.'

'Lijkt me inderdaad verstandig,' zegt Jabar.

'Zou het niet kunnen dat Selena Manon in New York moest opzoeken om haar van dichtbij te bestuderen, zodat die vervormer dan een waarheidsgetrouwe Manon kon neerzetten?' vraagt Oded.

'Dan hadden ze toch evengoed die vervormer zelf op Manon kunnen afsturen?' meent Diedie.

'Tenzij het die vervormer was, in de gedaante van Selena,' opper ik.

'Lijkt me vergezocht,' zegt Jabar.

Ik vind dat Jabar er de laatste dagen ontzettend oud en vermoeid uitziet. Hij kan de nodige stress aan, dat weet ik, want mentaal is hij enorm sterk. Maar de situatie is nu natuurlijk anders. De personen om wie hij geeft en van wie hij houdt, worden onder vuur genomen en dat zal aan hem knagen. Temeer omdat hij zich ongetwijfeld verantwoordelijk voelt en geen flauw idee heeft wie ons dit aandoet.

De avond wordt afgesloten met een borrel en dan gaan we ieder naar bed toe. Ik hoop dat we deze nacht ononderbroken kunnen slapen. Dat hoop ik ontzettend.

## 17

Tegen het eind van de ochtend word ik wakker met een brandend gevoel in mijn onderbuik. De droom over Lucas zindert nog na in mijn hoofd en doet me hunkeren naar meer. Misschien moet ik toch maar Sharons raad opvolgen. Tenslotte is het al een hele poos geleden dat ik seks heb gehad en ik denk niet dat ik het nog veel langer uithoud. In tegenstelling tot gisteren hoop ik nu wel dat Lucas vanavond in het café verschijnt. Hoewel ik nog steeds van plan ben om hem te confronteren met zijn hypnosetactiek, ervaar ik het niet meer als een ongewenste activiteit.

Vandaag trek ik een laag uitgesneden, felgroen shirtje aan boven mijn jeans. Een push-up-bh geeft me nog steeds een kleine, maar toch al aantrekkelijkere boezem. Ik föhn mijn haren zodat ze enigszins vallen zoals ik het wil en breng iets meer mascara aan dan gewoonlijk.

Relatief tevreden bekijk ik mezelf in de spiegel. Ik ben nog steeds geen covergirl, maar het kan ermee door.

Diedie is niet aanwezig in de keuken, maar ze heeft de tafel gedekt. Er is een pot koffie, allerlei soorten koffiebroodjes, jam en marmelade en een glas vers vruchtensap. Ik ben uitgehongerd en verorber een chocoladebroodje, eentje met rozijnen en een met puddingvulling, die ik wegspoel met sloten koffie.

De intense gevoelens van de droom krijg ik niet van me afgeschud. Het moet eens tot een ontlading komen, besef ik.

Vandaag wil ik, voor ik naar het café ga, naar de schietclub om te oefenen. Aangezien de schietclub in Oostende ligt, ben ik van plan om rechtstreeks van daaruit naar het werk te rijden. Het feit dat het ten strengste verboden is om een wapen achter te laten in de wagen, lap ik voor deze keer aan mijn laars.

Ik ga afscheid nemen van Diedie, die naar een soap aan het kijken is. Ze verzekert me dat de Citroën in orde is en er niemand anders, behalve ik, met zijn handen aan geweest is.

Daarna ga ik naar de zolder. Jabar, die nog eens aan het proberen is om iets over Selena of de andere anderssoorten te weten te komen, mompelt dat zijn zoektocht nog steeds geen resultaat heeft opgeleverd. Ik zoen hem gedag, maar volgens mij merkt hij het niet eens.

Er staat een fris windje, dus trek ik mijn groenlederen jack aan. Ik haal de kogels uit mijn pistool en stop ze, samen met nog een doos kogels, in een zijzak van de jas. Het pistool stop ik in mijn binnenzak. Die twee moeten van elkaar gescheiden vervoerd worden, want anders ben ik strafbaar. En eigenlijk moet het pistool ook nog eens in zijn foedraal, maar ach, niet alles hoeft zo strikt gevolgd te worden.

Onderweg naar de schietclub kijk ik continu uit naar achtervolgers in mijn achteruitkijkspiegel. Halverwege de autosnelweg slaat mijn hart een slag over. De Audi! Hij houdt netjes een auto tussen ons in, maar het is onmiskenbaar dezelfde wagen. Ik ga langzamer rijden. De wagen vlak achter me rijdt me voorbij. Goed, dat was de bedoeling. Ik hoop nu een beter zicht op de Audi te hebben en meer bepaald zijn nummerplaat. Maar hij vertraagt ook en zodanig dat een volgende wagen tussen ons in komt te rijden. Verdorie, hij heeft door wat ik probeer.

Ik ben niet van plan rond te blijven rijden en vervolg mijn weg naar de schietclub. Op het industrieterrein aangekomen blijft de Audi me volgen. Pas wanneer ik indraai op het parkeerterrein van de club, gaat hij rechtdoor. Ik probeer nog een glimp op te vangen van de bestuurder, maar hij rijdt te snel en de ramen zijn net iets te donker.

Ik bel Jabar op.

'Alles oké met jou?' vraagt hij meteen.

'Prima.'

'Heb je toevallig zijn nummerplaat gezien?'

'Nee. Ik probeerde het, maar deze keer was hij zo slim om een wagen tussen ons in te houden.'

'Wees voorzichtig, Manon.'

'Ik heb mijn beste vriend Glock bij me, Jabar, dus wees niet ongerust.'

'Hm.'

'Tot vanavond.'

'Groeten aan Oded.'

'Doe ik.'

Een vol uur reageer ik me heerlijk af op de schietschijven. Ondanks de gebeurtenissen van de afgelopen tijd ben ik uiterst geconcentreerd en mis zelden het doel dat ik voor ogen heb.

De spieren in mijn bovenarmen trillen van de aangehouden spanning en ik houd het dan maar voor gezien. Voldaan stop ik het pistool in de kofferbak, de kogels in het dashboardkastje en rijd naar het café.

Het is behoorlijk druk de hele avond en ik heb weinig tijd om te piekeren. Wel blijf ik uitkijken naar verdachte gedragingen of personen, maar kan niets ontdekken. Telkens wanneer iemand binnenkomt, voel ik de zenuwen door mijn lijf gieren, verwachtend dat het Lucas is. Het wordt acht uur en negen uur en nog steeds geen Lucas. Ik begin te vermoeden dat hij mijn vorige reactie niet zo fijn vond en de hoop opgegeven heeft. Ach, troost ik mezelf, dan was hij je niet waard.

Kwart voor elf, wanneer ik op het punt sta om te vertrekken, komt hij alsnog binnen. Ik weet met mezelf geen raad en voel me meteen broeierig worden. Oded ziet mijn plots onbeholpen gedrag en komt naar me toe.

'Wil je dat ik die gemorste klerelijer wegstuur?'

'Euh, nee, hoor, ik… euh…' Ik kijk verlegen naar de grond.

'Je vindt hem leuk?' De verbazing is duidelijk in zijn stem te horen.

'Eigenlijk wel, ja.'

'O, oké.'

Oded draait zich om en gaat een klant bedienen. Hij blijft me steels aankijken met een blik die zijn verwarring niet verbergt.

Lucas is intussen aan de bar gaan zitten en volgt mijn handelingen ononderbroken. Ik voel me er ongemakkelijk onder worden en besluit dan maar de stier bij de horens te vatten.

'Hoi. Whisky?' vraag ik.

De glimlach waarop hij me trakteert, blaast me van mijn sokken. 'Zolang jij die kiest.'

Ik kan niet denken, het lukt me simpelweg niet. Dus neem ik een willekeurige fles van het rek en overhandig hem een glas.

'De whisky?' Hij kijkt me spottend aan.

Dan zie ik dat ik hem een leeg glas gegeven heb. 'O, euh stom van me.'

Ik schenk zijn glas alsnog vol.

'Wil je met me uit?' vraagt hij na een slok genomen te hebben. 'Of ga je meteen mee naar mijn flat?'

'Wat?'

'Je hoorde me wel.' Hij kijkt me aan en ik kan zijn blik niet anders interpreteren dan die van een ondeugend jongetje.

'Waarom heb je me gehypnotiseerd?'

'Hoe wist je dat?'

Ik knik naar Oded. 'Hij zag het. Dacht je me anders niet te kunnen krijgen of zo?'

Hij lijkt een beetje van slag, maar heeft zich snel weer hersteld. 'Nee, ik vond je interessant en dan gaan mijn hormonen met me aan de haal.'

'Met als gevolg hypnose?'

'Zoiets.'

'Ik weet dat je een vamp bent, Lucas.'

Nu heb ik hem helemaal. Zijn ogen worden groot en stamelend zegt hij: 'Wat ben jij dan?'

'Dat kan nog verrassend worden,' zeg ik op geheimzinnige toon.

Kan ik hem gelijk terugpakken voor zijn ongevraagd hypnotiseren.

Hij vernauwt zijn ogen en likt zijn lippen af. 'Nu kan ik zeker niet meer wachten.'

'Ik ben klaar.'

'Laten we gaan dan.'

Nooit eerder heb ik zo snel het café verlaten. Ik geef Oded een vluchtige zoen en weet dat hij me met een bezorgde blik naar buiten volgt.

Ik wil met mijn eigen wagen achter hem aanrijden, zo blijf ik onafhankelijk en kan ik vertrekken wanneer ik wil. We rijden langs de kustbaan en slaan dan de Koninginnelaan in waar hij parkeert. Het zijn geen goedkope flats in deze buurt, zo vlakbij het strand. Ik volg hem een flatgebouw in en voel me een beetje onbeholpen wanneer we naar de lift toe lopen. Hij lijkt echter zelfverzekerd en absoluut niet zenuwachtig.

In de lift begint hij me te zoenen, dwingend en hard. Ik beantwoord zijn kus met evenveel overgave en laat hem leiden. Hij drukt me tegen de spiegel aan, zijn ene hand achter in mijn nek en de andere wriemelend om mijn shirt uit de jeans te krijgen. Alleen al zijn geur bedwelmt me en brengt me in een roes. Zijn tong streelt mijn gehemelte en strijkt langzaam langs mijn tanden. Ik voel met de top van mijn tong aan zijn vamptanden, de scherpte van de uiteinden en kreun. Het shirt is uit mijn broek en net op het moment dat zijn hand mijn huid aanraakt, gaat de lift open.

Ik zucht en stap duizelig uit de lift. Snel opent hij de deur van zijn flat. Hij troont me mee naar de slaapkamer en gaat meteen verder met waar hij mee bezig was.

Ik help hem mijn shirt uit te trekken, terwijl hij de rits van mijn jeans opent. In geen tijd heb ik mijn jeans uitgeschopt en heeft hij zijn kleren uitgetrokken. Ik heb niet eens de tijd om zijn prachtige, glanzende lijf te bewonderen want hij gaat op de rand van het bed zitten en trekt me naar zich toe. Met zijn gezicht tegen mijn buik, snuift hij mijn geur op, likt me en bijt me zachtjes. Ik sidder over mijn hele lijf en verlang zo erg naar hem dat ik nergens anders meer aan kan denken.

Plots omvat hij mijn middel met zijn beide handen, tilt me op en plaats me op zijn schoot. Zijn penis voel ik hard kloppend tegen mijn venusheuvel aan, maar hij stopt hem er niet in. Warme, zachte handen strelen mijn rug terwijl hij een tepel in zijn mond neemt en erop zuigt. Mijn vingers klauwen in zijn schouders en ik kreun van genot. Dan vlijt hij me neer op bed, met mijn benen over de rand bungelend.

Elk stukje huid van mijn borst en buik beroert hij met zijn tong. Dan zakt hij tot op de grond en knielt. Er is geen plaats op mijn lichaam die niet zindert en tintelt wanneer zijn tong tergend langzaam mijn gevoeligste plekje bespeelt. Ik neem zijn hoofd tussen mijn handen en besef niet eens hoe hard ik aan zijn haren trek. Hij klaagt echter niet en gaat door.

In de hitte van het moment nemen mijn gevoelens het over. Mijn linkervoet vervormt zich tot een hand en ik buig mijn been zodat ik zijn penis vast kan nemen. Ik hoor hem zijn adem inhouden. Even zie ik hem verbaasd kijken, maar dan gaat hij verder alsof er niets aan de hand is.

Ik sta op het punt van klaarkomen wanneer hij stopt, snel een condoom omdoet en over me heen glijdt. Eindelijk zit hij in me. Hij kijkt me indringend aan en lijkt me iets te vragen met zijn blik. Maar mijn hersens lijken niet te functioneren, dus kijk ik hem vragend aan.

'Mag ik je bijten?' brengt hij hees uit.

Ik knik heftig. Voor mijn part mag hij alles met me doen. Werkelijk alles!

Zijn lippen beroeren vluchtig mijn mond en zakken dan opzij naar mijn hals. Ik realiseer me niet eens wat er op het punt staat te gebeuren, te veel in beslag genomen door het genot. Dan voel ik twee scherpe prikjes en in plaats van pijn voert er een overweldigende, heerlijke schok door me heen. Ik schreeuw het uit. Een schreeuw die vast te horen is twee flats verder.

Tijdens het opzuigen van de druppeltjes bloed blijft hij in me stoten. Mijn ogen draaien weg en ik ben bang dat ik mijn bewustzijn verlies door zoveel genot. Op het moment dat de kamer zwart wordt, kom ik klaar met de kracht van een orkaan. Ook hij kreunt nu zacht, schokt en ligt dan volkomen stil op me.

Het duurt een hele tijd eer mijn ademhaling gekalmeerd is en ik in staat ben te praten. Hij rolt opzij en kijkt me aan.

'Vervormer, hè,' zegt hij met een schuin lachje.

Ik glimlach terug. 'Nu weet je het.'

'Het was een erg aangename verrassing.'

'Vond ik ook van jouw kunstje.'

Hij geeft me een zoen. Het binnenkomend maanlicht werpt een vochtig schijnsel op zijn witmarmeren huid en ik smelt opnieuw. *Zucht, wat is hij knap!*

'Ik had geen idee dat de beet van een vamp zo lekker was,' zucht ik.

'Dat is om ervoor te zorgen dat degene die gebeten wordt het niet onaangenaam vindt en het dus niet erg vindt om het nog eens te laten gebeuren.'

Ik grijns. 'Voortaan ben ik een junkie.'

Hij lacht en zoent me opnieuw.

'Bedankt,' zeg ik.

'Jij bent bedankt.'

'Gadver, we doen wel erg officieel.'

'Daar kan ik verandering in brengen.' Zijn ogen kijken me beloftevol aan.

'Nu al?'

'Vampierkracht,' verklaart hij en voegt de daad bij het woord.

## 18

Wanneer ik om drie uur in de morgen thuiskom, sluip ik stil naar binnen. Met een grijns van oor tot oor loop ik op mijn sokken naar de slaapkamer. De twee wondjes in mijn hals zijn inmiddels verdwenen dankzij de bijzondere geneeskrachtige enzymen in het speeksel van een vamp. Als ik er alleen nog maar aan denk hoe lekker die beet was... *njammie*.

Ik schrik me dood bij het horen van Jabars stem. Hij staat op de overloop van zijn slaapkamer op me neer te kijken.

'Alles goed?' vraagt hij met gefronst voorhoofd.

'Ja, natuurlijk.'

Ik durf hem amper aan te kijken. Natuurlijk weet hij dat ik seks heb, ik ben tenslotte vierentwintig. Maar toch blijf ik me als een puber voelen in zijn buurt en wil ik niet dat hij het van mijn gezicht kan aflezen.

'Goed dan. Slaapwel.'

'Slaapwel.'

Ik schiet giechelend mijn kamer in, berg mijn pistool op en plof neer op het bed. Dromerig op mijn rug naar het plafond starend zie ik de laatste uren opnieuw aan me voorbijgaan. Tot ik met kleren en al, bovenop de lakens, in slaap val.

En weer wordt mijn slaap onderbroken. Ditmaal door Jabar die op mijn kamerdeur bonkt. Ik kijk opzij naar de wekker en zie dat het pas tien uur in de ochtend is. Veel te vroeg om op te staan na een dergelijk korte nacht.

'Wat?' kreun ik geïrriteerd.

'Manon, opstaan! Odeds café is afgebrand!'

'Wat!'

Ik ben meteen klaarwakker en vlieg naar de deur toe. Jabar kijkt me aan en er steekt zoveel verdriet en schuld in die blik dat ik hem spontaan omhels.

'Is alles goed met Oded?' vraag ik tegen zijn borst aan.

'Ja. Hij was in zijn flat op de eerste verdieping. De brand is op tijd opgemerkt en had zijn woning nog niet bereikt.'

Ik laat Jabar los. 'Gelukkig.'

'Heb jij nog je kleren aan?'

'Euh, ik ben in slaap gevallen.'

'Oded is op weg hierheen. Verfris je een beetje en kom dan naar de keuken.'

Ik neem een snelle douche en trek een eenvoudig lichtblauw sweatshirt aan boven mijn jeans. Mijn haar stop ik in een strakke staart en zonder make-up haast ik me naar de keuken.

Oded is er blijkbaar al. 'De brandweer is nu aan het uitzoeken of de brand opzettelijk is veroorzaakt. Godverdomme!'

'Ik ben bang van wel,' hoor ik Jabar antwoorden.

Ik kom de keuken in en geef Oded een stevige omhelzing, erop lettend dat ik Piep, die in zijn borstzakje zit, niet plet.

'Ik vind het zo vreselijk voor je,' zeg ik. De geur van rook hangt nog steeds om hem heen.

'Ik ook, verdorie,' zegt hij triest.

'We vermoeden wie het gedaan heeft, maar kunnen het niet eens doorgeven aan de politie.' Ik ga zitten aan tafel en schenk mezelf een kop koffie in. 'Waar is Diedie?'

'Vanmorgen vroeg al vertrokken om boodschappen te doen. Ze heeft even je wagen geleend,' antwoordt Jabar.

'Oké.'

'Al mijn whisky's,' kreunt Oded.

'Die in de kelder ook?'

'De paar flessen die niet gesprongen zijn door het vuur, zijn hun etiketten kwijt door het blussen van de brandweer.' Typisch voor Oded dat hij zijn whisky belangrijker vindt dan de andere spullen en zelfs zijn hele huis en café. 'Gelukkig had de Stad Oostende laatst nog gratis rookmelders geschonken. Ik werd op tijd wakker, heb meteen Piep uit zijn kooi gehaald en ben zo snel als een kanonskogel naar buiten gehold.'

'Hoe laat is het gebeurd?' vraagt Jabar.

'Rond vijf uur vanmorgen. De brandweer was snel ter plaatse, de kazerne zit niet ver weg, op de Wellingtonstraat. De smurfen hebben me ondervraagd, maar ik kon alleen verzekeren dat ik goed opgelet had en me niet kon herinneren waardoor het vuur ontstaan was.' Met smurfen bedoelt hij de politie. Oded neemt een slok koffie en kijkt bedenkelijk voor zich uit. 'De smurfen vroegen me nog of ik geen vijanden had, mensen kende die me kwaad wilden doen.'

'En wat heb je geantwoord?' Ik heb honger, maar weet zeker dat ik geen hap door mijn keel krijg.

'Niets natuurlijk. Ik ken verdorie niemand die me kwaad wil doen.'

'Nee.' Jabar klinkt grimmig. 'Jij niet. Jammer genoeg probeert mijn vijand, wie het ook is, mij kwaad te berokkenen via de mensen die ik ken.'

Oded schokschoudert. 'Ik neem het je niet kwalijk, ouwe vriend. Ik neem het die stinkende sokkenlopers kwalijk! Als ik ze ooit ontmoet!'

'Misschien moeten we maar verhuizen,' stel ik voor. 'Allemaal.'

Jabar schudt zijn hoofd. 'Nee, dat is geen oplossing, Manon. Bovendien denk ik dat mijn vijand me achtervolgt en me vindt, waarheen we ook gaan.'

'Je moet je nooit door een ander laten wegjagen,' zegt Oded hard. 'Niemand is dat waard! Als we dat in de oorlog hadden toegelaten, dan…'

'Maar nu zijn we zittend prooi!' breng ik boos uit.

Oded zucht en Jabar vult zijn koffie bij. We weten even niet wat te zeggen en staren verslagen voor ons uit.

'Je kunt een tijdje hier wonen,' stelt Jabar dan voor. 'We hebben kamers genoeg. Je kunt de logeerkamer op de benedenverdieping nemen. Die heeft een aparte badkamer met douche.'

'Dank je. Daar zal ik graag gebruik van maken, maat. Ik denk dat ik zo terugga om de spullen te halen die nog gered kunnen worden.'

'Wat doe je met het pand?' vraag ik.

'Ik laat het waarschijnlijk afbreken. Tenzij de schade nog te herstellen valt.'

'Ik ga met je mee om te helpen,' stelt Jabar voor.

'Ik ook,' zeg ik resoluut. 'Ik laat wel een briefje achter voor Diedie. Wedden dat ze dan vanavond een feestmaal bereidt om je te troosten?'

Oded glimlacht flauw. 'Ach, het zijn maar fucking spullen, voorwerpen. Er zijn geen levens verwoest.'


Nadat we toestemming van de brandweer gekregen hebben om de eerste verdieping te betreden, zijn we de ganse middag bezig met het weghalen van de nog redelijk uitziende bezittingen van Oded.

We zijn met twee wagens gekomen zodat we zoveel mogelijk kunnen meenemen, want Odeds wagen is piepklein. Hij heeft een Fiat 500 waar hij helemaal gek op is. De kleine wagen moest echter wel omgebouwd worden zodat hij er met zijn twee meter lengte in kon rijden. De achterstoelen zijn eruit gesloopt en de voorstoelen achteraan gezet. Het is een bijzonder komisch gezicht om een mast van een vent eruit te zien stappen, alsof het zijn speelgoedwagentje is. Gelukkig heeft hij ook nog een bestelwagen die we tot aan de nok vullen.

De ravage in het café is enorm. Alles is vernield en zwartgeblakerd. Met spijt in mijn hart bezie ik het. Ik zal het café missen en zelfs al wordt het volledig gerenoveerd, het zal nooit meer hetzelfde zijn. Het voelt aan als een afgesloten tijdperk en daar heb ik het altijd moeilijk mee.

In de kelder zijn sommige flessen nog intact, maar zoals Oded al aangaf zijn ze onherkenbaar geworden. Alleen aan de hand van de flesvorm kan hij enkele ervan wel plaatsen, maar niet allemaal. De meeste flessen zijn gesprongen door de hitte en door de alcohol verspreidde het vuur zich sneller dan normaal.

Op de eerste verdieping, waar Oded woont, hangt een penetrante brandlucht. Het vuur heeft gelukkig niet de tijd gehad om alles aan te tasten en we kunnen nog heel wat gebruiken. De meubels en andere grote stukken laat hij staan. Enkel de voorwerpen met emotionele waarde neemt hij mee en zijn kleren die allemaal opnieuw gewassen moeten worden, al krijgt hij de brandlucht er waarschijnlijk nooit meer uit.

De brandweercommandant komt naar ons toelopen. Een kolossale, kalende vent met grote handen die moeiteloos mijn middel kunnen omsluiten.

'We kunnen geen opzettelijke brandstichting bewijzen,' begint hij met een zware stem. 'Tot zover is de brand onbepaald. Het enige dat we kunnen aantonen, is het onzorgvuldig verwijderen van rookmaterialen.'

'Mijnheer.' Oded klinkt verbolgen. 'Ik check verdorie elke avond voor ik afsluit of alle sigaretten goed gedoofd zijn.'

De commandant trekt zijn schouders op. 'Dat geloof ik best. We beschuldigen u niet van opzettelijke brandstichting. Eén moment van onoplettendheid kan voldoende zijn.'

'Bent u zeker dat er geen andere bewijzen te vinden zijn?' vraag ik.

'We hebben alle andere mogelijke bronnen en ontstekingsmethoden onderzocht en uitgeschakeld. Het spijt ons voor uw verlies.' En met die laatste woorden draait de brandweercommandant zich om en loopt weg.

Moedeloos struinen we door het puin verder. Door het gebroken raam zie ik dat er heel wat mensen op straat het deels afgebrande gebouw bekijken. Ramptoeristen, denk ik beschuldigend.

'Jabar! Manon! Moet je kijken wat ik verdorie gevonden heb in Pieps kooi onder het zaagsel!'

We snellen naar hem toe. Oded houdt een vel papier omhoog. De randen zijn door Piep al weggeknaagd, maar de tekst is nog leesbaar.

*Jabar,*
*Eén voor één neem ik iets weg van jou en je vrienden.*
*Tot je gebroken en eenzaam achterblijft.*
*Mijn middelen en wraak zijn oneindig.*
*N.*

'Het is inderdaad dezelfde smeerlap,' sis ik. Het handschrift ziet eruit alsof er een dronken gans met in inkt gedoopte pootjes op het papier danste.

'N?' Oded kijkt Jabar vragend aan.

'Alleen een "N" zegt me niet zoveel. Ik heb heel wat mensen gekend bij wie de naam met een "N" begint.'

'We weten niet eens zeker of het een man of vrouw is,' voeg ik eraan toe.

'Als ik het goed begrijp uit dit briefje, dan is het een jankende zielenpoot die gebroken en alleen achterbleef na iets wat jij gedaan had,' zegt Oded. 'Althans, zo heeft hij het ervaren, dan hoeft het natuurlijk nog niet zo te zijn. Denk je niet?'

'Ik zou niet weten wat of wie!' Jabars stem schiet de hoogte in en dat gebeurt zeldzaam.

'Trouwens, hoe kon hij weten dat je dit briefje zou vinden? Ook raar,' zeg ik.

'Hij hoopte misschien dat deze verdieping gespaard bleef en wat zou ik nou zeker meenemen? De kooi van Piep, natuurlijk. Die ververs ik trouwens om de twee dagen, dus de kans was groot dat ik het zou vinden.'

'Dan moet de brief dus gisteren in de kooi zijn gelegd,' meen ik.

'Inderdaad. De trap naar deze verdieping ligt naast de toiletten van het café en ik sluit de deur van de flat nooit. Iedereen kan dus naar boven sluipen. Stomme kelderpissebed die ik ben!'

Ik pijnig mijn hersens op zoek naar rare klanten of personen die zich gluiperig gedroegen gisteren, maar kan me niemand bijzonder voor de geest halen. Lucas? Nee, die was hier zo kort en bovendien heb ik hem niet naar de toiletten zien gaan.

'Probeer de klanten voor je te zien,' stelt Jabar aan Oded voor. 'Iemand die zich verdacht gedroeg.'

'Nee.' Oded kijkt treurig rond in zijn flat. 'Niet zo meteen. En bijna iedereen gaat op een gegeven moment wel eens naar het toilet.'

'Herken je het handschrift niet?' vraag ik Jabar en stop hem de brief in zijn handen.

Hij bekijkt het uitvoerig en lang, maar schudt dan zijn hoofd. 'Niet onmiddellijk.'

'Laten we maar alles inladen en weggaan. Ik word hier klere-depressief,' besluit Oded.

## 19

Thuis help ik eerst met uitladen. Het meeste slaan we in Odeds kamer op en de rest op zolder. Meteen daarna bel ik Sharon. Ik moet me ervan verzekeren dat alles oké met haar is en gelukkig blijkt dat zo te zijn. Ik druk haar nog eens op het hart bij vreemden uit de buurt te blijven, wederom met het excuus dat ik opnieuw erover gedroomd heb. Ze slikt het en belooft me voorzichtig te zijn.

Diedie heeft zich inderdaad uitgesloofd en een heerlijke maaltijd bereid van gebakken aardappelschijfjes met ui en kruiden, steak met pepersaus en een Grace Kelly Caesar salade. We eten om zes uur, wat veel vroeger dan gewoonlijk is. De sfeer aan tafel is geforceerd vrolijk.

Na het eten gaan Jabar en ik naar de zolder om de berichten van de contactpersonen na te gaan. Er zit één dringend e-mailbericht tussen, afkomstig van Kingston uit Montréal, Québec. Mijn hart slaat gelijk een slag over en ik houd gespannen mijn adem in. Sharon woont in Montréal! Jabar kijkt me vluchtig aan en opent snel het bericht.

**Skype even, a.u.b. Problemen!**

We openen meteen het Skype-programma en bellen Kingston op. Vrolijk glimlachend, alsof er helemaal niets ernstigs gebeurd is, verschijnt zijn gezicht met vlasblond haar en sproeten. Hij zat hoogstwaarschijnlijk vol ongeduld te wachten tot we zouden bellen.

'Jabar, eindelijk!' zegt hij vriendelijk. 'Hoi Manon.'

'Hoi Kingston, alles goed?' vraag ik.

Kingston is een vamp die voor zichzelf een nieuwe term bedacht heeft, namelijk "anisang", wat zoveel betekent als: ik drink bloed, maar alleen van dieren. Ik denk dat je het kan vergelijken met vegetariërs die enkel plantaardige producten eten. Hij beweert dat hij het vamp zijn op die manier naar een nieuw evolutieniveau wil brengen.

'Met mij wel, maar ik kreeg een eigenaardig berichtje binnen.'

'Wat dan?' vraagt Jabar.

'Een vreemde dubbele moord in een bedrijf, hier in Québec. Het was een krantenknipsel van een maand geleden.'

'Van wie kreeg je dat?'

'De verzender bleef anoniem. Het eigenaardige is dat ik datzelfde feit een tijdje gevolgd heb. Een maand geleden werden een manager en zijn secretaresse nogal bruut vermoord. Niemand heeft iets gezien. Bleek dat ze met allerhande voorwerpen uit het kantoor van die manager doorboord en geraakt werden. Je kunt het zo gek niet bedenken: een nietmachine, een stoel, pennen en briefopeners, zelfs tot aan een zware archiefkast toe. Ik vermoedde dus dat de dader een anderssoort was. Die archiefkast bleek niet verschoven te zijn, daar werden geen sporen van teruggevonden en hij lag echt bovenop de twee slachtoffers. Een vampier misschien, want die heeft die fysieke kracht, of een engel die zijn telekinetische gave gebruikte.'

'Waarom?' informeert Jabar. 'Twee mensen konden ook die kast opgetild hebben. Al lijkt dit inderdaad onwaarschijnlijker.'

'Bovendien opereren moordenaars vaker alleen dan met zijn tweeën,' voegt Kingston eraan toe.

'Er waren dus meer indicaties,' besluit Jabar.

'Ja. Er werden nergens vingerafdrukken gevonden. Op zich niet zo vreemd, de moordenaar of moordenaars konden handschoenen gedragen hebben. Ook als het een vampier was. Een engel kan echter met zijn geest en ogen alleen al voorwerpen verplaatsen, zelfs zeer zware voorwerpen die hij nooit met zijn fysieke kracht kan optillen.'

'Dat klopt. Waarom heb je ons dan niet eerder gealarmeerd?'

'Omdat ik wilde afwachten of de politie de moordenaar niet zou vatten en het dan toch twee mensen bleken te zijn. Maar eerlijk gezegd…' Kingston bijt op zijn onderlip. 'Wees nou niet boos.'

'Ik ben nooit boos,' antwoordt Jabar laconiek. En dat is waar ook.

'Ik was het uit het oog verloren. Problemen gehad met mijn vrouwtje. Het is geen excuus, ik weet het, maar niettemin is het zo.'

'Laat maar. Iedereen maakt wel eens fouten.'

*En vooral ik de laatste tijd.*

'Wel, ik kreeg dus een bericht binnen van een krantenknipsel over die moorden. Blijkt dat de politie nog steeds niemand heeft gearresteerd. Ze hadden een verdachte en hier komt het: volgens onze gegevens gaat het om een engel die in dat bedrijf werkt.'

'Laat me raden, ze vonden geen bewijzen.'

'Helemaal niets. Die engel, Joseph Jones genaamd, werkte in het kantoortje naast dat van de manager. Het zijn van die kantoren met glazen scheidingswanden en lamellen. Degene die naast de engel zijn kantoor heeft, bevestigde dat Joseph zijn kantoor niet verlaten had gedurende de hele morgen.'

'Waarom was hij dan een verdachte?' vraag ik.

'Omdat hij blijkbaar een affaire had gehad met die secretaresse en zij op het moment van de moord een relatie had met die manager.'

'Ah zo.' Ik vind het nog steeds vergezocht, maar ik snap dat de politie wanhopig was.

'Die engel werd al de volgende dag ondervraagd en diezelfde dag weer vrijgelaten, dus dacht ik dat er niets aan de hand was en het toch een menselijke dader was.'

Jabar kucht. 'Maar dan moet die engel toch gezien hebben wie de daders waren.'

'Nee, dat is nog zoiets. Joseph beweerde dat de lamellen half gesloten waren en hij het dus niet gezien heeft. Bovendien was hij documenten aan het bespreken via de telefoon. Zijn collega naast hem bevestigde dit en kon niet door het kantoor van Joseph zien wat er gaande was in het kantoor van de manager, want Joseph blokkeerde het zicht. Niemand heeft trouwens iemand zien binnengaan bij die manager en zijn secretaresse en dat vooral vond ik nogal raar.'

'Als die lamellen maar half gesloten waren, dan kon die Joseph waarschijnlijk net voldoende zien om de voorwerpen te verplaatsen,' opper ik.

'Dat denk ik wel, ja,' beaamt Kingston.

'Het lijkt me dus toch eerder het werk van een engel en dan specifiek die Joseph. Werkt hij er nog steeds?'

'Ja.'

'Had hij niets gehoord?' vraagt Jabar. 'Het moet een ongelooflijke herrie gemaakt hebben.'

'Hij beweerde inderdaad kabaal gehoord te hebben, maar veronderstelde dat ze het kantoor aan het herinrichten waren. Blijkbaar deed die manager dat regelmatig.'

'Dat anonieme bericht zit me dwars,' zegt Jabar bedenkelijk.

'Mij ook, maar anderzijds is het niet negatief, toch? Ik bedoel, jullie kunnen nu alsnog die engel straffen, als hij het was. Het bericht was enkel een klein krantenknipsel over het feit dat er nog steeds geen verdachten aangehouden waren en bewijzen gevonden zijn.'

'Ik ben er helemaal klaar voor,' zeg ik strijdlustig. Heerlijk, kan ik me eindelijk eens afreageren op iets tastbaars.

'Hoe gaan jullie het doen? Wat heb je nodig?' vraagt Kingston.

'Vervoer, om Manon op het vliegveld op te halen en haar naar het thuisadres van Joseph Jones te brengen. Manons gebruikelijke wapens. De rest kan je aan ons overlaten. Ik contacteer je nog wanneer je Manon mag verwachten.'

'Prima, en Jabar?'

'Het geeft niet, Kingston, zoals ik zei: missen is menselijk.'

'Oké, bedankt. Manon, ik zie je later!'

We sluiten Skype af.

'Hoe gaan we het aanpakken?' vraag ik.

'Het liefst zie ik die man in de gevangenis.'

'Ik ook.'

'Maar ik heb een plan.'

'Oké, laat maar horen.'

'Nog één ding, Manon.' Jabar kijkt me bezorgd aan. 'Je beseft toch dat het een val kan zijn?'

'Een val van de mysterieuze N?'

Jabar knikt. 'Ja. De moorden zijn gepleegd, daar bestaat geen twijfel over. Maar waarom en van wie kreeg Kingston dan het bericht?'

'Ja, ik dacht er ook aan. Wees gerust, Jabar, ik zal uiterst voorzichtig zijn en bij het minste verdachte feit bel ik je op of vertrek ik meteen weer huiswaarts.'

'Oké. Ik heb nu eerst nog wat werk op de computer. Hacken in verschillende systemen, een paar telefoontjes en dan leg ik je het plan uit.'

'Ik ga naar bed toe,' zeg ik op hetzelfde moment dat er aangebeld wordt.

We hebben in elke kamer een videofoon hangen, dus loop ik naar die op de zolder. Mijn hart slaat een slag over wanneer ik de intense blik van Lucas op het schermpje zie.

'Wie is het?' vraagt Jabar zonder van het computerscherm op te kijken.

'Een vriend, ik ga wel.'

Ik haast me naar beneden voor hij verder kan vragen. Bijna Oded omverlopend, hol ik mijn kamer in. In de badkamer haal ik een kam door mijn haren en doe lipgloss op. De bel gaat opnieuw en ik hoor Oded aan de videofoon in de hal.

'Het is voor mij!' roep ik. 'Ik kom!'

Nu moet ik niet al te gretig overkomen, dus haal ik een paar maal diep adem, in de hoop mijn hartslag onder controle te krijgen. In de hal tref ik Oded aan die me vragend aankijkt.

'Het is Lucas.'

'Ja, dat zag ik. Alles oké?'

'Zeker weten.'

Ik stap naar buiten en wandel zo rustig mogelijk naar het smeedijzeren hek waar Lucas staat. De schemer is ingevallen en de geur van de nacht hangt als een aureool rond het huis. Nonchalant met zijn handen in zijn zakken en een scheef glimlachje kijkt hij me aan. Ik glimlach haperend terug.

'Hoi,' zeg ik en open het hek.

Meteen neemt hij me bij de schouders beet en drukt me tegen het hek. Zijn lippen raken die van mij zacht en plagerig aan. Langzaam gaat zijn mond naar mijn hals toe, elk plekje onderweg kussend. Ik huiver en kreun wanneer hij zijn tong over mijn hals laat glijden en ik zijn adem warm tegen mijn huid voel.

'Ik verlang naar je. Ik mis je,' fluistert hij tegen mijn hals aan.

Zijn hardheid drukt door zijn broek tegen mijn buik. Ik moet me behoorlijk in de hand houden, wil ik zijn rits niet opentrekken zodat hij me hier ter plekke kan nemen.

'Niet hier,' breng ik zuchtend uit. 'Niet nu.'

Hij kijkt me aan met zoveel begeerte dat mijn eigen lustgevoelens meteen de hoogte in schieten. 'Waar dan?' Hij zoent me, lang.

'Ik kan niet vanavond,' zeg ik met spijt.

De teleurstelling in zijn blik is overduidelijk. 'Waarom niet?'

Waarom is dat ook alweer? O ja, ik ben thuis en moet morgen vroeg op, een opdracht in Canada. 'Ik moet mijn rust hebben vannacht.'

Zijn hand glijdt onder mijn bloes en ik voel de lust in de hitte van zijn huid. Strelend cirkelen zijn vingertoppen rond mijn navel en dan naar mijn borsten toe. Ik kreun en grijp zijn haren beet. Er volgt een wilde kus waarbij ik mijn gedachten en beheersing verlies. Dan duw ik hem zachtjes weg.

'Nee, ik kan echt niet.' Ik sluit mijn ogen zodat ik zijn gekwelde blik niet zie. 'En probeer me niet te hypnotiseren.'

'Ben je van mij?' vraagt hij.

Ik open mijn ogen en kijk diep in die van hem. 'Ja,' fluister ik hees. 'Ja.'

Zijn hand omvat mijn borst waardoor ik over mijn hele lijf huiver. 'Laat me bij je slapen.'

'Nee, niet vannacht. Ik moet morgen weg.'

'Waarheen?' Hij plaatst kusjes in mijn hals en opent dan langzaam zijn mond. Ik voel de scherpe uiteinden van zijn tanden zachtjes in mijn vlees boren en zuig mijn adem in. Het voelt alsof mijn hart het elk moment kan begeven.

'Ik...' De lust wordt bijna ondraaglijk. 'Ik...'

'Wat?' Hij likt aan de wond en ik hoor zijn ademhaling versnellen.

'Niet...'

Niets functioneert nog bij me, behalve mijn verlangen naar hem. Elke cel in mijn lichaam schreeuwt om zijn aanraking, om zijn huid op die van mij te voelen, iedere centimeter bedekkend.

'Lucas,' fluister ik. 'Ze kunnen ons zien.'

Hij gaat gewoon door en stroopt mijn bloes en bh omhoog. Teder kust hij mijn tepels. Mijn benen verliezen alle spierkracht en ik dreig onderuit te gaan. Toch weet ik hem nog net van me af te duwen.

'Maandagavond,' weet ik uit te brengen. Ik stop mijn bloes met trillende vingers in mijn broek.

Hij zegt niets, kijkt me alleen maar aan. En dan veranderen zijn ogen van kleur en worden bloedrood. O nee, hij wil me hypnotiseren. Mijn spieren spannen zich op.

'Lucas,' zeg ik plots ferm. 'Niet doen.'

Er verschijnt een diepere rode cirkel om zijn irissen.

'Lucas, alsjeblieft,' smeek ik.

Hij wendt zijn hoofd af, zijn ademhaling zwaar en onregelmatig.

'Maandagavond,' zegt hij uiteindelijk na wat een eeuwigheid lijkt. Wanneer hij me opnieuw aankijkt, is de rode gloed uit zijn ogen verdwenen. Ik durf me weer enigszins te ontspannen. Teleurgesteld zie ik hem een stap van me vandaan zetten.

'Kan je me vertellen waarover het gaat?' vraagt hij.

'Nee, sorry.'

Hij knikt en draait zich om.

'Lucas.'

Hij stopt.

'Het is niet persoonlijk.'

Opnieuw knikt hij en loopt dan naar zijn wagen toe.

Nog lang nadat hij weggereden is, leun ik tegen het hek aan. Ik voel me plots ontzettend miserabel. Als ik hem nou maar niet weggejaagd heb daardoor, als ik… Maar gedane zaken nemen geen keer. Wat ik morgen moet doen, is te belangrijk om onuitgeslapen te volbrengen. Terwijl ik naar binnen loop, vervloek ik de situatie die mijn leven momenteel beheerst. Had ik Lucas maar op een ander moment ontmoet.

# 20

Het is tien uur de volgende morgen wanneer ik met lood in de schoenen naar mijn opdracht vertrek. In de Falcon bel ik Sharon op en spreek met haar de volgende dag af. Eerst wil ik met die engel afrekenen, een nachtje slapen in de supermoderne villa van Jabar en dan ontbijten met Sharon. Ze is door het dolle heen dat ik eraan kom. Nog steeds verliefd op de engel zal ze hem proberen mee te nemen zodat ik hem kan ontmoeten. Dat verbaast me enorm. Nooit eerder vond Sharon het de moeite dat ik een vriendje of sekspartner van haar ontmoette. Het moet dus wel serieuzer zijn dan anders.

Eigenaardig genoeg kan ik me dit keer wel concentreren op het boek dat ik meegenomen heb, hoewel de opdracht die nu voor me ligt aanzienlijk moeilijker zal zijn dan de vorige en Lucas door mijn hoofd blijft spoken.

Ik besef dat ik weinig kan beginnen met een pistool of ander wapen tegen een engel. Zeker als de snelheid waarmee hij zijn telekinetische gave gebruikt evenredig is aan zijn kracht. Ik maak meer kans met vervormen, maar heb nog niet bedacht waarin of hoe. Dat is mijn deel van de baan.

Jabar heeft al gezorgd voor het andere deel en Diedie moet haar steentje nog bijdragen. Nog een verschil met de vorige opdracht: Diedie kan me niet afschermen tegen telekinetische krachten in tegenstelling tot het afschermen van mijn geest tegen telepathische invloeden. Als ze mijn hele lichaam afschermt, kan ik er namelijk niet veel mee aanvangen en dus niet vervormen. Bovendien heeft Jabar gelijk: de kans dat ik regelrecht in een val loop, is ontzettend groot.

Ik doe een dutje, ga een praatje maken met Tony en zijn copiloot, lees af en toe in het boek *Jachtmaan*, dat ontzettend spannend is, en eet een hapje. De bijna tien uur durende vlucht is zo voorbij en voor ik het besef, krijg ik het commando door dat ik mijn veiligheidsgordel om moet doen.

Montréal ligt onder ons en oogt net zo indrukwekkend als altijd. Ik vind het een prachtige stad en de mensen vriendelijk en behulpzaam. Frans is mijn tweede taal, dus dat vormt geen probleem. Daarbij spreken ze hier trouwens ook uitstekend Engels.

We landen niet op de drukke hypermoderne Montréal-Trudeau Airport, maar op de kleinere luchthaven die bijna uitsluitend voor vrachtverkeer wordt gebruikt: Mirabel Airport. Tony popelt om de vrouwelijke bevolking voor zich te winnen en mijn vervoer, in de vorm van een Renault, staat me al aan de uitgang op te wachten.

Het is twee uur in de namiddag, lokale tijd, diezelfde dag wanneer ik Kingston omhels en in zijn wagen stap. Tijdzones, ik krijg het er soms danig op mijn heupen van.

We kletsen over zijn vrouwtje, het weer, de laatste politieke veranderingen in Canada. Hij raadt me een heerlijk restaurantje aan, maar ik heb al besloten om een pizza of iets dergelijks aan huis te bestellen vanavond. Ik weet nu al dat ik doodop zal zijn, tenminste, als ik het overleef.

De rit naar Montréal centrum is gelukkig kort. Om drie uur word ik in de buurt van het huis van de engel gedropt. We spreken af dat ik daarna een taxi neem naar het huis van Jabar en Kingston pas de volgende dag in de late morgen een telefoontje mag verwachten om me weer naar de luchthaven te brengen.

De Glock en de ploertendoder, die ik van Kingston heb gekregen, zitten intussen goed uit het zicht weggeborgen in mijn lederen jas. In deze tijd van het jaar, de lente, kan het al behoorlijk heet zijn in Montréal en dat is het nu dus ook. Ik juich het alleen maar toe, want met de vervormingen die ik van plan ben, verwacht ik een serieus koudefront nadien.

Geluk bij een ongeluk, het is zaterdag en dan is het bedrijf waar Joseph werkt gesloten. Hopelijk heeft hij besloten vandaag thuis te blijven. Het huis waar ik voor sta, heeft Victoriaanse invloeden met het typische balkon dat over de gehele eerste verdieping loopt. De tuin ziet er verwilderd uit, maar het huis zelf heeft nog niet zo lang geleden een witte verflaag gekregen.

In de wagen van Kingston heb ik mezelf vervormd tot een iel mannetje dat postpakketten bezorgt, in het juiste uniform voor deze streek. Wanneer ik aanbel bij het smeedijzeren hek, word ik onmiddellijk binnengelaten. Terwijl ik naar de voordeur loop, begin ik hem toch te knijpen. Ik heb al eerder duivels opgepakt en ook enkele vamps en elfen en een enkele heks, maar nooit eerder een engel. Hun telekinetische krachten kunnen zich soms meten met die van Superman, mocht hij bestaan hebben. Nou ja, eens moet natuurlijk de eerste keer zijn en zo doe ik ervaring op.

De voordeur zwaait open en een man met wit haar en een scherpe haviksneus staat in de opening. Zijn ogen, die bijna beige van kleur zijn, kijken me behoedzaam aan.

'Ik verwacht geen bestelling,' zegt hij rustig.

'Joseph Jones?' vraag ik, mijn stem zo zwaar mogelijk makend.

'Ja, dat ben ik,' antwoordt hij op nasale toon.

'Een levering van het bedrijf Moonwalking.'

'Het bedrijf waar ik voor werk?'

Ik trek mijn schouders op. 'Geen idee, mijnheer.'

Hij steekt zijn handen uit om het pakket aan te nemen, maar dat kan ik natuurlijk niet laten gebeuren, want het vormt een deel van mezelf. Ik verander zodat het pakket in spieren omgevormd wordt en ik er nog altijd als een kleine man uitzie, maar dan wel een die regelmatig aan gewichtheffen doet.

Joseph knippert verbaasd met zijn ogen en wil de deur voor mijn neus dichtgooien. Daar was ik echter op voorzien. Mijn rechterarm vervorm ik tot koevoet en stop ik razendsnel tussen de deur. *Auw!* Het doet even pijn en ik zal een zoveelste blauwe plek aan mijn verzameling kunnen toevoegen.

Ik loop hem voorbij, de hal in en voel plots hoe de vloer zich van me verwijdert. Nu is het mijn beurt om verbaasd te zijn. Hij houdt me met zijn kracht in de lucht, op zeker zo'n vier meter hoogte.

'Wat doe jij hier? Wie ben je?' schreeuwt hij me toe, zijn ogen volledig spierwit.

'Zet me weer neer op de grond!' Ik ben niet langer bang, maar razend en daar ben ik alleen maar blij om.

'Geen kans op!'

*Oké, jij je zin, klootzak.* Ik vervorm in een adelaar en niet zo'n kleintje ook. Daardoor kan ik me losrukken uit zijn mentale greep. Gelukkig is het een immens grote hal met een hoog plafond. Slechts heel even is hij van slag, maar dat geeft me voldoende tijd om op hem neer te duiken. Ik weet nog net met mijn snavel in een van zijn ogen te prikken. Behoorlijk hard. *Jak!* Het smaakt nergens naar, maar het idee!

Hij gilt het uit en slaat zijn handen voor zijn ogen.

Ik vervorm in een zwarte panter en kom lenig en zacht op mijn vier poten terecht. Intussen heeft hij zich weer hersteld en kijkt me aan met een mengeling van minachting en razernij. Ik hoop dat ik juist gegokt heb en dat hij met zijn ene oog aanzienlijk minder kracht kan gebruiken dan met allebei, maar ben er niet helemaal gerust op. Kijk, als Jabar me nu eens eerder in zijn Lexicon der Species had laten lezen, dan had ik het wellicht geweten.

Ik word opzijgeworpen, maar voel inderdaad – hoera – dat zijn kracht niet meer van hetzelfde niveau is als daarnet. Als panter kom ik op mijn zij terecht, maar ik ben meteen weer opgekrabbeld en vervorm in een wurgslang. Glibberend over de vloer wikkel ik mezelf om zijn kuiten heen. Hij struikelt, valt neer en weet me intussen van zich af te gooien. Ik kom in een hoek van de hal terecht.

Hij springt op. 'Wie ben je godverdomme? Wat wil je van me?'

Ik kan niet praten in de gedaante van een dier, dus verander ik in een doorsnee meisje, maar niet in mezelf. 'We hebben een sterk vermoeden dat je je baas en zijn secretaresse vermoord hebt,' zeg ik.

'Loop heen. Hoe kan je dat bewijzen? Trouwens, wie ben je?' Het klinkt bijna klagelijk.

'Je wraakengel.'

'Ha ha, wat grappig, zeg.'

'Als je onschuldig bent, gebeurt er niets.'

'En anders?'

'Anders word je gestraft.'

'Door jou zeker.'

'Onder andere. Doe je mij iets aan, dan komt er een volgende op je af.'

'Waar bemoei je je eigenlijk mee!'

'Misbruik van je gave wordt niet toegelaten. Je weet best dat het een ongeschreven wet is onder de anderssoorten.'

Hij mompelt iets onverstaanbaars, maar ik ga er niet op in.

'Het was niet mijn schuld, werkelijk! Hoe kan ik je mijn onschuld bewijzen dan?' Zijn ogen hebben weer de normale kleur, maar ik vind ze er niet oprecht uitzien. Het oog dat ik toegetakeld heb, ziet er gemeen rood uit en traant.

Uit mijn binnenzak neem ik mijn mobieltje en bel Diedie op terwijl ik een grote lap stof van mijn shirt onderaan afscheur.

'Wat doe je?' vraagt hij nog, zijn blik op mijn kapot gescheurd shirtje.

'Het is hier nogal warm.' Tegen Diedie zeg ik: 'Waarheidsmojo.'

'Oké, breng me naar zijn oor.'

Ik zet een paar stappen in zijn richting en steek mijn hand met het mobieltje naar hem uit.

'Wat ben je van plan?' Zijn ogen schieten heen en weer van het mobieltje naar mij.

'Een waarheidsspreuk,' zeg ik glimlachend.

'Geen sprake van. Ik vertrouw heksen niet.'

'Wat handig! Wij vertrouwen jou niet. Nou? Wat zal het zijn?'

Ik schuifel nog wat dichterbij tot ik op een halve meter van hem vandaan sta.

Met zijn mentale kracht zwiert hij het mobieltje uit mijn handen, dat op de stenen vloer terechtkomt. Gelukkig niet gebroken.

'Nee,' zegt Joseph ferm.

'Dan verklaar ik je schuldig.'

Al ken ik een boel ingewikkelde jiujitsugrepen en -technieken, het volgende dat ik doe is nog steeds het meest effectieve bij mannen. Met alle kracht die ik bezit, schop ik in zijn ballen. Hij buigt kreunend voorover. Ik aarzel geen seconde en wikkel de lap stof om zijn hoofd heen zodat zijn ogen bedekt zijn. Dan sla ik op zijn hoofd met de ploertendoder. Niet te hard, hij mag niet te lang buiten bewustzijn blijven.

De riem die in mijn jeans zit en gebruikt wordt voor noodgevallen, trek ik uit mijn broek en bind er zijn handen mee vast op zijn rug. Hij valt opzij. Ik laat hem lekker liggen.

Ik raap mijn mobieltje op, ga een tweetal meter van hem vandaan op de grond zitten, met mijn Glock in mijn andere hand en bel Diedie op.

'Diedie?'

'O, mijn God, Manon, ik dacht dat hij je vermoord had. Alles goed?'

'Ja, hoor, prima. Ik moet alleen even wachten tot hij bijgekomen is. Oei, het ziet er niet goed uit, ik zie bloed uit zijn hoofd druppelen.'

'Beter bij hem dan bij jou, lieverd.'

'Ik bel je zo terug.'

'Oké. Wees voorzichtig.'

'Altijd.'

Het duurt toch nog een tiental minuten voor hij kreunend beweegt.

'Wakker worden!' roep ik. 'Het is tijd om op te staan!'

Hij kreunt nog iets harder. O, wat een heerlijk geluid als het niet van jezelf afkomstig is.

'Ik houd een pistool op je gericht.' Ik ontgrendel de Glock duidelijk hoorbaar. 'Als je weigert om het document te ondertekenen dat ik je overhandig, krijg ik vingerkramp.'

'Wat voor document?' vraagt hij op scherpe toon.

'Een ontslagbrief. Met onmiddellijke ingang en zonder ontslag-bonus.'

Hij lijkt mijn voorstel te overwegen. 'Goed, als dat het maar is.'

*Voorlopig wel, makker, maar er volgt meer.*

'Dat is alles,' zeg ik. Een leugentje om bestwil.

Ik sta op en neem het papier dat Jabar heeft opgesteld uit mijn broekzak, samen met een pen. Daarna help ik hem rechtop zitten, maak zijn handen los en geleid een hand naar het document. 'Hier.'

Hij zet zijn krabbel erop. Aangezien hij nog steeds geblinddoekt is, staat het er een beetje schots en scheef, maar duidelijk genoeg.

'En je naam,' gebied ik.

Hij doet wat ik hem vraag. Daarna bind ik zijn polsen opnieuw vast.

'Ik zal je ontslagbrief vandaag nog voor je versturen. Lief van me, hè.'

Hij gromt een antwoord dat veel wegheeft van een vervloeking. Ik stop het document weer weg en bel Diedie opnieuw op.

'Tweede ronde, Diedie.'

'Oké, geef me zijn oor.'

Ik leg het mobieltje tegen zijn oor en laat Diedie haar ding doen. Wanneer hij beseft wat er gebeurt en zijn hoofd wil wegdraaien, is het al te laat. Diedie heeft hem al onder haar mojo-invloed. Ik weet wat het inhoudt, dat hebben we uitvoerig besproken voor ik hierheen gevlogen werd.

Ten eerste wist ze zijn geheugen tot aan het punt waar hij voor Moonwalking begon te werken. Hij zal zich niets meer herinneren van deze periode. Als hij in dat jaar toevallig financiële investeringen heeft gedaan of andere belangrijke deals, dan heeft hij pech. Hij zal het niet meer weten. Ontmoette hij de liefde van zijn leven, dan dub-bel pech. Kan hij weer opnieuw op zoek. Ten tweede zal hij voor de rest van zijn leven een afwasser zijn in een restaurant. Van een hoge managersfunctie naar afwasser. Het verschil kon groter, maar niet veel.

Het lijkt een milde straf in vergelijking met een levenslange gevangenisopname. Maar zoals ik eerder al uitlegde, is het risico te groot. Hij zou zijn gave kunnen misbruiken in de gevangenis tegenover andere gevangenen die hem uitdagen. Bovendien valt het trage verouderingsproces, na tientallen jaren, vast op bij de bewakers. Het belang van de massa anderssoorten is belangrijker dan dat van een enkel individu.

We hebben echter nog een bonus voor hem in petto. Het was mijn idee en ik ben er toch behoorlijk trots op. Diedie plant een vals verlangen in zijn herinnering. Namelijk het verlangen om elk moment van zijn vrije tijd te besteden aan vrijwilligerswerk en dat voor de rest van zijn werkdagen. Dan doet hij tenminste iets om het goed te maken. Het compenseert weliswaar niet de twee doden, maar het is beter dan niets.

'Oké,' zegt Joseph en dat is het teken dat Diedie klaar is.

'Tot morgen,' zeg ik haar en klap het mobieltje dicht.

Ik maak zijn polsen los en neem zijn blinddoek af. Intussen heb ik het extreem koud gekregen door het meervoudig vervormen. Mijn tanden klapperen. Het lijkt wel alsof ik in een vrieskist sta.

Joseph kijkt me verbaasd aan, hij herkent me duidelijk niet.

'Kom, ik help u even. U was gevallen.' Ik ondersteun hem onder zijn oksels en hij krabbelt overeind. 'Joseph Jones, we zijn erg blij dat u in ons restaurant wilt komen werken. We hebben dringend behoefte aan afwassers.'

'O?' Hij kijkt nu mogelijk nog verbaasder en vooral naar mijn gescheurd shirtje.

'Ja, daarom ben ik persoonlijk bij u langsgekomen om het contract te tekenen. We weten dat het bitterweinig is wat u zult verdienen, maar dat kan veranderen in de toekomst.'

'Heb ik gesolliciteerd?'

'Weet u dat niet meer? Gisteren nog. Maar u leek een beetje in de war. U zei dat u hoofdpijn had, misschien dat u het daarom niet meer weet.'

'Waarschijnlijk.'

'Hoe dan ook. Welkom in ons team. U vertelde de eigenaar van het restaurant dat u het beu bent om papierwerkbaantjes te doen en u met de handen wilt werken. Wel, die kans zult u uitgebreid krijgen.'

'O, leuk.' Hij lijkt niet overtuigd, maar dat komt nog wel.

'Hier is het contract. Wilt u even tekenen?'

Ik stop hem de pen toe en hij ondertekent zijn nieuwe werkcontract. Een baantje als afwasser in een van de drukste restaurants van Montréal. Een vriend van Jabar is er eigenaar en Jabar had nog iets van hem tegoed. Trouwens, zodra de vriend hoorde hoe weinig hij zijn nieuwe afwasser moest betalen, ging hij meteen akkoord.

'Hier, een kaartje van het restaurant.'

Joseph neemt het aarzelend aan.

'Dan ga ik maar. Tot morgen!'

Ik schud hem de hand. Met de klink van de deur in mijn hand, houdt hij me tegen. *O, o.*

'Mevrouw?'

Ik draai me voorzichtig om. 'Ja?'

'Ik wil ontzettend graag ergens vrijwilligerswerk doen. Weet u misschien waar ze me kunnen gebruiken?'

*Yes!!!*

## 21

Nadat ik de ontslagbrief gepost heb, bel ik in het huis meteen Jabar op met het goede nieuws. Daarna bestel ik pizza en kijk de hele avond naar herhalingen van Law and Order. In lange tijd heb ik me niet zo ontspannen gevoeld. Oké, de seks met Lucas uitgezonderd. Blijkbaar is het straffen van Joseph toch geen val van N. Blijft de vraag natuurlijk welke goede Samaritaan ons het bericht stuurde.

's Morgens sta ik heerlijk uitgerust op en ondervind ditmaal geen problemen meer van het tijdsverschil. Dat kan natuurlijk bij het terugkeren anders zijn.

In het enorme huis met acht slaapkamers is alles voorhanden. Een kleerkast met kledij, ondergoed en galajurken. Ik neem een uitgebreid bad in de jacuzzi met een kop koffie en een glas sinaasappelsap. Dat heb ik wel verdiend, toch? Mijn rechterarm die tussen de deur van de engel werd geklemd, heeft een gigantische blauwe plek die zelfs paars en groen uitslaat en verdomd veel pijn doet. Maar ik heb het overleefd! *Hoera voor Manon!*

Uit de kleerkast kies ik een jeans – ja, sorry, ik ben gek op jeans – en een groen topje met franjes aan de mouwen dat ik wel grappig vind. Ik laat mijn Glock en ploertendoder achter. Als ze me daarmee betrappen, wordt het behoorlijk moeilijk uit te leggen. Bovendien ga ik enkel ontbijten met Sharon en haar nieuwe vriend, naar wie ik verschrikkelijk benieuwd ben.

Ik neem een taxi naar het adres dat Sharon opgaf en ben binnen de tien minuten op mijn bestemming. Ik zie Sharon door het raam naar me zwaaien en merk meteen dat er iets niet in orde is.

Het interieur van het ontbijttentje is gezellig met overdreven veel bloemmotieven, alsof je in een oud Engels woonhuis binnenkomt. Er hangt een zoete geur van aardbeien en vers- gebakken brood.

We omhelzen elkaar langdurig en stevig.

'Ik heb je zo gemist,' zegt Sharon.

'Ik jou ook.'

Ik houd haar op een afstandje en bekijk haar. 'Je ziet er goed uit, maar je kijkt niet al te happy. Waar is je vriend?'

We gaan zitten.

'Laten we eerst bestellen,' stelt Sharon voor.

We nemen gebakken eieren, aardappelen, een grote pot koffie en vers sinaasappelsap. De koffie wordt meteen gebracht en ik schenk onze kopjes vol.

'Je gelooft het nooit.' Sharon houdt haar hoofd schuin en haar grote, lichtblauwe ogen kijken me droevig aan. 'Ik kan het amper geloven. Toen ik hem gisteren belde, was hij erg enthousiast over het idee om jou te ontmoeten. Ik had al zoveel over je verteld, dus nu wilde hij je weleens in het echt zien.'

Ik knik en voel de rest al aankomen. Hij zag een ontmoeting met haar beste vriendin uiteindelijk toch als een te serieuze stap en heeft het uitgemaakt.

'We bellen elke morgen, weet je, voor hij gaat joggen of naar zijn werk gaat. Zo ook deze morgen. Maar…' Ze schudt het hoofd en houdt haar lippen strak opeen, alsof ze het huilen met moeite kan tegenhouden.

'Ja?' spoor ik aan en leg een hand troostend op die van haar.

Ze neemt een slok koffie. 'Hij zei dat hij niet wist wie ik was!' Ze brengt het zo fel uit dat een koppeltje aan het tafeltje naast ons even naar ons omkijkt.

'Wat?'

'Wat ik zeg, hij kende me niet meer. "Sharon wie?" zei hij. Kan je dat geloven? Dat is wel het stomste excuus dat ik ooit gehoord heb om met iemand te breken. Ik heb me zelfs nooit verlaagd tot het gebruiken van zoiets.'

Ik durf mijn volgende vraag amper te stellen. Enerzijds ben ik bang voor het antwoord en anderzijds dat Sharon op mijn gezicht de waarheid zal aflezen.

'Hoe heet je vriend?'

'Joseph Jones. Hoezo?'

Ik voel me kil worden, vergelijkbaar met na het vervormen. Ik wil antwoorden, wetende dat het er stamelend uit zal komen, maar gelukkig wordt op dat moment het ontbijt op tafel gezet. Mijn honger is echter volledig over en ik moet mezelf dwingen een hap te nemen. Zo niet, dan weet Sharon zeker dat er meer aan de hand is, want ze weet wat voor schrokop ik ben.

'Smakelijk,' zegt Sharon en is haar eerdere vraag blijkbaar vergeten.

'Smakelijk.'

'Weet je, Manon?' Ze neemt een hap van haar omelet en slikt het door.

'Nee. Wat?'

'Ik dacht echt dat hij de ware kon zijn. Het voelde toch compleet anders aan dan bij de andere vriendjes. Meer als een thuiskomen en een soort zielverwantschap. Ik denk echt dat ik van hem had kunnen houden. En nu zal ik me dat voor de rest van mijn leven afvragen.'

Ik weet niet wat ik moet zeggen en knik alleen maar. Het is natuurlijk beter voor haar dat de verliefdheid geen houden van is geworden, en toch. Sharon weet hier niets van en ik kan het haar niet vertellen. Het zal een geheim zijn dat voor altijd tussen ons in zal hangen en ik hoop dat ik het ooit een plaatsje kan geven. Waarom moest Sharon nou net op die Joseph vallen?

'Misschien was hij onbetrouwbaar,' opper ik, in de hoop haar te kunnen troosten.

'Nee, echt niet, geloof me nou maar. Zo kwam hij toch niet over. Hij kwam erg timide en onzeker op me over. Lief en meegaand.'

'Maar hoeveel wist je tenslotte over hem? Ik bedoel over zijn verleden?'

'Nog niet veel, dat geef ik toe. Maar je weet dat ik goed ben in mensen aflezen, Manon, en ik zou zelfs durven zweren dat ik zijn eerste sekspartner was.'

Sharon heeft inderdaad een bijna feilloze mensenkennis.

Terwijl ik op een stukje aardappel kauw, valt er me nog iets te binnen. Die mysterieuze N zou toch niet achter het hele gedoe zitten? Nee toch? Dat zou wel erg vergezocht zijn. Hoewel… Verder heeft hij iedereen die Jabar kent al onder handen genomen: Diedie, Oded en mijzelf. Hij wist blijkbaar van Sharon af, anders zou die vervormer Diedie niet over haar uitgehoord hebben. Misschien heeft hij zelf de hele moordscène gepland. Joseph door een duivel laten beïnvloeden. Hem wijsmaken dat hij verliefd was op die secretaresse en daardoor jaloers op zijn baas. Een duivel zou hem zelfs aangezet kunnen hebben tot het moorden! O mijn hemel! Hopelijk niet, zeg! Van dat schuldgevoel raak ik nooit meer verlost. Ik maak een mentale notitie het aan Jabar te vertellen. Vergezocht of niet, we weten niet waar die N allemaal toe in staat is of hoelang hij al voorbereidingen treft om ons te kwetsen.

Ik probeer mezelf bijeen te rapen en te overtuigen dat ik geen schuld heb aan de hele affaire. Naar omstandigheden genieten Sharon en ik daarna nog van een redelijk gezellig ontbijt en praten verder niet meer over Joseph. Ik vertel over de anderen thuis, weglatend met welke problemen we allemaal geconfronteerd worden de laatste tijd. En zij vertelt me over haar boeiende leven in Montréal.

Rond het middaguur zit ik alweer in de Falcon, op weg naar huis. Onderweg krijg ik twee sms-berichten binnen. Het eerste is van Lucas.

**Morgen… ik kan niet wachten.**

Mijn hart maakt een vreugdesprong. Hij is dus niet boos op me vanwege mijn afwijzing.

Ik sms terug: **ik ook, xxx**.

Mijn hoofd kan echter niet lang in de wolken blijven, want het tweede bericht dat ik ontvang, verontrust me behoorlijk.

**Dit is nog maar het begin. N.B.**

Ik bel meteen Jabar op, geef het berichtje door en mijn vermoedens over de engel van Sharon.

'Hij heeft nu twee initialen doorgegeven. Hij wil het spel dus nog wat opvoeren,' zegt Jabar.

'En in mijn opinie geeft hij aan dat hij wel iets te maken heeft met die Joseph Jones, toch?'

'Misschien.'

'Hij heeft iedereen al een hak gezet en nu dus Sharon.'

'Vergezocht, Manon, maar we weten inderdaad niet met wat voor zieke persoon we te maken hebben.'

'Dat bedoel ik. En hij heeft dus blijkbaar mijn nieuwe mobiele nummer.'

'Ja. Op die manier toont hij ons hoeveel macht en invloed hij heeft.'

'Hij wil blijkbaar contact, maar nog niet meteen. Nog eens veranderen van nummer heeft geen nut meer, hè?'

'Nee. Ik ga aan de slag met die initialen. Ik graaf in mijn verleden alle N.B.'s op, dat moet het zoeken toch aanmerkelijk vergemakkelijken.'

Ik hoor echter de twijfel in zijn stem. Hij wil me uiteraard geruststellen, maar door zijn lange verleden heeft Jabar natuurlijk ontzettend veel mensen gekend. 'Bel me op wanneer je meer weet.'

'Doe ik. Kijk erg goed uit je ogen, Manon. Dit is nog maar het begin, zegt hij en hij stuurt het naar jou toe, niet naar mij. Oded zegt me net dat hij je zal opwachten op de luchthaven.'

'Dat hoeft niet, echt niet.'

'Hij doet het toch. Hij wacht bij je wagen.'

Jabar verbreekt de verbinding. Toch voel ik me opgelucht dat Oded me opwacht. Ik ben ongewapend en bovendien is het midden in de nacht wanneer ik op de luchthaven van Oostende aankom.

Ik heb niet kunnen rusten tijdens de vlucht. Mijn hoofd zit te vol met onbeantwoorde vragen, spanningen en schuldgevoelens. Dat en de jetlag die zijn tol begint te eisen zorgen ervoor dat ik als een wrak aankom in Oostende. Tony blijft, samen met de copiloot, achter in het vliegtuig en ik stap alleen uit.

De luchthaven van Oostende heeft overdag al een verlaten en eenzaam aanzien, maar 's nachts nog meer. Wanneer ik door de lege hallen loop en mijn voetstappen luid hoor weerklinken, voelt het aan alsof ik de laatste overlevende ben op deze planeet. Snel stap ik door naar de uitgang. De glazen deuren schuiven open en ik zie op de verder bijna lege parkeerplaats Oded bij mijn wagen staan. Ik glimlach opgelucht en zwaai. Oded zwaait terug. Mijn mobieltje gaat over. Jabar.

Ik neem op.

'Manon, ben je er al?'

'Ja. Ik ben op weg naar de parking.'

'Pas op, ik denk dat ik weet wie N.B. is!'

Ik stap naar buiten.

Een ronkend geluid komt dichterbij.

Ik besef pas wat het geluid betekent op het moment dat ik in een bestelwagen word gesleurd. Mijn mobieltje valt op de straatstenen en de wagen rijdt er met gierende banden vandoor. Ik kom pijnlijk op de vloer van de wagen terecht en nog niet eens van de schrik bekomen, voel ik een felle prik in mijn bovenarm.

Dan wordt alles zwart.

## 22

Ik kom bij bewustzijn met een barstende koppijn die mijn hoofd in tweeën lijkt te splijten. Kreunend open ik mijn ogen. Ik lig op een bed. Mijn handen en voeten zijn niet vastgebonden. Gelukkig. Langzaam ga ik rechtop zitten en kijk om me heen. Mijn blik is nog een beetje wazig en mijn hoofd bonkt nu nog erger. Ondertussen spits ik mijn oren, maar er valt niets te horen. De omgeving is muisstil. Wanneer mijn blik eindelijk verscherpt, zie ik dat de slaapkamer enorm ruim is en minimalistisch ingericht. Een bed zonder rug- of voetleuning met een effen, witte sprei. Geen nachtkastjes, enkel ingebouwde kasten en alles in beige tinten. Ik zwier mijn benen over de rand van het bed. De vloer bestaat uit een lichte parketvloer waar niet eens een tapijtje op ligt.

Wie me ontvoerde, heeft mijn laarzen uitgedaan en deze netjes naast het bed gezet. Ik trek ze meteen aan.

Aan de linkerkant van de kamer is de deur en de rechterkant wordt volledig gedomineerd door een raam uit één stuk. Het uitzicht is prachtig, dat kan ik niet ontkennen. Ik kijk uit op een uitgestrekte tuin waarachter een bos begint. Doordat het raam de hele muur beslaat, lijkt het alsof de kamer in de tuin zelf staat. De zon staat hoog, dus ik vermoed dat het maandag in de namiddag is.

In het verlengde van de kamer bevindt zich een badkamer zonder scheidingsmuur. Een douchecabine waar gemakkelijk twee personen in passen, een ruim rond bad, twee wastafels en een hangend toilet. Het ziet er allemaal strak en nieuw uit.

Ik loop naar de wastafel en kijk in de spiegel die erboven hangt. Ik zie er moe en afgetobd uit, wat niet verwonderlijk is. Vluchtig plens ik wat water op mijn gezicht en zie dan het glas staan met een doosje aspirines ernaast. Wel, wel, mijn ontvoerders hebben dus nog wel compassie. Al vertrouw ik het niet helemaal, ik besluit het erop te wagen. Die koppijn is ondraaglijk en klopt zelfs achter mijn oogballen. Ik slik een aspirine door en loop dan naar de deur.

Natuurlijk zit die op slot. Ik trek en ruk met de weinige kracht die ik heb, maar de deur geeft geen millimeter mee. Ik voel me zo ontzettend moe en futloos, alsof alle energie uit me verdwenen is. De ramen! Ik loop erheen en bekijk ze grondig. Nergens een hendel dat suggereert dat ze geopend kunnen worden. Verdorie!

Ik begrijp niet waarom ik me zo uitgeput voel en waarom mijn spieren pijnlijk prikken. Zuchtend plof ik op het bed neer. Er zit niets anders op dan me in mist te vervormen, besluit ik, om zo onder de kieren van de deur naar buiten te glippen. Ik probeer het, maar het lukt me niet! Althans, niet volledig. Mijn handen vervormen in mist en nog net mijn onderarmen, maar daar blijft het bij. Dit is me nooit eerder overkomen. Nee, dat is niet helemaal waar. Wanneer ik erg moe ben of mijn lichaam fysiek uitgeput is, lukt het me ook niet altijd.

Het doet me denken aan de eerste pogingen die ik ondernam om te vervormen.

Ik was ongeveer veertien jaar oud toen de latente gave zich manifesteerde. Bij iedere anderssoort is dat op een verschillende leeftijd, maar altijd tijdens de puberteit en bij meisjes vooral tijdens hun eerste menstruatie. Bij mijn eerste transformatie waren Jabar en Diedie er om me te begeleiden en gerust te stellen. Het is best eng en vergt heel wat concentratie. Ik herinner me nog goed dat ik wilde vervormen in een van mijn favoriete actrices, Naomi Watts. Ik vond en vind haar nog steeds een ongelooflijk mooie vrouw.

'Concentreer je op haar, zie haar voor je, tot in detail,' zei Jabar.

Gemakkelijker gezegd dan gedaan, laat dat duidelijk zijn. Ik zag haar wel voor me, maar er drongen zich ook allerlei andere gedachten aan me op. Het duurde zo'n twee uur voor ik alleen nog maar haar gezicht gevormd had en het zweet brak me uit aan alle kanten.

Diedie opperde dat ik misschien iets moest nemen wat eenvoudiger was, zoals een kast of bank. Jabar zei dat het niet uitmaakte, dat de eerste keren altijd moeizaam verliepen en dat het erbij hoorde. Niets is eenvoudig en snel aan te leren, daarin verschilt een gave van een anderssoort niet. Uiteindelijk werd ik behoorlijk kwaad op mezelf en voornamelijk beschaamd tegenover Jabar en Diedie om het feit dat het me niet lukte. Al moet ik erbij vermelden dat ze werkelijk oneindig veel geduld met me hadden. Enkele maanden later kon ik echter vervormen in wat ik wilde en relatief snel. Nog een paar maanden daarna kon ik het in maximaal twee seconden. Jabar liet me eerlijkheidshalve weten dat ik het niet snel, maar ook niet langzaam, onder de knie had gekregen. Hij nam Diedie, Oded en mij mee naar een duur restaurant om het te vieren. Het was mijn eerste bezoek aan een heus sterrenrestaurant en ik voelde me zo trots als een pauw. Ik mocht zelfs champagne drinken! De hele avond draaide om mij en ik vond het jammer dat er andere klanten in het restaurant zaten, want ik popelde om het vervormen zo vaak mogelijk uit te voeren.

En nu zit ik hier, ontvoerd en beroofd van mijn krachten!

Ik vermoed dat het niet enkel de vermoeidheid is die me parten speelt, maar dat het middel dat ze bij me ingespoten hebben mijn vervormersgave in een rusttoestand houdt. *Verdomme!* Ik voel me machteloos en klop, bijna krachteloos, met mijn vuisten op het dekbed.

Waar ben ik? Het lijkt me niet meer dan logisch dat N.B. mij ontvoerd heeft. Maar waarom? Enkel om Jabar een hak te zetten? En dan? Wat is hij met me van plan? Hij kan me toch niet eeuwig tegen mijn wil platspuiten en vasthouden? Of wel?

Gelukkig heeft Oded gezien wat er gebeurd is en hopelijk heeft hij het nummerbord van de bestelwagen kunnen lezen. Zo niet… dan zullen ze me nooit vinden.

Hoe dan ook, ik kan niet op een redding wachten. Ik moet zelf zien te ontsnappen. Hopelijk werkt de verdoving snel uit, voor ze me een nieuwe kunnen geven, anders ben ik de klos.

En waar zijn de ontvoerders, verdorie?

Ik ga plat op mijn rug liggen en staar naar het plafond. De hoofdpijn begint weg te ebben, dus het was gelukkig toch een aspirine die ik geslikt heb.

De minuten, waarin ik niets anders kan doen dan naar buiten kijken, gaan tergend langzaam voorbij. Er is geen televisie of stereotoestel in de kamer aanwezig en uiteraard zijn er ook geen boeken.

Ik probeer nog eens te vervormen tot mist, maar nog steeds lukt het me niet volledig. Gefrustreerd bedenk ik wat ik kan doen.

En dan krijg ik een lumineus idee!

Ik kan mezelf tot water vervormen en dan via het afvoerputje van de douche of het bad ontsnappen. In water vervormen is iets makkelijker dan in mist, dus misschien lukt het me. Het is niet echt een hygiënische ontsnappingsroute, maar alles beter dan hier afwachten en misschien vermoord worden. Al denk ik wel dat als ze me dood wilden, ze dat allang gedaan hadden.

Opgewekt bij het idee dat ik ze te slim af ben, loop ik naar het bad. De moed zakt me meteen in de schoenen. Ze hebben het afvoerputje geblokkeerd! Snel loop ik naar de douche. Hetzelfde uiteraard en ook bij de wastafels. Ik had het eerder niet opgemerkt omdat je zoiets niet verwacht.

Ventilatiekokers! Die moeten hier zeker aanwezig zijn, aangezien de badkamer geen opengaande ramen bevat en zich bovendien in de slaapkamer bevindt. Ik vind een ventilatieroostertje, maar dat is dichtgeschroefd met een metalen plaat. Ik kijk om me heen, op zoek naar een stoel waar ik op kan staan, maar weet al dat die er niet is. Trouwens, met de weinige kracht die mijn lichaam momenteel bezit, ben ik niet eens in staat een televisie op te heffen.

Moedeloos ga ik weer op bed zitten. Ik vraag me af waarom ze mij specifiek ontvoerd hebben. Niet omdat het eenvoudiger was, veronderstel ik. Dan hadden ze zelfs gemakkelijker Diedie kunnen ontvoeren toen die vervormer ons huis binnendrong. Het zou Jabar evenveel gekwetst hebben als ze Diedie hadden genomen in plaats van mij. Uiteraard wil ik niet dat Diedie hier in mijn plaats zit, ik vraag het me alleen af.

Jammer genoeg is mijn mobieltje gevallen toen ze me de bestel-wagen in sleurden. En dan nog, ze zouden het me toch afgenomen hebben.

Ik pieker me suf naar oplossingen. *Denk na, Manon, denk na.*

Uiteindelijk val ik uit pure frustratie en uitputting in slaap.

's Nachts heb ik kwellende dromen waarin Selena voorkomt. Ze staat over me heen gebogen en steekt een injectienaald in mijn arm. Met een demonische grijns kijkt ze op me neer. Ik wil haar aan de haren trekken, maar kan me niet bewegen.

Wanneer ik met een zwaar hoofd ontwaak, besef ik dat het misschien geen nachtmerrie was. Een minuscuul wondje in mijn bovenarm bevestigt mijn vermoedens. Ergens in de loop van afgelopen nacht is Selena mijn kamer binnengekomen en heeft me hoogstwaarschijnlijk een nieuwe dosis toegediend. Aan de opkomende zon buiten merk ik dat het nog erg vroeg in de morgen is.

Mijn armen voelen loodzwaar aan en hoewel ik de hele nacht heb doorgeslapen, voel ik me krachteloos. Verdomme! Het feit dat ik sterf van de honger na een hele dag niets gegeten te hebben, maakt dat ik me nog futlozer voel. Zijn ze van plan om me te vermoorden door uithongering of zo?

Met moeite hijs ik me overeind. Ik merk nu pas dat ik met mijn laarzen in slaap gevallen ben en trek ze uit. Als een slaapwandelaar sleep ik me voort naar de badkamer. Ik ontkleed me, ga onder de douche staan en laat ijskoud water over me stromen. Ik klappertand en beef als een gek, maar ik wil me zo fris mogelijk maken. Te lang kan ik ook niet onder de straal blijven staan, want het water komt al tot aan de rand van de kuip.

Nou ja, wat kan mij het ook schelen. Zij hebben de afvoer gedicht en ten slotte moet ik me toch wassen.

Gelukkig vind ik handdoeken in het kastje onder de wastafel. Het droogwrijven kost me ontzettend veel moeite. Ik walg ervan, maar ik kan niet anders dan dezelfde groezelige kleren aantrekken die ik nu al een paar dagen aanheb.

Op het moment dat ik volledig aangekleed ben, gaat de deur open. Mijn hart bonkt meteen als een razende in mijn keel.

Een oude, stijlvolle man stapt binnen. Zijn grijze haren zijn netjes achterovergekamd en hij draagt een onberispelijk gestreken donkerblauw pak. Zijn huid ziet er nog gaaf uit, met slechts dunne rimpeltjes rond ogen die me intelligent aankijken.

Hij komt op me af met zelfverzekerde, elegante passen en bekijkt me ondertussen onverholen van top tot teen. Hij is langer dan ik, zeker een twintigtal centimeters. Een flauwe glimlach speelt om zijn lippen.

'Zo, Manon, welkom in mijn huis.' Hij kijkt me aan als een python zijn slachtoffer.

Ik krijg er de rillingen van, maar laat het niet merken. Met een mengeling van afgrijzen en boosheid kijk ik terug, mijn handen op mijn heupen. Ik ben niet van plan te praten en pers mijn lippen strak op elkaar. Wat denkt die ouwe wel?

'Je ziet er niet onaardig uit,' gaat de man verder. 'Maar ik ben onbeleefd. Mijn excuses. Mijn naam is Noël Borgax.'

Hij steekt me een hand toe, die ik vertik te schudden. Dus daar staat N.B. voor: Noël Borgax. Klinkt even smerig als de man zelf.

Hij glimlacht en stopt zijn hand in zijn broekzak.

'Je bent een pittig ding, hé? Maar dat kan ook niet anders. Jabar zal je goed getraind hebben.'

Hij keert mij demonstratief zijn rug toe en loopt naar het raam. Ik zie mijn kans schoon en sluip dichterbij.

Met zijn blik naar buiten, zegt hij: 'Probeer maar niets, Manon, het heeft geen enkele zin.'

Ik stok in mijn bewegingen.

'Als je je omdraait, zie je wat ik bedoel.'

Met een ruk kijk ik achter me. Daar staat Selena, de trut. Ze kijkt me triomfantelijk aan en houdt een pistool op me gericht, een Beretta naar ik meen te herkennen. Ze grijnst haar hoektanden bloot. Aha, dus toch een vamp en niet een vervormer in de gedaante van een vamp.

'Jullie hebben al kennisgemaakt, meen ik.' Noël heeft zich nog steeds niet omgedraaid. Die man is echt wel zeker van zijn macht. 'Selena is mijn trouwe rechterhand,' vervolgt hij. 'Een beetje zoals jij dat bent voor Jabar.'

*Behalve dat wij geen mensen ontvoeren en geen spelletjes spelen, smeerlap!*

'Weet je waarom je hier bent?'

*Voor een potje monopolie?* Nog steeds ben ik niet van zins met hem een conversatie aan te gaan, dus zwijg ik.

Noël draait zich om en kijkt me met opgetrokken wenkbrauwen aan. Ik kijk strak terug.

'Hm, je tong verloren? Het doet er niet toe, het maakt ons werk een stuk eenvoudiger.'

Ik moet me echt inhouden om de man niet aan te vliegen en zijn nette haren uit zijn kop te rukken. Jammer genoeg ben ik niet immuun voor kogels.

'Ik heb nog iets te vereffenen met jouw leermeester. Hij is niet zo aardig als jij denkt, Manon.'

*Zal wel, speel maar een psychologisch spelletje. Probeer hem maar tegen me op te zetten, hufter.*

'Hoe goed denk je die pseudovader van je te kennen? Hè?'

Jabar moet hem echt wel diep onder de huid zitten. Zodra hij het over hem heeft, komt er een grimmige trek om zijn lippen en kijken zijn ogen feller.

'Het is een bemoeial,' gaat hij onverstoord door.

Ik kijk hem aan alsof het me helemaal niet interesseert wat hij zegt. En zo voel ik het trouwens ook.

'Hij heeft mijn leven verwoest,' gaat zijn monoloog verder. 'Door hem ben ik wie ik nu ben!'

Ja ja, het is altijd gemakkelijk om een ander de schuld te geven van dingen die verkeerd lopen in je leven. Typisch voor psychopaten: liegen en manipuleren.

Ik blijf onbewogen staan en dat begint hem nu danig op de

zenuwen te werken. Hij balt zijn handen tot vuisten en kijkt me scherp aan.

'Geloof je me niet? Denk je nog steeds dat die elf heilig is? Ik ben degene die het slachtoffer is van zijn daden!' Zijn stem schiet de hoogte in.

Nog zo'n kenmerk van een psychopaat: ze spelen zowel de zielenpoot als de zelfverzekerde die het gemaakt heeft in het leven. Naargelang de persoon met wie ze te maken hebben en die ze willen manipuleren. Het lezen van psychologieboeken heeft zijn nut bewezen.

Noël werpt me nog een laatste vernietigende blik toe en beent dan de kamer uit, met Selena in zijn kielzog. Met een luid gesis valt de deur in het slot.

Verdomme, ik had eten moeten vragen. Ik ben nu ook niet zo trots dat ik mezelf wil uithongeren. Ik loop naar het bed en net op dat moment zwaait de deur weer open.

Ik kan mijn ogen niet geloven!

Dezelfde duivel die ik een week geleden opgedragen heb het geld terug te bezorgen aan de bestolen winkels staat in de kamer. Hij houdt een dienblad vast waarop een kan water en een bord met boterhammen staan. Zonder me uit het oog te verliezen, loopt hij naar het bed en zet het dienblad erop.

Meteen schiet er door mijn hoofd dat ik nu geen mojo van Diedie heb om me te beschermen tegen zijn telepathische beïnvloeding. Dat ziet er niet al te best voor me uit.

'Herken je me?' sneert hij.

Hij ziet er fris gewassen en pedant uit. Absoluut niet zoals toen ik hem de eerste maal ontmoette. Verder draagt hij een duur uitziende katoenen broek, een coltrui en lederen instappers.

'Ik herken je lelijke smoel, ja,' antwoord ik. 'Hoe heette je alweer? Repelsteeltje?'

Hij grijnst alleen maar.

Ik kijk hem vernietigend aan. 'Moet jij me nu komen uithoren? Kan je baasje het niet meer aan? Is hij niet sterk genoeg?'

In één stap staat hij voor me en slaat me met zijn vlakke hand. *Auw! Verdomme!* Mijn hoofd vliegt opzij en mijn wang voelt nu al rood en gezwollen aan.

'Riskeer het niet meer om Noëls naam te bezoedelen, dom wijf. De volgende keer blijft het niet meer bij een slag, maar gebruik ik mijn vuisten.'

'O, nu ben je stoer, hè.' Ik wrijf over mijn pijnlijke wang.

'Ik kon je gerust aan de eerste keer, maar moest het spelletje meespelen.'

'O, waarom? Is het ganzenbord versleten? Zijn je barbiepoppen kapot?'

'Je denkt dat je slim bent, hè, stomme trut. Maar wie is er in de val gelopen? En wie zit er nu opgesloten?'

'Ik zie er maar één, of nee, twee die voor altijd opgesloten zitten. Twee anderssoorten die voor een mens werken.'

'Wie zegt dat hij menselijk is?' Hij kijkt me uitdagend aan. 'Nou?'

'Je volgt zijn bevelen op, dat lijkt mij nogal slaafs werk,' negeer ik zijn vraag.

'En wat doe jij dan voor Jabar?' brengt hij woest uit.

'Vrije keuze. Ik ben niet verplicht.'

'Wij ook niet!' Zijn stem klinkt overtuigend, maar de twijfel verschijnt in zijn blik.

'Je moordt omdat hij het vraagt. Ik weet dat je die twee broers van hun dak hebt laten springen.'

'En dan? Ik heb gedaan wat jij ook doet. Onze soorten beschermen zodat niet iedereen over ons hoort.'

'Daar hebben wij nog nooit voor gemoord!'

Is hij het gedrag van mij en Jabar een beetje aan het vergelijken met wat zij doen! Het gore lef!

'Is hij een mens?' vraag ik rustig.

Ik mag mijn zelfbeheersing nu niet verliezen.

'Dat gaat jou geen moer aan.'

'Je weet het zelf niet, hè?'

'Natuurlijk weet ik het. Ik kan zijn gedachten lezen!'

'En hoe zien die eruit? Een poel vol verderf?'

Het gesprek begint me te vervelen en bovendien is de honger een gat in mijn maag aan het knagen. Zelfs al hebben ze er vergif opgestrooid, die boterhammen zullen in mijn keel verdwijnen. Maar ik wil niet dat die duivel ziet hoe gretig ik op het bord aanval.

Ik zie zijn vuist mijn richting opzwaaien en kan nog net wegduiken.

Briesend staat hij voor me. 'Het is er beter dan in jouw hoofd.'

'Blijf uit mijn kop of het zal je spijten,' sis ik.

'O, wat ben ik bang voor een vervormer die niet eens haar vingers kan veranderen,' sneert hij.

Ik kan hem wel wurgen! Anderssoorten zijn erg gevoelig betreffende hun gaven. Het is zoals een professor die plots maar een I.Q. heeft van vierentachtig. Uiterst vernederend.

'Trouwens, ik hoef je gedachten niet te lezen. We weten alles al over jou en je debiele vriendjes.'

We kunnen elkaar zitten uitschelden tot onze keel schor is, maar daar schiet ik niets mee op. Als hij dan toch blijft staan, kan ik hem zowel wat uithoren. Wie weet wat ik met de informatie aan kan vangen.

'Hoe heet je eigenlijk?' vraag ik vriendelijk. Het kost me verdomd veel moeite.

'Noem me maar Ed.'

Hm, iets zegt me dat het niet zijn werkelijke naam is. Hoe zou dat nou komen?

'Ed wie?'

'Ed Doe.'

'Heb jij Joseph Jones aangezet tot het vermoorden van zijn baas en die secretaresse?'

'Wat gaat jou dat aan?'

'Nieuwsgierigheid. Een kenmerk dat veel vrouwen hebben. Of ben je mentaal niet sterk genoeg om zoiets te doen?' lok ik hem uit zijn tent.

'Ja, ik heb het gedaan en het was niet eens zo moeilijk.' Hij kijkt me zo voldaan aan dat ik zin heb om hem in zijn ballen te trappen.

'Wat had die Joseph verkeerd gedaan?'

'Hij was het vriendje van jouw vriendin, dat was al voldoende.'

Ik zie in zijn blik dat hij me uitdaagt. Hij vervolgt: 'En het was leuk om te doen. Alleen al om te tonen dat ik het kan. Dat wij met jullie leven kunnen spelen.'

'Hoe oud ben je? Vijf?'

Nu is hij sneller. De vuistslag ketst af tegen de zijkant van mijn hoofd. Ik zie even sterretjes, maar blijf wankelend rechtop staan. Een tweede slag treft me in mijn buik. Nu klap ik wel dubbel. Ik probeer adem te halen, maar het komt er hortend en stotend uit. *Godver, dat doet pijn!* Maar ik voel ook de adrenaline door mijn lijf stromen.

Goed zo.

Met een uitroep vlieg ik op hem af en bonk met mijn hoofd in zijn buik waardoor we allebei achterovervallen op de grond. Op hem liggend vervorm ik mijn vingers tot scherpe messen en steek hem zonder aarzelen in zijn beide zijden. Meteen daarna spring ik op en neem de nodige afstand. Het verbaast me dat het vervormen lukte, maar ik heb de tijd niet om er verder bij stil te staan. Ik vervorm mijn vingers weer naar normaal. Ed begint luid te kermen. Het klinkt als muziek in mijn oren.

De deur vliegt open en Selena stormt binnen.

Oké, ik heb wel zin in een knokpartij, laat maar komen. In gevechtspositie kijk ik haar uitdagend aan.

'Kan je nog?' vraagt ze Ed. Ze kijkt op hem neer alsof hij minder waard is dan een lintworm.

'Ja,' brengt hij kreunend uit. 'Maar snel. Ik houd het niet lang meer.'

Ik voel mijn hersens tintelen. *O, nee! O, nee! Ed doet zijn mojo!*

Het volgende moment kan ik me wel bewegen, maar ik wil het niet. Het verlangen om stil te blijven staan is te overheersend. Ergens besef ik wel dat het niet klopt en het tegen mijn wil indruist, maar toch kan ik er niets aan doen. De hersens zijn nu eenmaal de dirigent van het lichaam.

Selena bukt zich en neemt iets uit de broekzak van Ed. Het is een digitale fotocamera. Ze gaat voor me staan en kijkt me triomfantelijk aan. Dan geeft ze me een welgemikte linkse en rechtse. Ik voel mijn lip opensplijten en proef het bloed.

'Zo ben je mooi,' grijnst Selena en neemt meteen een paar foto's.

Ze graait in haar broekzak en haalt er een injectiespuit uit waar ze de dop van afneemt en op de grond gooit. Ik voel de prik in mijn bovenarm en tegelijkertijd de kracht uit mijn lijf sijpelen.

Dan loopt ze naar Ed toe, helpt hem overeind en ondersteunt hem terwijl ze de kamer uitlopen.

De tinteling in mijn hoofd verdwijnt meteen en ik begin woest op de grond te stampen. Oké, nu niet meteen volwassen, maar ik heb geen bokszak om me op af te reageren. Ik voel wel voldoening wanneer ik Ed zijn bloed op het parket zie liggen.

Dan realiseer ik me dat ik geen gesis gehoord heb en snel naar de deur toe. In haar haast om Ed weg te brengen, heeft de trut de deur vergeten af te sluiten. Haastig trek ik mijn laarzen aan. ·

## 24

Ik kijk de hal in en luister goed. Er is niets te zien of te horen en ik zie geen camera's hangen. Toch vertrouw ik het niet volledig, het kan nog altijd een val zijn.

De hal is zo wit dat het pijn aan mijn ogen doet. Het enige dat de witte zee doorbreekt, zijn twee schilderijen. Natuurlijk, de kunstwerken die Jabar op de veiling wilde kopen. Dat verwondert mij nou niet. Ze vallen hier enigszins uit de toon en ik vermoed dat Noël ze hier heeft laten ophangen voor het geval ik ze onder ogen zou krijgen. Nog even opscheppen met zijn macht en lekker porren in de wond. *Baby!*

De vloer in de hal is gelukkig bedekt met witte kurk zodat mijn voetstappen nagenoeg geruisloos zijn. Bij elke stap kijk ik even achterom, Selena of iemand anders verwachtend. Maar ik kom de lange hal door zonder bemoeials en daal een marmeren trap af.

In de verte hoor ik muziek. Ik kijk door de trapleuning naar beneden en zie een ruime woonkamer. Ook hier is alles wit en strak modern. In de leren banken kan ik niemand opmerken, dus daal ik behoedzaam de trap verder af.

De woonkamer grenst aan een open keuken en aan weerszijden zijn er ramen van de vloer tot aan het plafond. Het voelt aan als een reusachtig aquarium. Buiten zijn er alleen maar grasvlakten en bomen te zien.

Ik moet hier voorzichtiger zijn, want de vloer bestaat uit marmer dat het geluid van mijn voetstappen luid doet weerkaatsen. Ik kan geen enkele geur ontdekken, behalve wat ontsmettingsmiddel. Er wordt dus niet veel gekookt in die ultramoderne, ruime keuken.

De hele inrichting ziet er eigenlijk uit alsof er nauwelijks in geleefd wordt. Het lijkt eerder op een showroom van een woonwinkel.

Geen persoonlijke voorwerpen zoals foto's of kunstwerkjes. Bah, gezellig is anders.

De muziek die ik daarnet hoorde, klinkt nu luider, maar ik kan er nog steeds de oorsprong niet van ontdekken. Ik zie ook nergens een voordeur. Hoogst eigenaardig. Ik loop naar de ramen en bekijk ze uitvoerig en snel. Dan zie ik een rechthoekige naad lopen. Aha! Maar waar zit de deurklink? Wel zie ik vlakbij een paal staan met een soort van oog erin. Misschien een kaartlezer? Ik leg mijn handen op het glas en voel en druk op verschillende plaatsen. Er komt geen enkele beweging in het raam. Ik begin nu behoorlijk zenuwachtig te worden. Mijn hart begint als een razende te kloppen wanneer ik besef dat een ontsnapping nog niet zo eenvoudig is. En door die verdomde injectie van Selena voel ik dat mijn krachten zo goed als nihil zijn.

Er zit niets anders op dan de woonkamer te verlaten en een andere ontsnappingsmogelijkheid op te zoeken. Als die er al is.

Naast de keuken zie ik een trap naar een kelder lopen. Ik aarzel. Een kelder heeft zelden een uitgang, misschien een luik naar de tuin toe, maar ik betwijfel het sterk. Toch heb ik geen andere keuze. Hier blijven staan of terugkeren naar mijn kamer is nog zinlozer.

Het is een houten trap en op de toppen van mijn laarzen daal ik af. De muziek wordt luider en klinkt jazzy. De geur van ontsmettingsmiddel wordt intenser en er dringen zich ook andere geuren op. Het doet me denken aan een apotheker of een ziekenhuis.

De trap komt uit op een ellenlange wit geschilderde hal met aan weerszijden stalen deuren en een betonnen vloer. De eerste deur rechts staat open. Nu herken ik de muziek die uit die kamer komt: John Coltrane. Ik trek een grimas: het staat me niet aan dat ze een van mijn favoriete jazzmuzikanten draaien. Het past niet dat mijn vijand een dergelijke goede smaak heeft.

Ik moet oppassen nu, want hoogstwaarschijnlijk is er iemand aanwezig in een van die kamers. Ik steek mijn hoofd slechts een seconde om de deuropening voor een overzicht binnen. Met ingehouden adem houd ik me daarna tegen de muur gedrukt en overloop in gedachten wat ik zag.

Een groot bureau en boekenkasten in mahoniehout, bruinlederen stoelen, een antieke wereldbol op een standaard en een bureaustoel die met zijn rug naar de deuropening gedraaid staat. Grijs haar dat boven de stoel uitsteekt, waardoor ik vermoed dat het Noël is die daar zit. Ik zag ook beeldschermen in de muur. Waarschijnlijk kijkt hij daarnaar en is het dus het uitgelezen moment om voorbij te sluipen.

Ik kijk nog snel eenmaal de kamer in. Nog steeds zit hij onbewogen in de stoel.

*Oké, nu, Manon.* Ik haal diep adem en laat de lucht langzaam uit mijn longen ontsnappen. Op het moment dat ik de deuropening voorbijschiet, hoor ik zijn stem.

'Manon, kom er gezellig bij.'

Als versteend blijf ik staan. Hoe heeft hij me gezien? Heeft hij me geroken of zo? Mijn blik flitst naar links en rechts, niet wetend wat ik moet doen.

'Manon, je kunt nergens heen. Kom binnen.'

De bureaustoel draait en Noël kijkt me smalend aan, zijn gemanicuurde handen voor zijn buik gevouwen.

Woedend been ik de kamer in en blijf voor het bureau staan. Op het bureaublad liggen allerlei paperassen en tussen alle rommel in zie ik het Lexicon der Species liggen.

'Ga zitten.' Hij wijst naar een leren stoel, maar ik vertik het te gaan zitten. 'Ook goed. Blijf dan maar staan.'

We staren elkaar een tijdje aan, alsof we het spelletje spelen wie er het eerst wegkijkt. Ah ja, natuurlijk, Noël is een spelletjesspeler op alle fronten. Maar deze keer zal hij verliezen. Ik wil tenminste deze kleine overwinning in mijn zak steken. Uiteindelijk glimlacht hij in een zielige poging vriendelijk over te komen.

'Ik ben de boeman niet, Manon,' zegt hij zacht.

'Je bent nu ook niet meteen mijn keuze voor "man van het jaar".'

Hij grinnikt schor. 'Maar jij wel voor "vrouw van het jaar".'

'Blij dat ik je beval,' zeg ik scherp.

'Ben je stout geweest? Je wang ziet nogal rood en je hebt een blauwe plek op de zijkant van je gezicht.'

'Dat is de nieuwe mode. Kwam vlak na gescheurde jeansbroeken en paars haar.'

Hij zucht diep. 'Weet je, je bent volledig verkeerd ingelicht.'

'Hm, laat me eens denken. Jij hebt er niets mee te maken dat een engel zijn leven verwoest is, jij hebt Diedie geen schrik aangejaagd, jij hebt het huis van Oded niet afgebrand, jij...'

'Inderdaad,' onderbreekt hij me. 'Dat alles is de schuld van Jabar.'

'Maak dat je moeder wijs. Al betwijfel ik of een individu zoals jij een moeder heeft. Waren ze je beu in de hel?'

'Jij zou moeten weten dat de hel niet bestaat.'

'Ik weet wel meer, Cerberus.'

'Aha, je kent je mythologieën.'

'Waarom houd je me hier gevangen? Als je geld wilt van Jabar, was het boek voldoende.'

Ik wijs het Lexicon aan. Hij barst in lachen uit en zwaait met zijn handen in het rond.

'Ziet het ernaar uit dat ik geld tekortkom?'

Mijn blik valt nu op de televisieschermen. In totaal zijn het er een stuk of twintig. Vijf schermen staan uit, maar de overige tonen de kamers in het huis. Ook mijn kamer. De klootzak houdt me al de hele tijd in de gaten en heeft mijn zielige poging tot ontsnappen op de voet gevolgd.

Hij volgt mijn blik en er krult een schuine lach om zijn lippen. 'Dit huis is volledig computergestuurd. Het huis van de toekomst, daar heb je vast al eens over gehoord.'

Ik antwoord niet, dus hij vervolgt: 'Het huis bestaat grotendeels uit ramen waardoor je wel naar buiten kunt kijken, maar niet naar binnen. Al kan ik dat met een eenvoudige knop veranderen.'

'Waar zit de voordeur?'

Opnieuw schiet hij in de lach. Ik zal dat geluid nog lang in mijn hoofd horen nagalmen, dat weet ik nu al.

'Denk je nou echt dat ik dat aan je neus ga hangen?'

Ik haal mijn schouders op.

'Ga alsjeblieft zitten, Manon. Je hebt nog steeds niet gegeten, zag ik.'

Ik was het compleet vergeten door de spanning om te kunnen ontsnappen, maar nu begint mijn maag te knorren alsof hij antwoordt op Noël. Ik ga toch maar zitten omdat ik niet meer al te stevig op mijn benen sta. Hij opent een deur aan de zijkant van het bureau die plompend klinkt als van een koelkast en haalt er een belegen sandwich uit. Ik zou sterk moeten zijn en weigeren, maar de honger is zo scherp aanwezig dat ik de sandwich uit zijn handen graai en er mijn tanden inzet. Als ik honger heb, word ik chagrijnig en bovendien moet ik mijn energie aanvullen. Slap en met een lege maag ben ik niets waard.

Hij bekijkt mijn schranzen met een neutrale blik en wacht geduldig tot ik de sandwich volledig verorberd heb.

'Smaakte het?' vraagt hij dan.

'Het proefde een beetje naar verraad en krankzinnigheid, maar verder viel het mee.'

Ik herken het nummer "While my lady sleeps" van John Coltrane, omdat ik het vroeger grijs gedraaid heb.

'Ik ben niet krankzinnig. Jabar echter wel,' zegt hij.

Hij ziet er ontspannen uit, zo achteroverleunend in zijn stoel, maar ik merk een onderhuidse spanning bij hem op.

'Je vindt het dus niet krankzinnig om mij tegen mijn wil gevangen te houden?'

'Gevangenschap is altijd tegen de wil van het gevangen individu.'

'Gaan we de semantische toer op?'

'Als jij dat wilt,' antwoordt hij rustig.

'Wat ik wil, is naar huis toegaan. Dat wil ik.'

'Dat kan niet. Maar als je verder iets nodig hebt. Schone kleren?'

Ik werp hem een vernietigende blik toe als antwoord.

'Dat wil je, hè? Schone kleren. Hoelang heb je deze al aan? Twee, drie dagen?'

'Ik stink nog liever dan van jou iets te aanvaarden.'

Hij grijnst, duidelijk in zijn nopjes. Ja, natuurlijk, stomme trut die ik ben. Ik speel het spelletje met hem mee, volgens zijn regels. Daarom kijkt hij zo vergenoegd.

'Weet je,' zeg ik dan en glimlach uiterst lief. 'Geef me die kleren toch maar.'

'Ze liggen al klaar op je bed.'

Godver. In de tijd dat ik naar beneden kwam en in zijn bureau terechtkwam, heeft hij daar dus voor gezorgd? Ik heb hem niet zien bellen en er is niemand anders binnen geweest.

Hij ziet mijn verbazing en glimlacht. Ik moet mijn gezichtsmimiek beter leren verbergen. Soms ben ik echt een open boek. Daar heeft Jabar me al vaak op gewezen, maar ik krijg het moeilijk afgeleerd.

'Waarom heb je het Lexicon gestolen?' vraag ik.

'Dat heb ik niet gestolen.'

'Laten stelen dan. Shit, zeg, doe normaal.'

'Let op je taal, dame,' berispt hij me op strenge toon.

'Ga jezelf klootzooien.'

'Nog één scheldwoord en ik zend je weer naar je kamer.'

Hij geeft me verdorie het gevoel dat ik een klein kind ben! *Smeerlap!* Maar ik houd me in, bijt op mijn onderlip en neem een grote teug lucht.

'Nou, het Lexicon?' dring ik aan.

'Het is, naast jou en zijn vrienden, Jabars dierbaarste bezit. Vergelijkbaar met een dagboek. Zolang hij niet weet waar het is, houdt hij zich koest.' Noël geeft een zacht klopje op het leren kaft. 'Bovendien staat er waardevolle informatie in. Meerdere vliegen in één klap. Mijn favoriete manier van werken.'

'Jabar weet dat jij erachter zit,' zeg ik triomfantelijk.

Hij knippert niet eens met zijn ogen. 'Dat werd tijd. Voor een slimme elf die al honderdvijftig jaar leeft, heeft hij er lang over gedaan.'

'We krijgen je nog wel,' breng ik sissend uit. Mijn zelfbeheersing begint te dalen.

'Misschien, maar het lijkt me niet waarschijnlijk,' zegt hij op zo'n zelfverzekerde toon dat ik er spuugmisselijk van word.

'En leeft Ed nog?'

'Ed?'

'O, hoe heet hij ook weer?'

'Je bedoelt de duivel?'

'Ja, zijn naam ontglipt me even...'

'Behalve mijn naam, zal je de andere niet achterhalen, Manon.'

'En Selena dan?'

'Wie zegt dat het haar werkelijke naam is? Maar Ed maakt het prima. Ik heb hier uitstekende dokters in dienst.' Hij knikt naar de hal, alsof ze daar allemaal in een rij opgesteld staan.

'Wat ben je?'

Hij doet alsof hij me niet begrijpt door zijn wenkbrauwen vragend op te trekken. 'Een man van bijna tachtig jaar oud en jij?'

'Je ziet er niet als tachtig uit.' *Bah!* Het is er uit voor ik er erg in heb. Een compliment is wel het laatste dat ik hem gun. Zo ongeveer op gelijk niveau als zijn leven.

'Ik heb geld genoeg om me intact te houden en dat nog voor erg lange tijd.'

'Freak.'

'Nou nou, wat zei ik daarnet over scheldwoorden? Naar je kamer.'

Hij wijst naar de deur. Ik kijk hem verbouwereerd aan. Wat denkt hij wel! Dat hij mijn vader is of zo!

'Ik ga wanneer ik wil!' roep ik.

'Natuurlijk, kind, natuurlijk.'

Dat is er te veel aan. Ik spring op met uitgestrekte armen en glijd over het bureau naar hem toe. Alsof ik aan een elastiek hang, word ik echter vlak voor ik hem kan aanraken, achterover- getrokken. Selena natuurlijk!

Voor ik haar een stomp kan verkopen, boeit ze mijn polsen op mijn rug.

'Is ze stout?' vraagt Selena aan Noël.

'Een beetje wel.'

'Geen dessert vanavond?'

Noël doet alsof hij er moet over nadenken en schudt dan zijn hoofd. 'Geen dessert.'

Selena sleurt me mee aan de boeien de kamer uit en de trap op.

'Vuil kreng!' roep ik. 'Laat me los! Ik kan zelf wel lopen!'

Ze laat me los, maar blijft naast me lopen de woonkamer door. Jammer genoeg houdt ze ruim afstand op de trap, anders had ik haar met een ferme achterwaartse kick naar beneden kunnen laten donderen. Lijkt me heerlijk om te zien.

Ik word de kamer ingegooid en kan me nog net staande houden.

'Hè, mijn boeien.'

'Over een uurtje of wat kan je vast wel je polsen vervormen,' zegt ze smalend en gooit de deur achter me dicht in het slot.

Moedeloos zak ik neer op het bed. *Wat een fantastische ontsnappingspoging, zeg! Bravo voor Manon, ga maar op de eerste rij zitten.* Kwaad bekijk ik de jurk die op het bed ligt, alsof het allemaal haar schuld is. De jurk ziet er niet verkeerd uit, maar is absoluut niet praktisch. Ze is lang en nauwsluitend in gebroken wit met een laag decolleté en eveneens laag uitgesneden op de rug. Nylonkousen en pumps met dunne hakken liggen in een open doos ernaast. Er ligt ook een lingeriesetje dat weinig aan de verbeelding overlaat en er ontzettend duur uitziet. Wat denkt Noël van me? Dat ik naar een bal ga?

Het dienblad met de boterhammen dat Ed eerder meebracht, is weggenomen. Maar gelukkig staat de kan water er nog. Ik zie nu dat de kan van plastic is gemaakt en niet van glas. Ze zijn zeker bang dat ik die in hun gezicht kapot sla? Nou, terecht.

## 25

De avond valt in en ik voel me beroerd. De eenzaamheid heeft me in haar greep. Angst voel ik gelukkig al lang niet meer, dat zou me toch alleen maar verlammen. Wel ben ik meer bezorgd om Diedie, Jabar en Oded. Ze zullen doodongerust om me zijn en die gedachte kan ik niet verdragen. Diedie gaat vast radeloos zitten huilen en dat doet me meer pijn dan het feit dat ik hier gevangenzit. Intussen zal Lucas al aan de deur gestaan hebben. Ik vraag me af wat voor excuus Jabar hem gegeven heeft.

De boeien heb ik al afgekregen en de kan water heb ik leegge-dronken. De jurk ligt naast me op het bed, maar ik heb er nog geen vinger naar uitgestoken.

Wat is alles toch een zootje geworden! Iets meer dan een week ge-leden was alles nog prima in orde en was ik fijn op weg in de Falcon om mijn werk te doen. En nu is Oded zijn zaak kwijt, Jabar zijn Lexi-con en zit ik in gevangenschap. Maar we leven allemaal nog en daar trek ik me aan op.

De deur gaat open en Selena stapt binnen.

'Noël vraagt je om de jurk aan te trekken,' zegt ze.

'Zeg hem dat hij de jurk zelf aandoet. Het zou hem niet misstaan, de drag queen.'

'Jij je zin. Zolang je de jurk niet aandoet, kom je de kamer niet uit. Dat heb ik veel liever, dus dank je.'

Ze draait zich om en beent de kamer uit.

'Ik doe de jurk niet aan, hoor je me!' roep ik naar de deur en hopelijk naar de verborgen camera, al kan ik nog steeds niet ont-dekken waar dat ding zit.

Mokkend kijk ik voor me uit. Langzaam zakt mijn woede weg en besef ik dat als ik meer over die Noël en zijn illegale zaken af wil weten, ik toch de kamer moet verlaten. En als de enige mogelijkheid is door die jurk aan te trekken... Nou, goed, ik speel het spelletje mee. Voorlopig in ieder geval.

Ik loop naar de badkamer en zie dat ze de beschermkapjes van de afvoeren hebben weggenomen. Tja, nou weten ze zeker dat ik met dat spul in mijn lijf niet kan transformeren tot water of wat dan ook.

Ik besluit een lang bad te nemen en me eens goed te laten weken. Ik wil al het psychische vuil van het contact met Selena, Ed en Noël van me afspoelen.

Het bad vult zich algauw met heet water. In een kastje vind ik een plastic flacon die, bij het openen, heerlijk geurt naar vanille. Dat stond er de eerste maal toen ik in het kastje keek zeker niet. Mijn wang is behoorlijk rood en gezwollen, zie ik in de spiegel en er heeft zich aan de zijkant van mijn gezicht een blauwe plek gevormd die verdomd pijnlijk aanvoelt. Mijn lichaam begint onderhand op een kleurboek te lijken.

Ik realiseer me dat Noël me naakt zal zien, maar kan me er nu niet druk om maken. Preuts ben ik nooit geweest, een lichaam is een lichaam. Bovendien weet ik niet hoelang ik hier vastgehouden zal worden en kan ik me onmogelijk nooit wassen. Hij heeft me nu toch al naakt gezien, toen ik douchte vanmorgen.

Ik laat mijn vuile kleren op de grond vallen en stap snel het bad in. Het water is nog te heet, maar ik laat me erin zakken, de pijn verbijtend. Ik ga ook niet te lang voor zijn neus in mijn blootje paraderen. Het schuim komt tot aan mijn kin en eens mijn lichaam zich aangepast heeft aan de temperatuur, kan ik ervan genieten.

Met mijn ogen gesloten overloop ik de afgelopen gebeurtenissen. Noël verbergt heel wat, daar ben ik van overtuigd. Hij lijkt een self-made man met een psychotisch kantje en dat kan alleen maar leiden tot verborgen en gevaarlijke praktijken.

De kelderverdieping rook ziekenhuisachtig en wordt dus duidelijk schoon en steriel gehouden. Er waren meerdere kamers aanwezig en ik vraag me af wat ze allemaal schuilhouden. Eigenlijk voelt het hele huis aan als onecht, alsof het een decor is. In de kelder wordt werkelijk gewoond en gewerkt. Het feit dat Noëls bureau daar gevestigd is, is voor mij al een bewijs dat ik het bij het juiste eind heb.

Terwijl ik mijn haren inzeep met het badschuim, zie ik Selena's gezicht weer voor me toen ze me kwam vragen om de jurk aan te trekken. Achteraf meen ik dat haar blik jaloers stond. Zou ze verliefd zijn op Noël? *Hé, bah!* Hij kan haar grootvader zijn.

Wat is hij trouwens met me van plan? Waarom moet ik die haute couture jurk aantrekken? Past niet echt in het profiel van een ontvoerder die wil chanteren, vind ik.

Ik vrees ervoor dat het huis niet op Noëls naam staat en als dat zo is, dan zal Jabar me nooit vinden. De ontsnapping zal dus van mij afhangen, maar ik betwijfel of ik wel vindingrijk genoeg zal zijn. Hoe dan ook, ik laat me meevoeren met de stroming, houd ondertussen mijn ogen goed open en hoop dat zich ergens een gelegenheid aandient.

Zorgvuldig spoel ik mijn haren uit en stap daarna uit bad. Mezelf droogwrijvend gaan mijn gedachten naar Lucas uit. Zou hij me intussen al gebeld hebben? Denkt hij überhaupt aan me? Alhoewel we elkaar nog maar kort kennen, moet ik toegeven dat ik hem mis.

Ik heb geen idee hoe laat het is. Ik draag geen horloge en gebruik normaal mijn mobieltje om de tijd te weten. Aan het licht buiten te zien, is het in de late namiddag.

De lingerie en de jurk passen perfect, alsof ze op maat gemaakt zijn. Met tegenzin moet ik toegeven dat Noël een uitstekende smaak heeft, maar denk maar niet dat ik het hem vertel. Ik trek voorzichtig de nylons aan, wat in mijn geval niet eenvoudig is. Ik draag zelden nylons omdat ze bij mij na een uur al gescheurd zijn. Ook de stiletto's passen wonderwel.

Met mijn vingers ga ik door mijn natte haren en laat ze los drogen. Dan ga ik op bed zitten wachten. Meer kan ik voorlopig niet doen. Ik probeer nog eens te vervormen, maar net als voorheen gaat het moeizaam en stopt het bij mijn onderarmen.

Het wachten begint me te vervelen. Ik sta op en loop naar de deur waar ik op begin te bonken met mijn vuisten. Het stelt jammer genoeg niet veel voor, een kind van drie heeft nog meer kracht.

'Laat me uit die klotekamer!' roep ik.

Ik hoor iets en stop. De deur gaat open. Selena staat voor me met de Beretta in haar hand.

'Eén verkeerde beweging,' dreigt ze.

Ik glimlach poeslief. 'En die jurk naar de knoppen helpen? Ik dacht het niet.'

'Loop voor me uit.' Ze gebaart met het pistool in de richting van de hal.

In het voorbijgaan werp ik een blik op de twee schilderijen die hier zo misplaatst lijken. Ik voel mijn weemoed zienderogen stijgen. *Ik wil naar huis! Naar Jabar en Diedie! Verman je, Manon, zie dit als een opdracht, verdorie.*

Met mijn kin in de lucht daal ik de trap af, vast van plan om mijn heimwee en verdriet niet aan Selena of wie dan ook in dit glazen huis te laten zien. De woonkamer en keuken zien er nog net zo uit als voorheen en we nemen de trap naar de kelder.

Ik ruik knoflook en gebakken vlees en het water komt me in de mond. Ik eet nou eenmaal graag, een grote zwakte van me. Tijdens het afdalen van de trap verwelkomt BB King ons met zijn fantastische muziek, waardoor de heimwee nog meer toeslaat. Jabar en Diedie luisteren namelijk vaak naar BB.

Ik word het kantoor van Noël ingevoerd. Met een brede glimlach zit hij aan het bureau, alsof we een afspraakje hebben. Het bureau zelf is gedekt met een wit linnen tafellaken, een kandelaar met kaarsen, servies en gevulde wijnglazen. Verder staat er een fles rode wijn en grote kommen gevuld met aardappelen, groenten en een schaal met gebakken rosbief. Alle servies is gemaakt van plastic. Denkt hij nou dat je enkel met glas iemand kan verwonden?

'Ga zitten.' Noël steekt de kaarsen aan en zegt: 'Dim lichten.'

O, dus hij wil het zo aan boord leggen. Ik ben benieuwd en ga zitten.

'Is dat alles?' Selena houdt haar gezicht strak in de plooi, maar ik merk haar onderhuidse afgunst op.

'Ja. Doe de deur achter je dicht.' Noël blijft me aankijken terwijl hij antwoordt.

Selena verlaat de kamer en trekt de deur net iets te hard dicht.

'Châteauneuf-du-Pape,' zegt Noël en heft zijn wijnglas in de lucht.

Ik neem mijn glas, maar vertik het om te toasten. De wijn smaakt verrukkelijk aromatisch.

'Wat is de bedoeling van dit alles?' vraag ik en zet het glas neer.

'Geniet nou maar. En laat het je smaken.'

Noël schept onze borden vol, komt dan achter zijn bureau vandaan en begint het vlees in stukken te snijden.

'Zeg, dat kan ik zelf ook wel!' zeg ik.

'Ssst,' snoert hij me de mond.

'Wat...'

'Kun je nou niet even wachten? Ik snij graag het vlees voor je.'

Ik pers mijn lippen boos op elkaar en laat hem zelfs mijn servet uitvouwen en op mijn schoot leggen. Hij gaat zitten en doet hetzelfde met zijn servet. Met verfijnde gebaren begint hij te eten en kijkt me dan vragend aan.

'Wel, smakelijk,' zegt hij.

Ik eet heel wat minder geraffineerd dan hij en schrans als een uitgehongerd varken.

'Kan dat niet wat netter?' vraagt hij met opgetrokken wenkbrauwen.

Mijn vork hangt tussen het bord en mijn mond. De saus drupt van het stukje rosbief. 'Hoezo?'

'Heeft Jabar je geen manieren geleerd?'

'Ik eet zoals ik zelf wil en als je er een probleem mee hebt, dan kijk je maar niet.'

Noël zucht. 'Doe eens moeite. Voor mij.'

Ik schiet in de lach. 'Ik ben je vrouw niet en dan nog. Jij hebt me niets te vertellen.'

'Nog niet.'

'Nooit niet! Kwal!'

Hij slikt een partje aardappel door. 'Wat heb ik je gezegd over scheldwoorden?'

'Dat je er nog veel wilt bijleren?'

Noël zucht en schudt zijn hoofd. 'Meisje toch. Dat zal allemaal veranderen.'

De manier waarop hij het zegt, bezorgt me de rillingen. Ik denk niet dat hij ooit iets zegt zonder het te menen of zonder al een erg duidelijk plan in zijn hoofd te hebben. Het eten smaakt me plots niet meer, honger of geen honger. Ik leg mijn bestek neer en neem een grote slok wijn.

'Wijn zoals deze, waar je minstens honderd euro per fles voor betaalt, drink je op met kleine slokjes,' zegt hij rustig alsof hij een lesje opdreunt.

Wanneer houdt hij nou op met dat betuttelende gedrag?

'Het verdwijnt toch in je maag, dus waar maak je je druk om?'

'Laten we het gesprek luchtig houden. Wat denk je daarvan?'

Ik trek mijn schouders op en leun achterover in de leren stoel. 'Wat heb je tegen Jabar?' vraag ik.

'Noem je dat luchtig?'

'Naar omstandigheden wel, ja.'

'Hij heeft me de liefde van mijn leven afgenomen.'

'Boehoehoe,' sneer ik. 'Hoe cliché.'

Van het ene moment op het andere kijkt hij me aan alsof hij me de keel wil doorsnijden. *O, o, ik ben te ver gegaan. Opletten, Manon.*

'Sorry,' mompel ik ongemeend.

Zijn gelaatstrekken verzachten en hij neemt een hap vlees.

'Oké, vertel eens,' spoor ik aan. 'Ik beloof dat ik niet meer zal lachen.'

Ik doe mijn best zo serieus mogelijk te kijken, wat me aardig lukt.

Hij zucht. 'Ik vertel het je omdat ik wil dat je weet wat voor persoon Jabar werkelijk is. En als je me een monster vindt, dan zal je me achteraf gelijk geven. Ik ben zo geworden door hem.'

Ik knik, maar denk er uiteraard het mijne van.

'Toen ik dertig was,' vervolgt hij, 'woonde ik in Londen. Dat was dus in de jaren zestig. Ik was een levenslustige man met een heleboel ambities, maar had nog geen duidelijke richting in het leven. Ik genoot van uitgaan evenveel als van werken en nog meer genoot ik van de vele vrouwen. Ik was een versierder en had nooit langdurige relaties. Geld vond ik onbelangrijk in die zin dat het net zo snel verdween als ik het binnenkreeg. Geld moest rollen, elke dag was er één om volop te leven en morgen bestond niet. Eet je niet meer?'

'Ik zit vol.'

'Je zegt niet: ik zit vol. Je zegt: ik heb genoeg, dank je.'

Ik trek een grimas. 'Ik heb genoeg.' Maar vertik het om 'dank je' eraan toe te voegen.

'Goed zo.' Hij neemt een hap en kauwt zorgvuldig. 'Mijn ouders hadden me een niet onaardige som nagelaten, maar die was algauw opgebruikt aan drugs, alcohol en de vrouwen. Het was de tijd van de Beatles en de vrije seks en ik moet toegeven dat ik er mijn portie van gehad heb. Ik werkte in het bankwezen en verdiende dus behoorlijk veel. Maar aan alles komt een eind natuurlijk.'

Ik vind het aardig moeilijk om me Noël voor te stellen als een losgeslagen hippie. Hij neemt een slok wijn en ik doe hetzelfde. BB King vult nog steeds de kamer en ik begin soezerig te worden.

'Dat was eigenlijk maar goed, want ik liet me te veel meeslepen in het decadente leven van Londen toen. Ik dreigde de afgrond in te glijden en ontmoette net op tijd Morgan Tahon.'

Noëls blik krijgt iets dromerigs wanneer hij haar naam noemt. Hij kijkt in de verte alsof ze voor hem staat en dan komt er een verdrietig waas over hem heen.

'De zus van Jabar?' vraag ik om hem wakker te schudden.

Hij kijkt me aan alsof ik er nu pas zit. 'Ja, de zus van Jabar. De liefde van mijn leven.'

Ik weet dat Jabar ooit in Londen woonde, dus nu begrijp ik hoe die twee elkaar ontmoet hebben.

'Ze was een etherische schoonheid, onwerkelijk. Ze steeg boven alle andere vrouwen uit door haar finesse en elegantie. En niet alleen dat. Ze betoverde me met haar zachte stem, bedwelmde me met haar geur. Het was alsof ik in een zee van bloemen stond wanneer ik bij haar was. Als ze me aanraakte, vergat ik dat ik bestond. Ze kon over alles meepraten en verhief nooit haar stem.'

Opnieuw verschijnt er een weemoedige blik in zijn ogen. Noël schuift zijn bord van zich af en drukt een knop in die in het bureau bevestigd is. Onmiddellijk komt Selena binnen. Met een handgebaar duidt hij haar aan het bureau af te ruimen. Ze kijkt me niet aan, maar ik ben zeker dat ze het liefst het plastic servies door mijn strot duwt. Het moet vernederend voor haar zijn om mijn troep op te ruimen, maar ze doet het toch. De vluchtige blikken die ze Noël toewerpt, geven inderdaad aan dat ze meer voor hem voelt dan alleen respect of vriendschap.

Noël zegt geen woord meer tot Selena met alles verdwenen is, behalve de wijn. Gelukkig, ik kan nog wel wat gebruiken om dit fluimzoete reisje door het verleden te doorstaan.

'Ze was dus ideaal,' zeg ik. *Pff, is iedereen dat niet in het begin?*

Noël knikt. 'We hadden een fantastische tijd samen, al duurde het maar enkele weken. Ik vond het raar dat ik haar ouders of broer niet mocht ontmoeten, maar vond het best. Zolang zij maar bij me was.'

'Maar dat bleef dus niet duren.' En ik kan al raden waarom.

Hij krijgt een felle gloed in zijn ogen wanneer hij zegt: 'Nee, inderdaad! En niet omdat we niet van elkaar hielden. We waren gek op elkaar, bedreven de liefde alsof we niet genoeg van elkaar kregen, lachten en praatten. We waren gelukkig!' Dat laatste komt er hard uit.

Na vijftig jaar houdt hij nog van haar en is hij haar nog steeds niet vergeten, die boodschap is duidelijk.

'Jabar kwam ertussen?' opper ik, omdat het me logisch lijkt.

'Ja, hij kwam ertussen. Op een dag zocht hij me op bij mij thuis. Ik had hem nooit eerder ontmoet en veronderstelde dat hij zich kwam voorstellen als Morgans broer. Hij stak gelijk van wal. Ik kon Morgan nooit meer ontmoeten. Ze was van een hogere klasse en kon niet met iemand zoals ik trouwen. De familie zou het nooit goedkeuren, verzekerde hij me op een koele toon. Morgan was naar het buitenland vertrokken en ik zou nooit te weten komen waar. Zomaar, van de ene dag op de andere, stortte mijn wereld in elkaar. Jabar liet me gebroken en zwaar depressief achter. Ik heb mezelf daarna maanden opgesloten en verwaarloosd. Ik leefde tussen het vuil, at nog nauwelijks, dronk sloten alcohol en rookte als een ketter. Vrienden weerde ik en als ze aan mijn deur stonden, deed ik niet open. Ik zakte zo diep weg dat ik de hel kon ruiken en aanraken met mijn vingertoppen.'

Ik kan het niet helpen om toch een beetje medelijden met hem te voelen. Ik weet het, hij verdient het niet, maar soms ben ik echt een romanticus. Ik vraag me af of Jabar tussen mij en Lucas zal komen. Zal hij onze relatie ook verbieden? En dan nog! Dat laat ik niet toe! Ik weet nu al dat ik meer voor Lucas voel dan enkel lust en zal niet toestaan dat Jabar er zich mee bemoeit. Trouwens, ik hoop dat Lucas zich niet zo gemakkelijk laat wegjagen.

Noël gaat verder. 'Op een dag besloot ik dat het genoeg was. Ik douchte en trok schone kleren aan. Wat tot die ommezwaai leidde, was het terugvinden van een foto van Morgan. Ze keek recht in de lens en het was alsof ze mij op dat moment, liggend op een beschimmelde matras, aankeek en me berispte. Er zat zoveel liefde in die foto, liefde en mededogen. Ik realiseerde me op dat moment dat als ik haar ooit terugwilde, ik dan actie moest ondernemen. Voor het eerst sinds lange tijd ging ik naar buiten. Ik weet nog dat het een bewolkte dag was, maar ik toch last van het licht ondervond. Mijn ogen waren gewend aan het duister. Al na een paar stappen protesteerden mijn spieren. Ik was helemaal uitgeput. Met mijn laatste krachten bezocht ik een supermarkt en sloeg de nodige voorraad in. Ik keerde terug naar huis en heb de weken daarna alles langzaam opgebouwd. Kamer per kamer ruimde ik het huis op. Mijn werk was ik uiteraard ondertussen kwijt en mijn vrienden hadden het opgegeven. Ik vond het best. Ik wilde met een schone lei beginnen en was vastbesloten om Morgan te vinden. Maar niet voordat ik rijk geworden was. Stinkend rijk, zo rijk dat ik het geld niet meer kon opmaken in mijn leven.'

'Je hoopte zo om goed genoeg te zijn voor Morgan?'

Noël knikt en schenkt de wijn bij. Ik ben al behoorlijk tipsy, maar de wijn is te lekker om te laten staan.

'Ik dacht toen nog steeds dat Jabar de werkelijke reden opgegeven had, namelijk dat ik te arm was om te trouwen met zijn zus. Ik wist niet dat het een leugen was. Het maakte niet uit hoeveel geld ik zou bezitten. Wat ik ook zou doen, ik kon nooit haar man worden.'

'Omdat je geen elf bent. Wat ben je dan wel? Mens?' probeer ik.

Hij negeert mijn vraag en mijmert verder. 'Dat wist ik toen uiteraard niet. Dat Morgan een elf was en dat er anderssoorten bestonden. Ik wist ook niet dat verschillende soorten onderling zich niet konden voortplanten. En een mens en een anderssoort al zeker niet.'

'Het is zo, weet je.' Ik moet de wijn laten staan voordat ik hem nog een knuffel geef uit medelijden.

'Ja ja, dat weet ik wel. Maar dan had Jabar me dat moeten uitleggen.'

'Dat is uit den…'

'Ik weet dat jullie geheim moeten blijven en ik begrijp dat wel. Maar ik ben zeker dat Morgan me wel wilde huwen, alhoewel ik geen elf ben. Het maakte haar niet uit, dat zag ik in haar blik en dat voelde ik aan haar aanrakingen. We zouden kinderloos gebleven zijn, dat wel, maar daar zouden we dan voor gekozen hebben en gelukkig zijn. Niet alle koppels hoeven kinderen te hebben.'

Daar kan ik niets tegenin brengen, dus knik ik.

'We zouden echt gelukkig geweest zijn,' benadrukt hij nog eens.

'Als ze echt van je hield, dan zou ze toch tegen haar broer ingegaan zijn?'

'Nee!' Noël kijkt me aan met een ijskoude blik. 'Ze hield echt van me. Jabar moet haar op een of andere manier overtuigd hebben.'

'Wanneer ontdekte je dat er anderssoorten bestonden?' vraag ik snel om zijn humeur niet nog meer aan te tasten.

Het lijkt niet alsof mijn vraag tot hem doorgedrongen is wanneer hij verdergaat. 'Jabar had in Londen mijn leeftijd. Althans, zo zag hij eruit. En aangezien Morgan beweerde zesentwintig te zijn, kon Jabar in leeftijd niet veel schelen. De dag dat ik mijn leven hernam, besloot ik Jabar te volgen en te bestuderen. Eens zou hij me naar zijn zus leiden, daar was ik van overtuigd. Ik zocht alles op wat ik kon vinden over hem, wat niet veel was aangezien hij nogal uit het publieke leven bleef. Ik ontdekte wel dat hij en zijn zus eigendommen hadden die over de hele wereld verspreid waren. Maar ik dwaal af. Je weet al lang hoe rijk Jabar is.'

De muziek stopt en Noël zegt: 'CD twee afspelen.'

Meteen schalt de stem van Ella Fitzgerald uit de luidsprekers.

'Ben je even rijk geworden dan?' vraag ik.

Noël lacht en het klinkt al minder demonisch dan daarvoor, maar dat kan ook door de wijn komen.

'Bijlange niet. Ik ben rijk, ontzettend rijk. Het bedrag dat hij echter op zijn rekeningen heeft staan, daar kom ik nog lang niet aan.'

'Je hebt nog niet verteld hoe je ons ontdekte.'

'Je bent me aan het ondervragen, maar dat maakt niet uit.' Hij grijnst en even komt de valsheid weer boven. 'Ik was hem een tijdje uit het oog verloren, maar via privédetectives kwam ik hem weer op het spoor in België. Intussen was jij in beeld gekomen, een uiterst schattige baby, moet ik zeggen.'

'Dank je.' Het is eruit voor ik er erg in heb.

'Ik zag, naarmate de jaren verstreken, dat Jabar niet echt veel ouder werd. Gemakkelijk twee tot driemaal langzamer dan ik. Dat vond ik eigenaardig, maar het kon toeval zijn. Morgan zag ik nooit. Ik vermoed dat hij zijn zus opzocht, maar dat zij hem nooit opzocht in België. Ik bleef echter hopen en Jabar in de gaten houden. Hij vertrok vaak met zijn privéjet naar andere landen, wat niet zo verwonderlijk was, aangezien hij overal eigendommen bezit. Maar op een dag viel me iets anders op of beter gezegd, de detective die het huis in Jabbeke in de gaten hield, viel iets bijzonders op.'

Noël kijkt me vergenoegd aan, in zijn nopjes om zijn ontdekking.

Hij vervolgt: 'Je was toen veertien jaar oud, schat ik, en je vervormde in de tuin in een klein treurwilgje. Het zag er nog niet realistisch uit, maar de foto's logen er niet om. Tien jaar geleden was fototrucage natuurlijk al mogelijk, maar nog niet zo gemakkelijk als nu. Bovendien was de detective in alle staten. Hij sprak zeker de waarheid, was veel te geschokt en nerveus om zoiets te verzinnen. Ik nam het algauw voor waarheid aan en vermoordde de man.'

Ik moet op dat moment nogal geschokt kijken, want hij zegt: 'Het was nodig om jullie soorten te beschermen, dat zie je toch wel in.'

Ik knik om hem niet voor het hoofd te stoten, net nu hij zo praatziek en redelijk is. Mijn vermoeden is echter dat hij het geheim met niemand wilde delen en hoopte dat het ooit van pas zou komen om Jabar een loer te draaien. Wat nu blijkt.

'Vanaf toen hield ik jullie zelf zoveel mogelijk in de gaten. Ik had intussen een grote financiële armslag en voldoende assistentie om mijn zaken te behartigen.'

En tijd zat voor zijn persoonlijke obsessie, schiet het door me heen.

'Ik zag jou een paar maal vervormen en ontdekte dat Diedie meer dan een gewone vrouw was.' Noël glimlacht. 'En de kers op de taart. O, trouwens, wil je een dessert?'

Ik schud mijn hoofd.

'Nou, we hebben lekkere chocolademousse, hoor.'

'Nee, dank je.'

'Nou goed, de kers op de taart dus. Jabar haalde regelmatig zijn Lexicon uit een kluis en ik zag hem er notities in maken. Ik wist uiteraard niet wat het was, maar wel dat het een bijzonder boek moest zijn. Ik had al diverse gesprekken tussen jullie opgevangen over anderssoorten, jouw trainingen, de opdrachten die je zou krijgen. Alles bijzonder interessant. Toen groeide de nood om mijzelf te omringen met anderssoorten.'

Noël pauzeert even. Hij neemt een slok wijn en ik volg zijn voorbeeld. Dan maar dronken worden.

'Zeker,' vervolgt hij, 'als ik sterk wilde staan. Geld alleen zou niet voldoende zijn om Jabar het leven zuur te maken nadat hij dat van mij verwoest had.'

'Hoe ben je aan hen gekomen?' vraag ik, doelend op Selena, Ed en de vervormer die zich als mij voordeed. Ik vraag me trouwens af waar die laatste uithangt. Ik heb hem, denk ik, nog niet ontmoet.

'De lijst die ik vond in jullie computer natuurlijk. Er stonden weliswaar alleen maar namen en adressen op, maar ik kon al raden dat het geen lijst van gewone mensen was. Geloof me, als je met het nodige geld zwaait, zijn zelfs anderssoorten te overtuigen zich aan je te onderwerpen.'

*Anderssoorten van het laagste niveau, ja.*

'Enkele jaren terug was ik er helemaal klaar voor. Ik wilde mijn plan uitvoeren voor jij sterk genoeg was om opdrachten te vervullen. Echter, mijn lichaam had andere ideeën. Mijn hart werd zo zwak en onregelmatig dat ik een harttransplantatie nodig had. Dat heeft jullie een paar jaar uitstel gegeven. Maar nu ben ik terug.'

Met een schok realiseer ik me dat hij me nooit zal laten gaan, althans niet levend. Geen enkele misdadiger vertelt zoveel zonder de zekerheid dat het slachtoffer het niet zal doorvertellen. Zoveel heb ik wel geleerd uit films en boeken. Wil hij me dan enkel hier houden om Jabar te pesten? Ik vermoed dat er meer achter zit.

'Ik ben moe,' zegt hij dan. 'Mijn leeftijd liegt er niet om. Welterusten, Manon.'

Hij draait zich om in zijn stoel en laat de televisieschermen aanspringen. Op één ervan zie ik onze tuin in Jabbeke en ik houd geschrokken mijn adem in.

'Diedie heeft ze lang niet allemaal ontdekt,' zegt hij met zijn rug naar me toe. 'Ga nu.'

Wankelend sta ik op, niet alleen door de wijn, maar ook doordat ik het thuisbeeld zie. De tuin is donker en binnen branden gezellig de lichten. Mijn hart knijpt samen en ik voel de tranen opkomen. Snel, voor ik een van mijn huisgenoten zie en me nog beroerder ga voelen, draai ik me om en loop de kamer uit.

Selena staat me op te wachten met haar vriendje, de Beretta. Eerst vraag ik me af hoe ze het weet, maar dan herinner ik me dat ze een vamp is met een uitstekend gehoor. Waarschijnlijk heeft ze het hele gesprek gevolgd.

Ze begeleidt me naar mijn kamer.

'Vind je het niet erg wat hij over je zei?' vraag ik.

Als Noël probeert te stoken tussen Jabar en mij, dan kan ik het ook doen tussen Noël en Selena.

'Wat?' gromt ze, maar ik hoor aan haar stem dat ze maar al te goed weet waar ik op doel.

'Nou, dat je gemakkelijk aan zijn wil te onderwerpen viel, enkel omdat hij met geld zwaaide.'

'Jij denkt dat je zo goed bent, hè, dat alles in het leven in zwart en wit op te delen valt. Dat iedereen rijk geboren is.' Ze duwt me hardhandig de trap op naar de eerste verdieping. 'Je kent me helemaal niet.'

Ik kijk naar haar om en ontdek in een fractie van een seconde een ander persoon. Heel even meen ik schuldgevoelens bij haar te zien, maar het is zo snel verdwenen door die koele blik, dat ik het me best ingebeeld kan hebben.

'Waarom werk je dan voor hem? Hij is een moordenaar.'

We zijn bij mijn kamer aangekomen. Ze negeert mijn vraag, opent de deur en duwt me ruw naar binnen.

'Zoete dromen,' zegt ze voor ze de deur dichtgooit.

## 26

Er heeft zich een plan gevormd in mijn hoofd. Uiterst stom dat ik er niet eerder aan dacht, maar zo gaat dat nu eenmaal vaak.

Ik weet nu dat Noël of iemand anders me waarschijnlijk op dit moment in de gaten houdt op een televisiescherm en dat maakt het slagen van mijn plan moeilijk, maar niet onuitvoerbaar. Ik heb alleen een flinke dosis geluk nodig en hopelijk een observator die de slaap niet de baas kan.

Ik doe de jurk uit en trek mijn shirtje aan, dat intussen gewassen en gedroogd op mijn bed ligt, waarna ik in bed kruip zogenaamd om te gaan slapen. Ik had niet zoveel wijn moeten drinken, want dat maakt het moeilijker om wakker te blijven. Ik heb zo het idee dat Selena me vannacht weer met een injectiebezoekje zal vereren en moet mijn plan dus voordien uitvoeren, voor ik te zwak ben om goed te vervormen.

Ik wacht een dikke twee uur door zo zorgvuldig mogelijk de seconden en minuten te tellen. Oersaai, maar een noodzakelijk kwaad. Het is een gok, maar ik denk dat Selena's bezoekje pas rond middernacht zal plaatsvinden.

Ik doe alsof ik een kussen beetneem om te omhelzen, maar schuif het langzaam onder mijn deken. Daarna nog een kussen, het bed ligt er immers vol mee.

Snel laat ik me op de grond naast het bed zakken en blijf een poosje liggen. Mijn ademhaling gaat te onregelmatig, zodat ik even mijn ogen sluit en me erop concentreer.

Het plan kraakt en scheurt aan alle kanten en de kans op ontdekking is immens, maar ik weet voorlopig niets beters te verzinnen. Ik hoop dat als mijn gluurder op het scherm kijkt, hij denkt dat ik nog steeds onder de dekens lig.

Wanneer mijn ademhaling wat normaler verloopt, sluip ik op handen en knieën naar de deur. Ook nu kunnen ze me zien, maar dat risico moet ik dan maar nemen.

Bij de deur aangekomen vervorm ik mijn handen tot tangen. Een boor zou handiger zijn, maar dat maakt te veel lawaai.

Het breken van de deurklink is ontzettend zwaar, vooral omdat het snel moet gebeuren. Het zweet parelt op mijn voorhoofd en mijn spieren schreeuwen het uit, maar ik geef niet op en zet alles op alles. De pijn wordt haast ondraaglijk en op dat moment lukt het me de deurklink af te breken. Net op tijd, ik dreig het bewustzijn te verliezen door de inspanning en vermoeidheid.

Ik vervorm de tangen tot vingers en sluip de kamer uit. Behoedzaam doe ik de deur achter me dicht. Ik krijg het koud door het vervormen, maar ook doordat ik slechts gekleed ben in een onderbroek en shirtje, en op blote voeten loop. Nu maar hopen dat de camera's in de hal en de rest van de woning niet aanstaan, anders wordt het wel erg moeilijk.

Ik let wat beter op de deuren die ik voorbijkom. De hal heeft aan weerszijden drie deuren waarachter, naar mijn vermoeden, zich allemaal slaapkamers bevinden. Waarschijnlijk liggen daar Selena, Ed en Noël.

Ik haast me naar beneden, de showroom woonkamer in en naar de ramen. Ik aarzel geen seconde en vervorm mijn handen tot kleine sloophamers. Er rest me nog bitterweinig kracht, maar toch doe ik een zwaai naar het raam toe. Net voor de hamer het glas raakt, deins ik geschrokken achteruit.

Plots staan er twee dobermanns voor het raam, hun vacht zo zwart als de nacht. Het enige duidelijk zichtbare zijn hun scherpe tanden en hun fonkelende ogen. Ze grommen me toe en laten onmiskenbaar verstaan wat er gebeurt als ik een stap in de tuin durf te zetten.

*Verdomme!* Ik weet en voel dat mijn lichaam de energie niet heeft om te vervormen tot een nog gevaarlijker hond. Ik ken de lichaamstaal die honden gebruiken om aan te tonen wie de baas is en zou dus niet getwijfeld hebben om me in een wolf of pitbull te vervormen, maar het gaat nu eenmaal niet.

Uit pure frustratie springen de tranen me in de ogen. *Merde, merde, merde!*

Het lijkt me niet dat ik ze te slim af kan zijn door het aan de andere kant van de woning te proberen. Ook daar zullen ze me opwachten en de honden zijn heel wat sneller dan ik.

Wat nu?

Ik kan terugkeren naar mijn slaapkamer. En dan? Lijdzaam afwachten op wat er komen gaat? Nee, verdorie, voor de drommel niet. Misschien gaan de honden op een gegeven moment wel liggen en slapen. *IJdele hoop, Manon, honden zijn slimmer dan dat.* En bovendien is de kans groot dat Selena of iemand anders tegen dan gemerkt heeft dat ik mijn kamer heb verlaten.

Plots hoor ik een zachte kreet, alsof die van ver komt of gedempt wordt. Ik luister aandachtiger, maar hoor niets meer. Volgens mij kwam de kreet uit de kelder, ik ben er bijna zeker van.

Ik kan nu twee dingen doen: teruggaan naar mijn kamer en braaf zijn of op onderzoek uitgaan. Ik kies voor optie twee, heel wat spannender. De kans dat er zich iemand in de kelder bevindt is groot, maar ik hoop een computer te vinden voor ik gesnapt word.

Ik loop naar de keldertrap en daal voorzichtig af.

De deur van Noëls kantoor is dicht en ik hoor geen beweging. Zachtjes voel ik aan de klink, maar de deur is op slot.

Links tegenover Noëls kantoor is een andere deur. Ik houd mijn oor ertegen en hoor niets. Ik grijp de deurklink vast en deze geeft gelukkig wel mee. Eerst kijk ik nog even vluchtig binnen, maar er is niemand aanwezig.

De kamer, ongeveer drie bij drie meter, staat vol met archiefkasten. Jammer genoeg kan ik geen computer ontdekken, noch een telefoon. Maar nieuwsgierig als ik ben, vraag ik me af wat er in die archiefkasten zit en loop naar de eerste kast toe.

N.V. Borgax staat er op de buitenkant. Ik open een lade en bekijk vluchtig de paperassen. Blijkbaar heeft Noël zijn fortuin vooral verdiend met het fabriceren van golfplaten voor daken. Zijn golfplaten worden over de hele wereld verkocht en hij heeft niet alleen een fabriek in België, maar ook in Polen en in nog enkele landen. Niet interessant, dus sluit ik de lade.

De tweede kast heeft geen inhoudelijke titel. Ik open de lade en vind er dossiers die op naam staan. De namen komen me niet bekend voor.

Het eerste dossier van een zekere Pat Hendler sla ik open en dan begint het me te dagen. Pat is een engel, krijgt blijkbaar een niveaucijfer van vier en is woonachtig in Duitsland. Haar gegevens staan er gedetailleerd en uitvoerig neergepend. Alles: waar ze geboren is, haar leeftijd, met wie ze gehuwd is en dat ze een dochter heeft. Zelfs haar sterke kanten en zwakheden. Een tweede dossier betreft een zekere Turid Hoekstra, een elf, niveau vijf.

Hoe komt hij daaraan? Zelfs Jabar bezit dergelijke informatie niet. Niemand eigenlijk naar mijn weten. We hebben wel een lijst met namen en adressen, maar dat is alles.

Uiteraard ga ik naar de M, waar inderdaad mijn dossier te vinden is. Naast mijn naam staat: niveau drie. Dat is alles? Ben ik maar een niveau drie? En wat betekent het eigenlijk verder? Wat is het hoogste niveau? Vijf?

Ik sla de algemene gegevens over en ga meteen naar het voor mij interessante gedeelte.

- Sterkten: jiujitsu, schietexpert, geeft niet snel op *(wees daar maar zeker van)*, inventief.
- Zwakten *(nou gaan we het krijgen)*: verstrooid, slecht geheugen, onzeker *(nou ja)*, temperamentvol *(is dat negatief?)*, verdwaalt gemakkelijk, beïnvloedbaar *(hoe komt die idioot daar nou bij!)*.

Toch kan ik het niet helemaal oneens zijn met wat er staat en lijken ze me hier beter te kennen dan ik mezelf ken. Dat steekt en zeker omdat de zwaktelijst langer is dan die van de sterkten.

Ik sluit de lade en loop naar een derde kast waar eveneens niets opstaat. Ook hier zitten er dossiers in de lade. Ik neem er een map uit waarop een Arabische naam staat. In de map zelf zit er echter niets, geen enkel velletje papier. De overige mappen zijn leeg, wel zijn er de namen op de buitenkant.

Opnieuw hoor ik een zwakke uitroep die lijkt te komen van iemand die pijn lijdt. Ik besluit mijn tijd niet langer te verdoen in deze kamer en verlaat die. De betonvloer is zo koud dat het door mijn huid snijdt. Stom dat ik geen sokken aangetrokken heb, zeg. Behalve de geur van ontsmettingsmiddel meen ik vaag nog iets anders te ruiken. Mijn ogen worden groot wanneer ik me realiseer wat het is.

Bloed!

En het moet behoorlijk veel zijn, want anders zou ik het niet ruiken.

Naarmate ik verder de hal inloop, wordt de metaalachtige geur sterker. Ik houd mijn hand voor mijn neus en haal oppervlakkig adem. Rechts en links bevinden zich nog twee deuren, maar mijn intuïtie laat me deze voorbijgaan en rechtstreeks naar de kamer lopen aan het einde van de hal. De zware metalen deur staat op een kier en ik hoor vaag beweging. En nog meer gekreun.

Ik piep door de kier en kan mijn ogen niet geloven! Ik meen dat ik het verkeerd gezien heb en kijk opnieuw. Maar ik zag het goed. Ik lijk wel in een horrorfilm terecht te zijn gekomen. Dit is duidelijk iets wat ik niet mocht ontdekken. Nou, dan hadden ze de deur maar op slot moeten doen.

Per ongeluk stoot ik tegen de deur met mijn linkerschouder waardoor hij iets meer opengaat. Geschrokken zuig ik mijn adem in, maar er blijkt niemand in de kamer aanwezig. Althans, niemand is niet helemaal correct.

Er zijn heel wat personen aanwezig, alleen lijkt het niet of ze bij bewustzijn zijn of zelfs nog in leven. Wat ik voor me zie, is te afschuwelijk voor woorden.

In tientallen glazen buizen staan of hangen naakte mensen. Hun ogen zijn gesloten en hun hoofden knikken voorover. Ik loop dichter naar een van de buizen toe en zie dat de persoon erin nog leeft. De borst gaat zwak op en neer en de oogbollen bewegen onder de leden. Het zijn zowel vrouwen als mannen en allerlei draden verdwijnen in en uit hun lichaam. Ze zijn verbonden met een soort van console die bevestigd zit aan de buitenkant van hun gevangenis.

De console bestaat uit een scherm waarop allerlei waarden te lezen zijn: het eeg, eog, emg, ecg en resp. Volgens mijn beperkte medische kennis (voornamelijk afkomstig uit tv-series zoals House M.D.) betekenen de grillige lijnen ernaast dat hun hersenactiviteit, oogbewegingen, spiertonus, hartritme en ademhaling gemeten worden. De hartslag van de man voor me is langzaam en regelmatig, maar zijn ademhaling en oogbewegingen vertonen pieken en zijn onregelmatig. Naast iedere tube staat een infuusstandaard met vloeistof die gestaag door een buisje naar de tube druppelt. Waarschijnlijk een soort van voeding of verdovingsmiddel.

Vol walging loop ik snel de overige tubes voorbij die een licht zoemend geluid voortbrengen, zo subtiel dat het amper hoorbaar is. Sommige personen hebben de puntig toelopende oren die elfen hebben, bij een andere man zie ik een geboortevlek die vooral voor heksen kenmerkend is en bij een vrouw tel ik zes tenen aan haar rechtervoet. Het zijn dus allemaal anderssoorten. Waarom verwondert mij dit nu niet? Ik tel tien tubes waarvan er één leeg is. Zijn ze van plan mij erin te stoppen? Ik ben zo geschokt door wat ik zie dat ik onbewust het meest gruwelijke gedeelte heb gemist. Sommige van hen zijn gescalpeerd! En dan bedoel ik niet in de strikte zin van het woord zoals vroeger bij de indianen, maar de volledige bovenkant van hun schedel! Uit de blootliggende hersens komen tientallen fijne draadjes. Ik draai mijn hoofd weg tot ik luid gekreun hoor. De vrouw voor wie ik sta, een mollige dame op leeftijd met grijs wordende haren, maakt het geluid. Denk ik. Plots opent ze haar ogen en kijkt me recht aan, alsof ze me daar verwacht.

Ik deins geschrokken achteruit, nog net op tijd een uitroep inslikkend. Haar donkerblauwe ogen kijken me zo intriest aan dat mijn maag ervan omdraait. Ze wil me duidelijk iets zeggen, maar misschien kan ze haar lippen niet bewegen. Haar ogen echter spreken boekdelen, smekend vragen ze om mijn hulp. Een traan rolt langzaam over haar wang.

Ik kan de ellende niet langer aanzien.

Met mijn lippen vorm ik geluidloos de woorden 'Ik haal hulp', leg mijn rechterhand op de plaats van mijn hart en draai me dan bruusk om. Nu pas realiseer ik me dat de bloedgeur niet uit deze ruimte vandaan komt. Ten eerste is de geur hier minder sterk en ten tweede zie ik nergens bloedvlekken.

Ik wil hier eigenlijk zo snel mogelijk weg, maar ontdek dan een computer op een tafeltje. Haastig loop ik erheen en ga ervoor zitten. Een post-it briefje hangt bovenaan het scherm met erop: *dond. 20 mei 20:00*. Ik sla het op in mijn geheugen, je kunt nooit weten waar het goed voor is.

Alsjeblieft, laat het geluk aan mijn kant staan en zorg dat ik een e-mail naar Jabar kan sturen!

Ik druk de startknop in en het zoemende geluid van de computer overstemt dat van de tubes. Ik hoop dat verder niemand in de kelder aanwezig is, hoewel de muren hier behoorlijk dik lijken en daardoor dus de geluiden van iedere kamer isoleren. Het mag een wonder heten dat ik de vrouw in de tube hoorde, als zij het al was, maar de deur stond dan ook open. Of ze hebben de deur vergeten te sluiten of het betekent dat er elk moment iemand kan binnenlopen. Uiteraard willen ze niet dat het pijnlijk geschreeuw van hun slachtoffers tot buiten toe te horen zou zijn, al lijkt me dat erg onwaarschijnlijk. Het domein dat rond het huis ligt, is zo uitgestrekt dat je een varken in de tuin zou kunnen slachten zonder dat iemand het hoort.

Waar ik ook mee zit, is het feit dat ik bitterweinig weet over de locatie waar ik me bevind. In de bestelwagen was ik de hele rit bewusteloos en ik was dat nog steeds toen ik op bed werd gelegd. Hoelang heeft de rit geduurd? Ik heb geen idee. Het enige dat ik kan zeggen is dat het een glazen huis is en er een groot domein omheen ligt. Dat is dus bar weinig.

Er wordt een paswoord gevraagd. *Merde!* Ik was er al bang voor.

Toch wil ik nog een kans wagen en probeer de meest voor de hand liggende: anderssoort, elf, heks, vampier, engel, duivel, vervormer, mens.

Geen resultaat.

Volgende pogingen: Noël, Selena, Ed, zelfs Jabar en ten slotte Morgan.

Niets.

*Verdorie!*

Dan hoor ik een deur open- en dichtgaan, gevolgd door voetstappen. Gespannen blijf ik muisstil zitten en houd mijn adem in. Merde, het geluid van de computer!

De voetstappen komen dichterbij.

Wat nu?

Nergens zie ik de mogelijkheid om me achter of in te verschuilen. De tubes staan dicht opeen en tegen de muur aan. En bovendien zijn ze gemaakt van glas en dus doorzichtig. Ik zie geen kast en onder het tafeltje waar de computer op staat is niet voldoende ruimte en zou ik bovendien te zichtbaar blijven.

Er zit niets anders op dan te hopen dat het goedje dat ze al dagen in me spuiten aan het uitwerken is en…

Geen tijd meer om na te denken, nog even en de paniek verlamt me compleet.

Ik buig al mijn energie om naar het vervormen.

## 27

De man die me voorbijloopt zonder me te zien, is iemand die ik nog niet eerder zag. Hij is ontzettend lang, zeker twee meter, en ongelooflijk dun. Hij doet me denken aan de mast van een schip, alleen veel breekbaarder. Zijn haar is navenant zijn lichaamsbouw: fijn en dun. Hij draagt een lange, witte jas, zo'n jas die dokters en lab-assistenten dragen. Met nerveuze en schokkerige bewegingen checkt hij de tubes, controleert de bedradingen en infusen.

Hij mompelt continu in zichzelf, zo goed als onverstaanbaar. Sommige woorden vang ik op: prima, interessant. Van zulk soort, maar geen volwaardige zinnen.

Wanneer hij zich met gefronst voorhoofd naar mij toe draait en me recht aankijkt, denk ik dat ik gesnapt ben. Dat hij me op een of andere manier kan zien. *Verdorie, nee, alsjeblieft niet.* Zijn manisch kij-kende, kille ogen zullen me altijd bijblijven, dat weet ik nu al.

Hij zit blijkbaar aan iets te denken of zit met zijn gedachten mijlen-ver weg, want hij maakt alweer aanstalten om de kamer te verlaten.

Ik kan het bijna niet geloven, maar hij heeft de actieve computer niet opgemerkt. Van een verstrooide professor gesproken! Maar dan, net voor hij de kamer wil verlaten, draait hij zich om en kijkt ver-baasd naar de computer. Met snelle passen loopt hij erheen en werpt een blik op het scherm. Dan zucht hij diep en sluit de computer af. Ik hoop dat hij denkt dat hij het ding gewoon is vergeten af te slui-ten. Met tot spleetjes vernauwde ogen kijkt hij de kamer rond, schok-schoudert, en verlaat uiteindelijk de ruimte.

*Oef.*

Ik wacht nog even tot ik de voetstappen hoor verdwijnen en op-nieuw een deur open en dicht hoor gaan. Dan transformeer ik weer van een laagje muur tot mezelf. In een plant of stoel veranderen zou te veel opvallen. De man weet vast welke meubelstukken er staan en welke niet en bovendien is de ruimte zo schaars ingericht dat ieder nieuw stuk enorm uit de toon zou vallen. Er zat dus niets anders op dan me te vervormen tot een laagje muur in dezelfde witte tint als de echte muur.

Ik vermoed dat de man in een aanpalende kamer is verdwenen, dus verlaat ik de ruimte op de toppen van mijn tenen. Ik werp nog eenmaal een blik achterom, maar de vrouw heeft haar ogen alweer gesloten.

Ik hoop dat ze veel mooie dromen krijgen, dan hebben ze tenminste nog die vorm van ontsnapping.

Het lijkt me niet dat de kelder spleten heeft die me door kunnen laten, dus besluit ik om te vervormen in mist zodra ik in de woonkamer ben. Ik hoop alleen dat ik nog energie genoeg over heb om het vervormen te doen slagen.

Ik schrik me een beroerte wanneer Selena plots voor me staat. Nog voor ik kan knipperen met mijn ogen, krijg ik een vuist in mijn gezicht.

'Trut!' gil ik, terwijl ik vooroverbuig en mijn handen tegen mijn neus houd. Ik voel de bloeddruppels tussen mijn vingers doorsijpelen en pijnscheuten schieten door naar mijn voorhoofd.

*Shit, zeg, dat doet pijn.* En dan voel ik de welbekende prik in mijn bovenarm. Ook dat nog.

'Meekomen, jij,' sist ze tussen haar tanden door.

Ze grijpt me beet en uiteraard precies op de plek waar ze geprikt heeft.

Ik kijk even naar de deur rechts van me waar ik denk dat die dokter in ging, maar hoor geen enkel geluid uit de kamer komen.

Ik verwacht dat Selena me naar mijn kamer brengt, maar dat blijkt toch niet zo te zijn. Ze opent de deur van Noëls kantoor en gooit me naar binnen. Struikelend weet ik het bureau vast te grijpen. Woedend draai ik me om, maar Selena is alweer verdwenen. Ik zweer het, zonder haar vampierkracht had ik haar al lang een facelift gegeven, zo eentje waar een buldog jaloers op zou zijn.

Het kantoor is onverlicht en stil. Ik ruik nog vaag de geuren van het diner dat Noël en ik genuttigd hebben. Enkele televisieschermen staan aan, maar eigenaardig genoeg wordt op geen enkele mijn slaapkamer weergegeven. Wel zie ik de kamer met tubes en de woonkamer.

Dan hoor ik een knarsend geluidje van een draaiende bureaustoel en Noëls stem die zegt: 'Licht'.

Zat hij daar al de hele avond? Hoorde hij me voorbijlopen? Zag hij me in de woonkamer tegenover de in de tuin lopende dobermanns? En in de kamer met de tubes? Dan zag hij me vervormen, vrees ik! Maar waarom liet hij me dan begaan? Waarom hield hij me niet eerder tegen?

Noël kijkt me strak aan, alsof hij niet boos is, maar eerder teleurgesteld. Dan reikt hij in een lade en haalt er een papieren servet uit dat hij me aanbiedt. Ik ruk het uit zijn handen, dep er mijn bloedneus mee en veeg mijn handen af. Achteloos laat ik het bebloede servet op de grond vallen. Voorzichtig voel ik aan mijn neus, maar hij lijkt gelukkig niet gebroken.

De hele tijd zit Noël me aan te kijken zonder een woord te zeggen.

'Wat?' zeg ik om de vervelende stilte te doorbreken.

'Ik zei niets,' zegt hij ijzig rustig.

Ik voel me plots ongemakkelijk onder zijn doordringende blik in mijn onderbroek en shirtje. Verwoed probeer ik het shirtje lager te trekken, maar het heeft geen nut. En dan komt daar nog bij dat ik het ijskoud heb door het vervormen en de kou mijn tepels door het shirtje laat priemen.

'Je begrijpt toch wel dat ik je nu niet meer kan laten gaan,' zegt hij uiteindelijk.

'Alsof je dat al van plan was!'

Hij negeert mijn mening. 'Je hebt al te veel gezien.'

'Wat doe je met die arme anderssoorten?' De woorden komen er een beetje bibberig uit.

'Wil je een jas?'

'Ik vraag: wat doe je met die arme anderssoorten!?'

Hij laat zijn blik over mijn rillende lijf gaan en glimlacht alsof hij ervan geniet. *Jakkes!* Ik voel me mentaal verkracht.

'Je hebt het koud door het vervormen, niet?'

'Je weet alles toch zo goed? Waarom vraag je het me dan?'

'Dat stond in Jabars Lexicon, weet je.'

'Nee, want ik snuister niet in andermans privéboeken.'

'Wat deed je dan in de archiefkamer?'

Zag hij dat ook? Jeetje, kan ik hier dan niets doen zonder dat hij het weet?

'Weet je wat er nog meer in de Lexicon stond? Het zal je vast wel interesseren.'

Ik ga er niet op in, dus vervolgt hij: 'Weet je waarom een elf een elf heet en een vampier een vampier? Hoe alle anderssoorten aan hun namen komen?'

Weer antwoord ik niet, maar ik moet toegeven dat ik wel nieuwsgierig ben.

'Het is niet meer dan een theorie, maar een waarschijnlijke en eenvoudige theorie. Er wordt verondersteld dat de namen gebaseerd zijn op legenden en mythes. De anderssoorten hebben de verzonnen namen gewoon van de mensen overgenomen. Als ergens een verhaal of wezen gelijkenissen vertoonde met een anderssoort, werd de naam voortaan gebruikt om deze te classificeren.'

'Engelen hebben vleugels en duivels hoornen in de verhalen. Lijkt me niet echt overeen te komen met de werkelijkheid,' breng ik in.

'Misschien omdat duivels in de bijbelse verhalen mensen kunnen manipuleren en engelen bosjes in brand kunnen steken van op afstand. Tja, wie zal het zeggen?' Noël trekt zijn schouders op.

'Waarom houd jij dossiers bij van anderssoorten?' vraag ik nu aan hem.

'Je bent erg nieuwsgierig.'

'Nee hoor, want het stond niet op het lijstje bij mijn positieve punten,' antwoord ik.

Hij grijnst. 'Dat moeten we dan aanvullen.'

Ik schokschouder alsof ik wil zeggen: je doet maar. 'Als je dan toch niet van plan bent om me te laten gaan, dan kan je net zo goed mijn vragen beantwoorden!' Om mijn woorden kracht bij te zetten, plant ik mijn handen op mijn heupen en kijk hem furieus aan.

Zijn ene mondhoek krult omhoog, alsof mijn gedrag hem alleen maar amuseert. Het maakt me nog kwader, verdorie!

'Misschien,' zegt hij dan. 'Maar daarvoor moet ik je beter leren kennen, iets waar ik ontzettend naar uitkijk.'

'Je kent me al genoeg. Een heel dossier vol!'

'Persoonlijk leren kennen. Als vrienden.'

'Nou, dat zal je dus mooi niet lukken!'

'Toch wel,' antwoordt hij rustig.

'Ben je misschien van plan om me in een tube te stoppen, net als die andere anderssoorten? En in mijn hersens te porren?'

'Helemaal niet. Ik zal je niet dwingen, je zult het uit eigen wil doen.'

'Nooit! Hoor je me? Nooit!'

Het valt me op dat hij vergeet het woordje 'vrije' voor 'wil' te plaatsen, of niet?

Eigenlijk zou ik hem nu ter plaatse en meteen moeten doden. Mijn ene hand vervormen tot een mes zou nog net kunnen, vermoed ik. Of zelfs tot een pistool. Dan ben ik maar een vingerkootje kwijt of meerdere als ik ook nog Selena naar de andere wereld help.

Als ze me niet laten gaan, zit er niets anders op.

Maar ergens heb ik nog steeds hoop dat Jabar en Diedie me vinden en dan is het natuurlijk beter als ik weet wat Noël allemaal van plan is, nu ik die kamer met tubes heb gezien. En op twintig mei om acht uur staat er misschien iets belangrijks op het programma.

Hen doden kan ik altijd nog, nu lijkt het me verstandiger om meer informatie te vergaren. Ik zou bovendien niet weten hoe ik die anderssoorten moet bevrijden uit die tubes en ben bang dat ik hun doodvonnis teken wanneer ik te ondoordacht te werk ga. Dan maar hopen dat Noël of Selena mij niet eerst om het leven brengt of in een tube stopt, maar ik heb zo het vermoeden dat Noël iets anders met me van plan is.

'Nooit is een beladen woord, Manon. Wees voorzichtig met het gebruik van beladen woorden, erg voorzichtig.'

'Jij hebt me niet te vertellen wat ik wel en niet mag zeggen!'

'Manon, Manon.' Hij zucht. 'Binnen de volgende minuut doe je alles wat ik je vraag.' Ik wil mijn mond openen om fel te protesteren, maar hij maakt een stopgebaar met zijn rechterhand. 'Ik weet wie je ouders zijn,' zegt hij dan.

De kou die ik een seconde geleden nog tot diep in mijn botten voelde, verdwijnt aanstonds. Met open mond staar ik hem aan. Ik besef pas dat ik mijn adem inhoud wanneer mijn longen schreeuwen om lucht.

Hoor ik het goed? Beweert hij nou dat hij mijn ouders kent?

'Ik lieg niet,' voegt hij er nog aan toe.

Waarschijnlijk staat er op mijn gezicht ongeloof en verwarring te lezen.

Ik weet even niet wat ik moet zeggen. Wil ik hem wel geloven? O ja, dat wil ik dolgraag. Kan ik hem geloven? Nee! Hij zal iedere truc gebruiken om me aan hem te onderwerpen. Zodat ik hem zou volgen in plaats van Jabar. Maar toch.

De laatste jaren heb ik mezelf wijsgemaakt dat ik niet hoef te weten wie mijn ouders zijn, dat het niet van belang is. De liefde en zorg die ik van Jabar en Diedie ontvang, zijn even waardevol of misschien wel waardevoller dan die van biologische ouders. Het feit dat mijn ouders me zomaar zonder dralen achterlieten bij een huis, heeft mijn nieuwsgierigheid naar hen getemperd.

Jabar en Diedie hebben me nooit voorgelogen. Zodra ik het kon begrijpen, vertelden ze me dat ze niet mijn biologische ouders waren.

Ik zou liegen wanneer ik beweer dat mijn kinderjaren niet overschaduwd werden door de pijn en het verdriet die een achtergelaten kind voelt. De vraag waarom en wat ik verkeerd had gedaan, al was ik nog maar een baby, heeft me menige nacht beziggehouden en mijn dromen vaak genoeg donker gekleurd. Ik heb voldoende tranen vergoten en mezelf wijsgemaakt dat ik wel minderwaardig moest zijn als mijn bloedeigen vader en moeder niet voldoende van me hielden om me zelf op te voeden.

Maar dat heb ik jaren geleden achter me gelaten, althans dat dacht ik toch. Ik heb geleerd om een schild op te bouwen rond mijn hart, een kilte die er sindsdien zit en het verlangen naar mijn echte ouders onderdrukt heeft. Tot nu toe dan. Tot die laatste woorden van Noël.

Plots voel ik daardoor een immense haat voor hem opwakkeren. Hij heeft zomaar, zonder voorbereiding, slapende honden bij me wakker gemaakt en dat maakt me furieus.

'Je hebt het recht niet!' schreeuw ik.

Zijn eerste reactie is er een van ongeloof, dan herpakt hij zich. 'Wat bedoel je, Manon?'

Ik kan het niet helpen. Noem me zwak, noem me een grienende trien, maar op dat moment breekt er iets in me. De laatste dagen en dan dit nieuws dat hij zo emotieloos voor mijn voeten werpt. Het is me even allemaal te veel en ik barst in huilen uit.

Met een trillende vinger wijs ik hem aan. 'Niet... het... recht,' breng ik met moeite tussen het snikken door uit.

Heel even zie ik een vorm van mededogen in zijn ogen verschijnen. Of is het spijt? Of misschien wil ik het wel bij hem zien, maar is het er niet.

Ik ga zitten in de leren stoel en verberg mijn gezicht in mijn handen. Ik weet niet waar al die tranen vandaan blijven komen, het lijkt wel een stortvloed. Maar eigenaardig genoeg voelt het bevrijdend aan, alsof het opgekropte verdriet van jaren naar buiten stroomt. Mijn schouders schokken onophoudelijk en ik weet dat ik morgen opgezwollen ogen zal hebben. Maar het kan me niet schelen. Wie ziet me nou in mijn glazen gevangenis?

Een stoffen zakdoek wordt op mijn schoot gelegd. Ik grijp ernaar, dep mijn ogen en snuit er mijn neus in. Dan kijk ik op. Noël zit alweer op zijn plek en kijkt me begripvol aan.

'Het spijt me dat ik het er zo uitgooide,' zegt hij zacht en ik geloof hem nog ook.

Ik pers mijn lippen op elkaar, bang dat als ik een woord zeg er een nieuwe huilbui volgt. Mijn niveau zal nu wel van drie naar twee gezakt zijn, denk ik sarcastisch.

'Maar ik heb niet gelogen. Als je het wilt weten, kan ik je vertellen wie je ouders zijn.'

'Nou?' Ik hoop dat ik er weer strijdlustig uitzie in plaats van als een uitgewrongen dweil.

Hij schudt zijn hoofd. 'Voor niets gaat de zon op.'

'Dat dacht ik al. Ik zie je nu niet meteen als een weldoener.'

'O, maar dat ben ik in wezen wel.'

'Weldoener van je eigen zakken?'

'Wil je het weten?'

'Wat? Hoe machiavellistisch je over lijken danst om rijk te blijven?'

'Je ouders, Manon. Nu geen spelletjes spelen,' antwoordt hij op een bestraffende toon.

'Wat staat er tegenover?'

'Dat je mijn vrouw wordt.'

Ik schiet meteen in de lach. Ook dit keer heb ik het niet onder controle. Nu lopen de tranen opnieuw uit mijn ogen, maar het zijn hysterische tranen. Of nog meer van ongeloof. Hij kijkt me bloedserieus aan, waardoor het lachen nog intenser wordt en ik mijn handen op mijn pijnlijke buikspieren leg.

Hij wacht geduldig af tot ik uitgelachen ben.

'Dat meen je toch zeker niet?' zeg ik dan glimlachend. Ik veeg de tranen met de rug van mijn hand van mijn wangen.

'Ik meen alles wat ik zeg.'

'Waarom zou ik in 's hemelsnaam met jou trouwen? Ik haat je! En bovendien kon je mijn grootvader zijn! Wat zeg ik? Mijn overgrootvader waarschijnlijk.'

'Zeg dat nooit meer.'

'Wat? Overgrootvader?' grijns ik.

'Haten. Dat is het verschrikkelijkste woord dat er bestaat. Te beladen.'

'O, en haat jij Jabar dan niet?'

Zijn blik verhardt. 'Ik voel afgrijzen voor hem en een diepgewortelde moordlust. Maar haat? Nee. Haat slorpt al je energie op en dat is niet goed voor jezelf.'

'Nou, dan wil ik niet weten wie mijn ouders zijn.'

'Slaap er een nachtje over.'

'Ik moet…'

Voor ik verder kan gaan, verschijnt Selena in de kamer. Ruikt dat snertwijf het misschien wanneer ze me moet komen halen?

## 28

Ik kan me niet herinneren ooit zoveel gedroomd te hebben in een nacht. Dromen die balanceerden op de rand van nachtmerries en zo boordevol emoties dat ze me door mijn hart sneden.

Mijn ouders komen erin voor. Uiteraard weet ik niet hoe mijn ouders eruitzien, maar in de droom heb ik ze zelf een uiterlijk gegeven. Ik loop tussen hen in, overgelukkig dat ik ze gevonden heb, maar plots zijn ze verdwenen. Keer op keer word ik door hen in de steek gelaten, nog voor ik een woord met hen kan wisselen. Ik word midden in de nacht wakker met een gigantisch schuldgevoel tegenover Jabar en Diedie. Al weet ik dat het onterecht is, je hebt tenslotte geen controle over je dromen, het doet pijn.

De rest van de droom is nog verschrikkelijker.

Ik herinner me flarden van beelden. Noël en ik die voor het altaar staan en een priester die me onder schot houdt, die me met de dood bedreigt als ik niet 'ja, ik wil' zeg. De angst en de walging die ik in die droom voel, zijn extreem intens en realistisch. Op een gegeven moment verandert Noëls gezicht en staat Lucas naast me in de kerk. Een rollercoaster van gevoelens is het gevolg: ik ben gelukkig en verliefd. Verliefder dan ik in het werkelijke leven ben, maar dromen versterken nu eenmaal gevoelens. Wanneer ik Lucas wil omhelzen en zoenen, verandert hij weer in Noël.

Ik zit nu op de rand van mijn bed bij te komen. Hoe ik ook mijn best doe om de nachtmerriebeelden uit mijn hoofd te krijgen, ze blijven me bestoken als een leger bijen.

Mijn shirtje is kletsnat van het klamme zweet en ik voel me zo beroerd dat ik zin heb om weer onder de dekens te kruipen. Hoe is het ooit zover kunnen komen? En kan het nog vreemder? Ontvoerd en dan nog eens ten huwelijk gevraagd worden door een lopend stuk perkament. Ik wil me op dit moment het liefst afsluiten van de wereld en het opgeven.

En dan roep ik mezelf meteen weer tot de orde. Opgeven? Geen sprake van. Al is het maar omdat op mijn lijstje van positieve punten staat dat ik niet gauw opgeef.

Wat me vooral bijgebleven is van de dromen is de stem van Lucas. De woorden waren niet duidelijk, alsof hij tegen me sprak van op verre afstand of door muren heen. Maar het was zeker zijn stem met die diepe en warme tonen. Zijn aanwezigheid en stem waren de enige gebeurtenissen uit mijn dromen die goed aanvoelden. Was hij maar bij me, dat zou de gevangenschap draaglijker maken. Ik grinnik. Dan zou ik het niet erg vinden om opgesloten te zitten in een slaapkamer. Een bed zou het enige zijn dat Lucas en ik nodig hebben.

Ik sta op en loop naar het toilet toe. Wassen en aankleden onder het oog van een camera tot daaraan toe, maar ik hoop verdorie dat degene die me begluurt het fatsoen heeft om me mijn privacy te gunnen tijdens een toiletbezoek.

Vannacht zag ik het al: de klink van de slaapkamerdeur hebben ze alweer hersteld, jammer genoeg. Maar dat was te verwachten. Bovendien denk ik dat Selena me een dubbele portie heeft gegeven, ik voel me krachtelozer dan de dagen ervoor. Ik vermoed dat zelfs mijn hand vervormen nu niet lukt en probeer het meteen. Nee, niets. Ik kan me er niet meer druk om maken en ga zuchtend op het toilet zitten.

Ik moet blijven proberen om een computer of een telefoon te vinden waar ik Jabar mee kan bereiken. Zelfs met de weinige coördinatiepunten die ik heb, zou Jabar er creatief mee aan de slag kunnen gaan.

Zou Noël Jabar al op de hoogte gebracht hebben van mijn toestand? Zou Jabar de politie ingeschakeld hebben, nadat hij mijn foto ontving die Selena nam? Het is een mogelijkheid. Jabar zou het als een gewone ontvoering kunnen opgeven. De politie hoeft geen achtergrondinformatie betreffende onze soorten of wat dan ook.

Hij is rijk, dus de politie zou aannemen dat het om losgeld gaat, al gaat het daar niet om.

Jabar zal intussen doorhebben dat er meer achter de ontvoering zit dan enkel het lospeuteren van zijn geld. En ik ken hem, hij is uiterst voorzichtig. Misschien hoopt hij dat ik kan ontsnappen zonder de politie te moeten inschakelen. Of proberen ze eerst om me zelf te vinden. Hij weet dat ik tegen een stootje kan en dat ik niet zou willen dat hij onnodige risico's neemt of mensen optrommelt die ons 'geheim' zouden kunnen ontdekken.

Mijn maag trekt samen van de honger. Er zijn heel wat negatieve zaken te zeggen over een gevangenschap en het niet kunnen eten wanneer je zelf wilt, is er een van. Ik neem een hete douche en kan daarna niet anders dan het bezwete shirtje aantrekken dat ik vannacht aanhad. De jurk is nu niet meteen een kledingstuk dat je overdag draagt en bovendien beperkt het ding, door zijn strakke keurslijf, me enigszins in mijn bewegingsvrijheid.

Ik heb me net aangekleed, mijn haar nog vochtig van de douche, wanneer de kamerdeur opengaat. Ik verwacht Selena, maar tot mijn grote verrassing is het de man die vannacht in de tubekamer kwam. De witte jas draagt hij nu niet. Hij houdt een pistool op me gericht, net als die van Selena een Beretta 92F.

'Meekomen jij,' zegt hij met een gezicht waarvan geen enkele emotie af te lezen valt. Nu ik hem wat beter zie, vallen zijn puilogen nog meer op. Als ik niet meteen aanstalten maak om hem te volgen, zwaait hij met het pistool. 'Nu.'

'Kon Selena niet komen? Is het arme vampje ziek?'

'Nee,' antwoordt hij kortaf.

'En Edje nog niet genezen?'

'Edje?'

'De duivel.'

'Gaat je niets aan.'

'Oké, maar gaan we ons niet eerst aan elkaar voorstellen?' vraag ik grijnzend.

Hij antwoordt niet en kijkt me ondoorgrondelijk aan.

'Of wil je dat ik je mensenbeul noem?'

Slechts heel even trekt hij met zijn mond. 'Dan noem ik jou muurschimmel.'

Het kan niet dat hij me gezien heeft in mijn vervorming, dat lijkt me onmogelijk. Waarschijnlijk heeft hij het naderhand gehoord van Noël of Selena. Maar hij laat zich dus niet van slag brengen door wat ik zeg.

'Mij goed, klinkt niet slecht. Heb je niet liever dat ik je Hitler junior noem?'

Ik probeer alsnog hem uit de tent te lokken, in de hoop dat hij iets loslaat over zijn bezigheden.

'Noem me wat je wilt.' Hij zet dreigend een stap dichterbij.

'Ik kom al, ik kom al.'

Op een meter afstand volgt hij me naar de hal toe. Ik meen gekreun te horen, maar niet in dezelfde intonatie als vannacht. Het klinkt meer als een genietende kreun, wat me verbaast. Naarmate we de hal doorlopen, hoor ik gegiechel en zacht gepraat.

De laatste deur rechts staat open en ik kan de stem een gezicht geven. Selena. Het is dus haar kamer. En ze heeft duidelijk gezelschap. Aha, daarom kon mevrouw me niet komen halen, het is haar vrije dag van het pesten en boefje spelen.

Ik blik even achterom naar de dokter om zijn reactie te peilen, maar daar valt weer niets uit op te maken. Ik vertraag mijn pas wanneer we de open deur voorbijlopen. Dok spoort me niet aan te versnellen, dus piep ik even binnen.

Wat ik te zien krijg, beneemt me de adem en breekt mijn hart in miljoenen stukjes.

Lucas ligt op een bed, naakt en met een gelukzalige glimlach om de lippen. Selena, de slet, zit bovenop hem op een plaats die me duidelijk maakt dat ze niet zomaar zitten te kletsen. Wellustig beweegt ze haar heupen op en neer terwijl haar handen op zijn borst rusten.

Haar lange haren vallen voor haar gezicht wanneer ze naar hem toe-buigt en ze hem lang en innig zoent.

Ik kan me niet meer vooruitbewegen, het lukt me gewoon niet. Geparalyseerd kijk ik naar het schouwspel en zelfs mijn hoofd weg-draaien lijkt een onmogelijke opgave. Dok lijkt te genieten van het gebeuren en spoort me niet aan om verder te lopen.

Het volgende wat Selena doet, doet mijn maag omdraaien. Ze neemt zijn handen beet en brengt ze naar haar borsten. Dan kijkt ze me plots aan. Ik zet geschrokken een stap achteruit alsof ik me be-trapt voel. De glimlach die ze me toewerpt, zit vol voldoening en overwinning.

Ik kan het niet meer tegenhouden. Een oprisping komt opzet-ten, ik buig voorover en kots mijn gal eruit. Het gele goedje steekt fel af tegen de witte kurkvloer en ruikt verschrikkelijk zuur.

'Manon?'

Lucas' stem klinkt oprecht verbaasd, maar ik kijk niet op. Dan hoor ik Selena uitroepen: 'Hé!' en het volgende moment voel ik warme handen op mijn schouders.

'Manon? Wat doe jij hier?'

Beschaamd en misselijk sta ik op en kijk Lucas met betraande ogen aan. Ik weet niet wat te zeggen.

'Manon, wat doe jij hier?' herhaalt hij.

Ik slik speeksel door mijn gortdroge keel en kaats de vraag terug: 'Wat doe jij hier?' Ik hoop dat mijn blik er net zo kil uitziet als ik me voel.

'Ik… ' Hij kijkt de kamer in, naar Selena.

Selena roept: 'Lucas, lieverd. Kom nou terug.' Dan kijkt ze me aan en zegt: 'O, hoi, Manon. Ken je hem misschien?' Waarop een gemene glimlach volgt die overduidelijk zegt dat ze dat maar al te goed weet en het haar hele opzet is.

'Weet je dan niet dat je met een moordenares te maken hebt?' Ik voel me niet langer verdrietig, maar razend! Verdomd razend!

'Wat zeg je nu, Manon?' Lucas kijkt me verward aan. Het lijkt me niet dat hij bij die bende hier hoort. Hij ziet er net zo van slag uit als ik me voel.

'Ze houden me hier gevangen,' sis ik.

'Lucas?' Selena staat nu naast hem en doet geen enkele moeite om haar naaktheid te verbergen. Ze legt een hand op zijn bovenarm en streelt die langzaam terwijl ze me continu in het oog houdt. 'Kom mee. Manon moet weg. Ze moet ontbijten met haar aanstaande man,' zegt ze treiterig.

'Aanstaande man?' Lucas kijkt me gekwetst aan.

'Wat?' roep ik in een moment van pure frustratie. 'Alsof jij niet met een ander ligt te vozen!'

Lucas kan niet meer antwoorden. Selena trekt hem de kamer in en smijt de deur voor mijn neus dicht en steekt, erg kinderachtig, eerst haar tong nog eens naar me uit.

Dok hoeft me niet meer aan te sporen, ik wil hier zelf weg en been naar de trap.

Dan overvalt me een vreselijk besef!

Als Lucas niet in het plot zit, wat ik wel veronderstel, want niemand kan zo goed acteren, dan is hij ten dode opgeschreven!

Selena heeft hem hierheen gelokt, puur om mij te tergen. Doordat ze me in de gaten heeft gehouden, wist ze natuurlijk al lang dat ik naar bed was gegaan met Lucas. Het hele gedoe daarnet was opgezet spel en waarschijnlijk heeft ze hem gehypnotiseerd om hem in haar bed te krijgen. Zouden vamps het bij elkaar kunnen toepassen? Ik heb geen idee.

Er is natuurlijk geen sprake van dat Lucas hier weer levend wegkomt, want ze liet hem mij zien. Ze zal hem doden, dat staat vast. Halverwege de trap wil ik me omdraaien om Lucas te gaan helpen of te waarschuwen. Wat dan ook. Maar Dok port met de Beretta in mijn rug dat ik naar beneden moet blijven gaan. Pistool of niet, er staat een mensenleven op het spel! De paniek en de angst om Lucas te verliezen, al ligt hij daar met een ander in bed, doet mijn adrenaline-peil als gek stijgen.

Met mijn rechterarm sla ik Doks pistoolhoudende hand naar buiten toe weg. Hij verliest de grip op het pistool dat met een luid ge-kletter van de trap valt, waarna ik meteen mijn hand roteer en zijn pols beetgrijp. Dat alles neemt nog geen seconde in beslag en voor hij doorheeft wat er gebeurt, geef ik hem een kopstoot en ram ik mijn knie in zijn kruis. Hij schreeuwt het uit. Als finale zet duw ik hem de trap af. Ik zie jammer genoeg niet hoe hij naar beneden don-dert, want ik storm de trap weer op naar de kamer van Selena.

Woest bonk ik op haar deur en roep: 'Lucas, ze gaat je vermoor-den! Lucas!'

Ik trek en duw aan de deurklink, maar ze heeft de deur op slot ge-draaid. Ik blijf bonken en stampen tegen de deur, maar met de wei-nige energie die in mijn lijf zit, heeft het nauwelijks effect. Uitgeput zak ik neer op de grond.

Het pistool! Stommerik die ik ben!

Ik spring op en loop naar beneden. Dok ligt bewusteloos op de grond onderaan de trap. Het pistool ligt een meter van hem van-daan. Ik grijp het beet en loop met twee treden tegelijk de trap weer op. Mijn ademhaling komt er moeizaam uit, alsof ik net een mara-thon heb gelopen en mijn spieren protesteren hevig. Maar ik neem geen gas terug.

Ik ontgrendel het pistool en mik op de deurklink. Ik moet maar voor lief nemen dat ik per ongeluk Lucas kan raken, er zit niets an-ders op. Als ik Selena ermee tref, dan is dat alleen maar mooi mee-genomen.

Twee schoten zijn voldoende om het slot kapot te schieten. Ik geef een trap tegen de deur die openzwaait. Met het pistool voor me gericht, stap ik de kamer binnen, behoedzaam om me heen ki-kend. Het is er onrustbarend stil. Er klopt iets niet.

'Geen stap verder! Laat het pistool vallen!'

In mijn linkerooghoek zie ik Selena staan. Ze houdt haar pistool op de zijkant van mijn hoofd gericht. Ik draai me in een flits om. Nu staan we voor elkaar met de pistolen tussen ons in en op elkaar gericht.

'Laat jij het pistool vallen, trut,' zeg ik zo kalm mogelijk, maar mijn hart slaat als een gek.

Haar ogen flitsen haat naar me toe. Ik overweeg mijn kansen en mogelijkheden. Het is te gevaarlijk om een aanvalspoging te doen. Ze weet wat ik kan en houdt iedere beweging van mijn kant nauwlettend in de gaten.

Dan hoor ik een zachte kreun en een zwakke stem: 'Manon... hier.'

Selena kijkt me triomfantelijk aan. Ze weet dat als ik opzijkijk naar Lucas, zij me kan ontwapenen. Aan zijn stem te horen, lijdt hij pijn en is hij gewond. Wat nu? Zelfs al loop ik naar hem toe, Selena zal me hem nooit laten redden. Ze schiet me nog liever dood, dat laat haar blik me onmiskenbaar weten.

'Lucas? Gaat het met je?' Domme vraag, ik weet het, maar wat moet ik anders?

'Ze... ze heeft me... neergestoken,' brengt hij er moeizaam uit. 'Mijn buik...'

O God, O God, wat moet ik doen?

Selena ziet mijn twijfel en speelt erop in: 'Als je hem wilt redden, moet je snel zijn. Laat het pistool vallen en dan zal de dokter hem oplappen.'

'En ik moet jou geloven, zeker? Waarom heb je hem dan toegetakeld?'

'Het is zijn enige kans. We kunnen hier zo blijven staan, mij om het even, maar dan bloedt hij langzaam leeg.'

Zelfs al lukt het me om met Lucas te ontsnappen, dan kan ik nooit op tijd een dokter of een ziekenhuis vinden. Ik weet niet eens waar ik ben en of het huis ver van een stad of dorp is gelegen. En nu ik weet dat Lucas net zozeer een slachtoffer is als ik, kan ik hem niet in de steek laten. Verdorie, waarom denken mannen altijd met hun aanhangsel? Als hij nou zijn hormonen in bedwang had weten te houden, dan was hij nooit in deze situatie terechtgekomen! Tenzij hij gehypnotiseerd werd, natuurlijk.

Met tegenzin laat ik mijn pistool vallen.

Selena grijnst en roept dan: 'Jean!'

'Jean telt de vloertegels beneden,' zeg ik.

'Je hebt Lucas ten dode opgeschreven als Jean hier niet gauw is.'

'Nee, dat heb jij op je geweten.'

'O, ik voel me zo schuldig,' sneert ze.

'Trut!' *En pseudokatholiek!*

Selena raapt mijn pistool op en snelt dan de kamer uit. Ik hoor haar de trap aflopen en daarna Jeans naam een paar keer roepen. Snel ga ik naar Lucas en kniel bij hem neer. Het ziet er niet goed uit, absoluut niet. Hij heeft een gapende wond in zijn zij die er heftig en diep uitziet. Het bloed stroomt eruit. Zijn ogen zijn gesloten en hij haalt nog maar erg oppervlakkig adem.

Ik leg zijn hoofd voorzichtig op mijn schoot en sla zacht tegen zijn wang: 'Wakker blijven, Lucas, wakker blijven. Ze komen je zo helpen.'

Ik weet niet of hij me hoort, want er volgt geen enkele reactie. Ik vrees het ergste.

Selena is terug met een hinkende Jean. Als blikken konden doden…

Met zijn tweeën nemen ze Lucas op en dragen hem de kamer uit. Als in trance kijk ik naar het bloedspoor dat op de grond achterblijft. Ze laten me alleen achter omdat ze toch wel weten dat ik geen kant op kan. Maar ik snap het niet. Waarom verwondt Selena Lucas als ze hem daarna gaan oplappen?

Ik zuig mijn adem in bij een volgend besef. De lege tube! Ze gaan hem opknappen, enkel zodat hij daarna kan dienen voor wat ze ook met die personen in de tubes van plan zijn. Met het beeld van een gescalpeerde Lucas in mijn gedachten ren ik door de hal, de trap af, de woonkamer door, naar de kelder toe. Ik glijd uit over een bloedplas, maar weet me nog net staande te houden. Al kan ik daarna door uitputting een week het bed niet meer uitkomen, ik moet zien waar ze Lucas heenbrengen.

# 29

In de kelder wordt de doorgang versperd door Noël.

'Laat me door!' gil ik.

Ik ben helemaal op en mijn vuisten die op zijn borst slaan, hebben niet meer kracht dan die van een baby. Noël pakt mijn handen beet en laat ze zakken.

'Manon, ze zijn hem aan het opereren. Je kunt niets doen.'

'Waarom?' Mijn stem breekt en de tranen rollen over mijn wangen. 'Waarom?'

'Kom,' zegt Noël zacht.

Hij neemt me mee naar zijn kantoor en zet me neer op een stoel, waar hij voor me hurkt. 'Het was zijn eigen keuze, Manon.'

Woedend kijk ik hem aan. 'Dat was het niet! Jullie hebben hem ontvoerd!'

'Nee, dat hebben we niet. Hij is vrijwillig meegekomen en wilde maar al te graag bij Selena zijn.'

'Leugenaar! Ze heeft hem gehypnotiseerd!'

Ik wil mijn hand opheffen om hem vlak in het gezicht te slaan, maar krijg mijn arm amper de hoogte in.

'Manon, vampiers kunnen elkaar niet hypnotiseren. Alleen bij andere soorten en mensen lukt het,' antwoordt Noël geduldig. 'Hij wist dus volledig wat hij deed.'

'Maar...'

'Dacht je dat hij van je hield? Na slechts enkele ontmoetingen?'

Natuurlijk dacht ik dat niet! Nou ja, ik hoopte het ergens wel.

'Nee,' breng ik uit.

'Hij wilde je enkel om je bloed. Zo zitten vampiers in elkaar.'

Nee! Ik wil dat niet geloven! Noël was er niet bij toen we meerdere keren de liefde bedreven. Hij heeft niet gezien hoe Lucas naar me keek, niet gevoeld hoe zacht zijn handen mijn huid aanraakten.

'Iemand zal hem missen en op zoek gaan naar hem,' zeg ik strijdlustig.

'Nee, Manon. We hebben gecheckt of hij levende familieleden heeft of goede vrienden. De paar familieleden die we gevonden hebben, wonen allen in het buitenland en met hen heeft Lucas nooit contact.'

'Wat gaan jullie met hem doen?'

'In een tube stoppen. Het kan niet anders. Nu hij jou gezien heeft...'

'Maar dat deden jullie opzettelijk,' schreeuw ik uit. 'Selena liet haar deur openstaan zodat ik hem wel moest zien.'

'Ja, en daarmee tekende je zijn doodvonnis. Je mag me dankbaar zijn.'

'Dankbaar? Dankbaar? Hoe durf je!'

'Selena wilde hem doden, maar ik heb besloten dat hij te belangrijk is en dankzij mij zal hij blijven leven.'

Noël legt een hand op mijn bovenbeen. Ik gruw ervan, maar heb de kracht niet hem weg te slaan.

'Kom, laten we ontbijten.'

Noël staat op en gaat aan zijn bureau zitten. Ik zie nu pas dat er croissants, vers sinaasappelsap en een kan koffie zijn. Alsof ik nog een hap door mijn keel krijg. Ik kan alleen maar denken aan die arme Lucas die meer dood dan levend in een tube zal verdwijnen. Oké, hij heeft dan misschien wel vrijwillig het bed van Selena gekozen, maar het was nu niet zo dat we al een vaste relatie hadden. Het doet me pijn, uiteraard doet het me ontzettende pijn, maar toch kan ik geen aanspraak op hem maken of hem iets kwalijk nemen. Daarbij, zelfs al zou hij me bedrogen hebben, dan nog verdient hij het niet om te eindigen in een buis.

'Tast toe,' zegt Noël vrolijk, alsof er niets gebeurd is.

'Ik heb geen honger,' breng ik met opeengeklemde kaken uit.

'Tut tut tut, dat is niet gezond. Je moet eten, zeker als je morgen klaar wilt zijn voor het huwelijk.'

Noël neemt een croissant en smeert op de onderkant een laagje boter.

'Zelfs al bind je me vast of houd je me onder schot, ik zal nooit de woorden 'Ja, ik wil' zeggen. Nooit!'

'Wees daar maar niet zeker van.' Dan kijkt Noël me zo angstaanjagend aan dat ik een ijskoude rilling over mijn ruggengraat voel. 'Tenzij je wilt dat je vriendje het niet overleeft.'

'Hij is dood als hij in een tube wordt gestopt. Zijn leven is dan zo goed als voorbij.'

'Aan jou de keuze.' Smakelijk neemt hij een hap van de croissant. 'Hm, perfect gebakken.'

Ik heb zin om die croissant in zijn reet te douwen en de kan hete koffie aan de andere kant leeg te gieten.

Noem me naïef, maar ik denk niet dat ze Lucas gaan doden. Volgens mij is hij waardevoller in een tube, wat ze daarmee ook doen. Lucas is een anderssoort, net als de overige slachtoffers. Misschien heeft Noël wel een soort ziekelijke hobby in de vorm van het verzamelen van anderssoorten. Maar waarom dan die gescalpeerde hoofden?

Alsof hij mijn gedachten kan lezen, zegt Noël: 'Als je me huwt, zal ik al je vragen beantwoorden en ik beloof je dat we dan Lucas vrijlaten.'

Ik geloof er geen woord van, zijn glimlach komt te vals over.

'Je gelooft me niet? Waarom niet? Heb ik ooit mijn woord gebroken?' Hij brengt het kopje koffie naar zijn lippen en nipt ervan. De manier waarop hij zijn pink daarbij omhooghoudt, bezorgt me de kriebels.

'Vertrouwt een muis een slang?' zeg ik.

Quasi verbaasd trekt hij zijn wenkbrauwen op. 'Zie je me zo?'

'Een schattig, donzig konijntje past niet echt bij je daden.'

Hij schatert het uit, alsof ik net een leuke mop heb verteld.

'Waarom vertel je me niet alles? Misschien dat ik je dan huw.'

'Manon, Manon, meisje toch. Ik ben niet zo machtig en rijk geworden door een gebrek aan intelligentie.'

'Wil je hun gaven stelen of zo? Is het daarom dat ze gescalpeerde koppen hebben? Pik je hun hersens?'

'Eet nou iets.' Hij klinkt al minder vriendelijk. Blijkbaar heb ik een gevoelige snaar geraakt of kom ik te dicht bij de waarheid.

'Denk je misschien dat je Frankenstein bent?' ga ik door.

'Ik stuur je zonder eten naar je kamer,' dreigt hij.

'Hoe oud denk je dat ik ben? Zes?'

'Misschien ga je zelf liever een tube in, dan een luxeleven aan mijn zijde.'

Intussen eet hij rustig door en zo welgemanierd dat het op mijn zenuwen werkt.

'Ik wil het eerst weten! Steel je hun hersens? Het gebied waar hun gave zit?'

'Wie zegt dat zoiets mogelijk zou zijn? Hersenchirurgie is een zeer jonge wetenschap.'

Ik schokschouder. Ik zou het werkelijk niet weten. Maar met de nodige financiële middelen kan alles volgens mij.

'Trouwens, wie kan garanderen dat als je de hersens van iemand anders in je hoofd transplanteert, je dan je eigen herinneringen en persoonlijkheid niet kwijt bent?'

'Wil je me dood vervelen met een wetenschappelijke discussie?'

'Nou? Je bent niet dom. Antwoord dan. Of durf je niet?' Noël kijkt me onbewogen aan.

'Ik ben geen hersenchirurg, noch een theosoof. Maar wat denk jij?' vraag ik.

Misschien dat door met hem mee te praten, hij eindelijk wat meer loslaat over de bedoeling van die tubes.

'Ik denk dat het afhankelijk is van welk deel van de hersens je verwijdert. Nog steeds geen honger?'

Ik schud mijn hoofd. Zeker niet nu we het over hersens hebben. *Jakkes.*

'Goed, om je te bewijzen dat ik het beste met je voorheb en dat het allemaal niet zo erg is als het eruitziet, zal ik een tipje van de sluier oplichten.'

Ik wacht geduldig af. De geur van de croissants beginnen me danig te verleiden. Maar als ik er alleen nog maar aan denk iets in mijn mond te stoppen, begint mijn braakreflex al te werken.

'Ik doe hier aan onderzoek. Een dokter werkt voor me en hij krijgt er een gigantisch bedrag voor betaald. Ook voor zijn geheimhoudingsplicht uiteraard.'

'Onderzoek, hè. Naar anderssoorten veronderstel ik?'

'Dat heb je juist.'

'En waarom?'

'Omdat het nooit eerder gedaan is en omdat ik wil weten hoe het komt dat de anderssoorten als zijtak geëvolueerd zijn. Waarom hebben niet alle mensen die gaven?'

'Waarom zijn niet alle aapachtigen tot mensen geëvolueerd?'

'Daar zeg je het. Ik wil weten waar die gaven zich in de hersens bevinden.'

'En dan?'

'Dan weet ik het, dat is voldoende.'

Hij spreekt de waarheid volgens mij, maar verzwijgt evenveel.

'Waarmee spuiten jullie me om de zoveel tijd in? Waarom kan ik dan niet vervormen?'

'Goede vraag.' Hij veegt zijn mond af, al zie ik niets zitten, kruist zijn handen voor zich en leunt achterover in de stoel. 'We zijn al zover dat we ontdekt hebben hoe we de gaven kunnen onderdrukken. En dat geldt voor alle soorten. Het is eigenlijk vrij simpel.'

Hij pauzeert en stelt mijn geduld op de proef. Prima, ik heb alle tijd. Waar moet ik anders heen?

Dan tikt Noël met zijn wijsvinger op zijn achterhoofd. 'Het hormoon en neurotransmitter adrenaline.'

'Dat vrijkomt bij stress, angst en woede?'

'Tien op tien.' Hij glimlacht tevreden, alsof we in een klaslokaal zitten. 'Het wordt vrijgemaakt in de bijnieren en de hypofyse en deze laatste ligt vlakbij de hersenstam. Adrenaline versterkt de gave van anderssoorten, maar ligt niet aan de basis ervan. Met een lichte dosis van benzodiazepine, een slaapmiddel, onderdrukken we de adrenaline en noradrenaline.'

'Laat me eens raden. Onze gave wordt geregeld in de hypofyse?'

'Bijna.' Hij is duidelijk in zijn nopjes en grijnst van oor tot oor.

'De hersenstam?'

'En weer tien op tien. De hersenstam is het oudste gedeelte van de hersens. Dit deel is net iets anders geëvolueerd bij anderssoorten dan bij mensen.'

'En dat deel ga je transplanteren in jouw hoofd?'

In plaats van antwoord te geven, staat hij op. 'Genoeg voor nu. Ik wil even rusten en heb daarna nog werk te doen. We zien elkaar deze avond weer. Er ligt een nieuwe jurk voor je klaar.'

# 30

Wat moet ik in 's hemelsnaam een hele dag in een kamer doen zonder enige vorm van entertainment? De muren komen zo langzamerhand op me af en ik heb zin om het uit te schreeuwen. Daar komt nog bij dat ik het me danig beklaag dat ik toch niet iets heb gegeten. Mijn misselijkheid is over, maar in plaats daarvan is er nu een gigantisch gat in mijn maag dat knort om gevuld te worden.

Ik bekijk de jurk die op het bed ligt. Weer een exemplaar dat rijkdom en exclusiviteit uitstraalt. De stof is zo zacht dat het tussen mijn vingers glijdt.

Ik kan hier niet nog een dag blijven. Onmogelijk. Het lijkt me niet waarschijnlijk dat het me lukt om iedereen uit die tubes te bevrijden en dan met zijn allen vrolijk naar buiten te wandelen. In mijn eentje lukt het me niet, dat heb ik intussen door.

Hier blijven, enkel om meer te weten te komen over zijn bedoelingen met de anderssoorten, komt me nu over als zelfmoord. Ik vertrouw Noël niet, volgens mij kan hij net zo veranderen in persoonlijkheid en opvattingen als Dr. Jekyll en Mr. Hyde. Er sluimert continu een laagje krankzinnigheid onder zijn welgemanierdheid en controle.

Tijdens ons laatste gesprek stond ik op het punt hem te vragen naar twintig mei, maar nu ben ik blij dat ik dat niet gedaan heb. Intuïtief voel ik aan dat het beter is en dat ik zo een troef achterhoud.

Ik ga voor het raam staan en kijk de tuin in. De omheining van het domein is nergens te zien, dus ligt het behoorlijk ver af van het huis. De honden zijn eveneens nergens te bespeuren, maar ik veronderstel dat ze bij het minste geluid ergens vandaan schieten.

Even testen om mijn verveling te doorbreken. Ik zit dan wel op de eerste verdieping, maar dat verschil zullen de honden wel niet horen, veronderstel ik. Zacht, want mijn spierkracht is nog steeds niet optimaal, tik ik op het raam. Geen beweging. Ik probeer het iets harder, wat me veel moeite kost.

Aha, twee zwarte vlekken verschijnen tussen het struikgewas en lijken wel te zweven over het plantsoen, zo snel zijn ze. Ze maken geen enkel geluid, maar hun platte oren en rechtopstaande haren vertellen me genoeg over hun gemoedstoestand.

Kon ik nu maar vervormen, verdorie. Of een pistool bemachtigen. Gefrustreerd leun ik met mijn voorhoofd tegen het raam. Ik wil het bijna opgeven. Alles maar laten komen zoals het komt. En dan schiet het huwelijk me weer te binnen.

Nee! Ik moet hier weg en het moet voor morgen. Ik heb geen idee hoe Noël me denkt te kunnen dwingen hem te huwen, maar hij is sluw genoeg om het zover te krijgen. Misschien zit daar de mogelijkheid. Op welke wijze zou hij me het jawoord kunnen laten geven? *Denk, Manon, denk.*

Ik ga op het bed zitten en laat me plat op mijn rug vallen. Starend naar het witte plafond laat ik mijn hersens rammelen. Uiteraard zou ik met hem huwen wanneer hij dreigt om Lucas de doodsteek te geven. Er is altijd een kans dat hij een verblijf in een tube overleeft, al moet hij dan wel zijn hersens kunnen behouden. Nu ik vermoed dat Noël stukjes hersens bij de anderen weghaalt, vrees ik dat hun levens niet meer gered kunnen worden, tenzij ze als een plant verder willen gaan. Ik denk ook dat hij Lucas liever gebruikt als proefkonijn dan hem gelijk te vermoorden. Het lijkt me niet dat er zoveel anderssoorten voor het grijpen zijn die zonder op te vallen kunnen verdwijnen naar zijn kelder.

En dan schiet het antwoord me te binnen. De duivel! Ed, of hoe hij ook heet. Hij kan uiteraard mijn gedachten manipuleren. Me laten denken dat ik Noël wil huwen. Verdorie, hij kan me zelfs overtuigen dat ik verliefd ben op Noël. *Gatver.* Daarna ben ik gewoon een slaafje voor Noël, overgeleverd aan zijn grillen en eisen. Ed kan dit zelfs dagelijks hernieuwen, zorgen dat de hersenspoeling niet uitgewerkt raakt. En ik heb geen Diedie om mijn hoofd af te schermen. Nu begrijp ik waarom het huwelijk pas morgen zal plaatsvinden. Ed is nog herstellende van de messteek die ik hem toebracht.

De paniek overvalt me met een verwoestende kracht. Mijn vecht- en vluchtreactie lijken het over te nemen, neigend naar hyperventilatie, en mijn hersens draaien op volle toeren. Tegelijkertijd voel ik me razend. Razend om het feit dat Noël een laffe truc als dat zou gebruiken om me aan zich te binden en ik er niets tegen kan beginnen.

Wat er dan gebeurt, had ik zelf moeten kunnen voorzien. Doordat angst en woede elkaar afwisselen en versterken, ontsnapt de onderdrukte adrenaline en raast het door mijn lijf heen. In enkele seconden tijd begin ik te transpireren en sneller te ademen.

Natuurlijk! Ik kijk naar mijn handen die zich vervormen tot boombladeren. *Ja, het lukt! Blijf boos, Manon, blijf bang en boos. Denk aan Lucas in het bed van Selena en hoe ze je aankeek. Denk aan die arme mensen in die tubes, de gewonde Lucas, Noël met zijn obsessieve gemeenheid, de onmenselijke Dok Jean.*

Terwijl ik aan het vervormen ben, voel ik hoe het slaapmiddel wordt verdreven door de adrenaline. Alsof het ene leger over het andere marcheert en plet. Ik word kletsnat van het zweet, maar blijf me concentreren op verschrikkelijke en kwaadmakende beelden. Ik visualiseer het verdwijnen van het slaapmiddel, hopend dat ik het proces daardoor versnel.

Ik laat mezelf nu vervormen in mist. Dat is mijn enige ontsnappingsmogelijkheid. Het lukt met mijn handen, armen en dan mijn hoofd.

Verdorie, de camera's! Het vervormen stopt. Ik besef dat Noël me vertelde dat hij een dutje ging doen en dat er dus waarschijnlijk niemand mijn kamer bekijkt. Maar eigenlijk vind ik de gedachte dat ik moet opschieten juist goed. Op die manier zet ik nog meer de adrenaline aan tot overwinnen. En inderdaad, het vervormen hervat en als laatste veranderen mijn voeten in mist.

De spleet onder de deur is groot genoeg om mij erdoorheen te krijgen en al snel zweef ik in de hal. Nu maar hopen dat ik beneden ergens een kier vind die me door kan laten. Ik glijd over de trap naar beneden, waar niemand aanwezig is, meteen naar de ramen toe.

De eerste moeilijkheid begint. Waar ik ook probeer, de ramen zitten potdicht en kunnen zelfs niet geopend worden. Nergens aan beide kanten van het huis vind ik een opening bij de ramen die me door kan laten.

Waar zit de voordeur? Het lijkt wel een huis uit een nachtmerrie. Zouden ze via de kelder een doorgang naar buiten gemaakt hebben? Ik zou het anders niet weten. De kelder lijkt me echter een te groot risico om langs te ontsnappen.

Ik kijk om me heen en zie dan de keuken. De afzuigkap!

Ik snel erheen. Ook hier hebben ze de afvoer van de spoelbak dichtgekit. Nou ja, blijkbaar wordt de keuken toch nooit gebruikt. En hoera! Ze hebben er niet aan gedacht om de afzuigkap te verzegelen. Hoogst eigenaardig, maar het kan me niet schelen.

Een paar seconden later hang ik in de buitenlucht. Ik kan het amper geloven. Vrij!

Als een wolk vlieg ik over de tuin heen, de honden ver beneden me. In mist vervormen is wel handig, maar het kost ontzettend veel energie. Die raakt nu sneller op dan gewoonlijk omdat er toch nog restjes van het slaapmiddel door mijn bloedbaan stromen. Ik moet dus gauw naar beneden, maar het domein is groter dan ik dacht. Een uitgestrekt veld en daarna een bos met voornamelijk sparren, waar geen eind aan lijkt te komen.

In de verte zie ik eindelijk de omheining. Net als een stilvallende motor begint mijn lijf te protesteren en te pruttelen. *Ik haal het niet! Verdorie, ik haal het niet!*

Vijf meter voor de omheining laat ik me zakken tot op de grond en dat was net op tijd. Automatisch begint mijn lichaam te vervormen naar de menselijke staat. Hijgend zit ik op mijn knieën bovenop een laagje prikkende sparrennaalden. Ik stink een uur in de wind, mijn shirtje en zelfs mijn jeans zijn doornat. Mijn haren plakken aan mijn voorhoofd vast en mijn hart bonkt zo hard dat het lijkt alsof het elk moment door mijn borst kan schieten.

Na ongeveer een minuut kijk ik op. De omheining lonkt naar me en ik moet opschieten. Ik stop mijn wijsvinger in mijn mond en steek hem daarna in de lucht. De wind staat redelijk goed, de honden zullen mijn zweet niet meteen ruiken. Hoop ik. Zo snel als ik kan, loop ik naar de omheining die uit een betonnen muur bestaat van zo'n drie meter hoog. Onmogelijk om daar overheen te klimmen en de bomen staan er net te ver vandaan.

Kwaad kijk ik naar de muur en overdenk wat ik kan doen. Ik mag het niet opgeven, niet nu ik al zo ver ben. De volgende keer zal het me niet lukken, dan geven ze me een dubbele dosis om mijn adrenaline onder controle te houden.

Langs de muur lopen en zoeken naar een opening komt me te omslachtig over. Tegen dan hebben die honden mijn geur al lang geroken. Dan hoor ik ze blaffen. *O nee, o nee.* Als de honden alarm hebben geslagen, dan zal Selena er ook snel zijn.

*Het moet nu gebeuren, Manon. Je bent sterker dan je denkt,* pep ik mezelf op. *Veel sterker dan je denkt.* Met samengeknepen ogen concentreer ik me en voel hoe mijn armen langer en dunner worden. Wanneer ik de bovenkant van de muur voel, open ik mijn ogen.

Het geblaf wordt luider, de honden komen dichterbij.

Met mijn laatste krachten trek ik mezelf op en dreig ieder moment het bewustzijn te verliezen. Maar de hoop op vrijheid geeft mijn doorzettingsvermogen een enorme boost.

Bovenop de muur hoor ik, naast de grommende honden, een stem mijn richting opkomen. Selena natuurlijk.

Ik spring niet naar beneden, maar laat me vallen. Pijnlijk hard kom ik in een gracht terecht. Het zal me behoorlijk wat blauwe plekken opleveren bij mijn collectie. Als ik maar niets gebroken heb. Er staat maar een klein laagje water in de gracht, maar het is er ontzettend vies door het afval en ondefinieerbare blubber.

De honden en Selena klinken erg dichtbij, maar ik heb echt niets meer over. Het is te laat. Ze zullen me hier vinden, leeg en uitgeput. Een traan rolt uit mijn ooghoek, ik voel me immens miserabel.

Dan hoor ik een auto dichterbij komen. Beseffend dat de kans klein maar tevens mijn laatste is, kruip ik uit de gracht. Mijn handen klauwen in de modder. Ik slip en glijd weer in de gracht. Aan het geluid te horen bevindt de auto zich maar op een tiental meter afstand. De honden zijn bij de omheining aangekomen, ik hoor ze dichtbij grommen, alsof ze naast me staan.

Het lukt me uiteindelijk uit de gracht te kruipen en naar de weg toe. Daar blijf ik midden op straat liggen, met het risico overreden te worden. Dan is het maar zo. Ik verlies het bewustzijn.


Ik word wakker met een verschrikkelijke koppijn en misselijkheid. Even ben ik gedesoriënteerd en weet ik niet waar ik me bevind. Ik lig op een zachte ondergrond en hoor muziek.

Het huis van Noël! Ze hebben me gevonden!

Ik open mijn ogen en zie niet, zoals ik verwacht, mijn slaapkamer, maar voorbijzoevende wagens. Verbaasd kijk ik om me heen. Ik bevind me in een auto en naast me zit een man.

'Hallo, dame,' zegt hij vriendelijk glimlachend. Hij praat Nederlands, maar met een vreemd accent, een beetje Duitsachtig.

'Euh… hallo,' zeg ik.

'Je bent weer beter, zie ik. Maar ik breng je toch maar even naar een ziekenhuis.'

Ik wrijf in mijn ogen en recht me. 'Heb je me gevonden op straat?'

'Ja, je lag daar nogal gevaarlijk, dus heb ik je opgepikt. Oké?'

'Natuurlijk, dank je wel.'

Ik kan de man wel zoenen! Er zijn dus toch nog behulpzame mensen in deze wereld. *Halleluja!*

Ik kijk achter me en zie tot mijn grote tevredenheid dat we het heuvelland verlaten hebben en een bebouwde kom inrijden.

'Je hoeft me niet naar een ziekenhuis te brengen, ik ben in orde. Ik moet dringend naar huis.'

'En waar is je huis?' vraagt hij.

'Jabbeke.'

'Jabbeke? Waar ligt dat?'

'Waar zijn we hier?'

'Büllingen.'

Ah, vandaar het Duitse accent. We zijn nog steeds in België, maar dan in de Oostkantons. Daarom stond het huis van Noël zo afgelegen, dat kan alleen in dit gedeelte van België. Ik schat mijn redder rond de vijftig jaar, met zijn kalend hoofd met grijs haar en een bierbuikje. Zijn blik is uiterst zachtaardig en wanneer hij glimlacht, verschijnen er kuiltjes in zijn wangen die hem een guitige uitstraling geven.

'Jabbeke ligt in West-Vlaanderen. Als je me op een trein kan zetten, zou ik je erg dankbaar zijn.'

'Meisje,' zegt de man. 'Het lijkt alsof je net uit een oorlogszone komt. Volgens mij kan je het nog niet aan alleen een trein te nemen.'

Ik bekijk mijn kleren. Die zien er inderdaad vuil uit en vertonen hier en daar kleine scheuren. In het spiegeltje zie ik mijn afgetobde gezicht dat onder de smerige vegen zit en mijn handen zitten vol met schrammen.

Ik zucht. 'Je hebt gelijk.'

'En heb je wel geld bij je?'

'Nee, dat ook niet.'

'Wat deed je daar eigenlijk zo ver van huis?'

'Ik…' Ik weet niet wat ik de man moet vertellen. Als ik de waarheid zeg, wil hij me natuurlijk zo snel mogelijk naar een politiekantoor brengen. Dan gaan ze naar het huis en hoewel ik niets liever zou zien dan Noël en zijn trawanten achter tralies, zal de politie de tubes ontdekken met de anderssoorten. Dat alleen is nog geen ramp. Aan het uiterlijk kan niemand zien dat het anderssoorten zijn. Waar ik wel bang voor ben, zijn de dossiers over ons waar alle informatie uitgebreid in staat vermeld.

'Ik herinner het me niet,' lieg ik dan maar. 'Mijnheer, ik garandeer je dat je uitvoerig beloond zal worden indien je me naar huis brengt.'

De man schokschoudert. 'Natuurlijk doe ik dat, meisje. Ik heb zelf een dochter en als zoiets haar zou overkomen, zou ik willen dat iemand zo vriendelijk is.' Hij glimlacht me warm toe. 'Wees gerust. Jabbeke, zei je?'

'Ja, gewoon de snelweg volgen tot aan Oostende. Tussen Oostende en Brugge zie je een afslag voor Jabbeke.'

'Slaap maar nog een beetje. Wil je iets te eten?'

Ik heb honger, zeker weten, maar ik heb meer behoefte aan slaap, dus schud ik mijn hoofd.

'Ik maak je wel wakker wanneer we bij Jabbeke aangekomen zijn. Ik bel intussen even mijn vrouw, want die weet graag waar ik uithang.'

'Dank je,' zeg ik en glimlach hem warm toe.

Hij knipoogt en kijkt dan weer voor zich.

Hoewel ik de man niet ken, heb ik me in dagen niet zo veilig gevoeld. Hij komt me betrouwbaar voor en ik denk niet dat hij slechte bedoelingen heeft. Bovendien zou ik me nu niet meer kunnen verdedigen en kan ik niets anders doen dan mijn ogen weer sluiten. Meteen ben ik onder zeil.


'Dame.'

Iemand port aan mijn schouder. Langzaam open ik mijn ogen.

'We zijn er. Waar woon je precies?'

We staan aan de kant van een weg, vlakbij mijn huis. Een siddering van opluchting voert door me heen. Ik knipper met mijn ogen om ze te laten wennen aan het felle daglicht.

'De eerste straat rechtsaf en dan weer rechtsaf.'

De man zet de wagen in de eerste versnelling en voegt zich in het verkeer. 'Voel je je beter?'

'Nogal, ja, bedankt dat je me liet slapen.'

Hij wuift mijn bedanking weg.

'Waar was ik toen je me vond?'

'Je bedoelt welke straat?'

'Ja.'

'Holzheim, Büllingen.'

Ik prent het adres in mijn geheugen. 'Hier rechtdoor blijven volgen, mee met de bocht.'

'Oké.'

De hoge bomen aan weerszijden van de weg die amper het zonlicht doorlaten en de immense woningen hebben me nog nooit zo welkom doen voelen als vandaag. Mijn hemel, wat ben ik blij dat ik thuis ben!

'Stop hier maar voor dit hek,' zeg ik wijzend.

De man draait in en zet de wagen stil.

Ik spring uit de wagen, weer een en al energie, en druk op de videofoon. Deze klikt meteen aan, alsof Diedie ernaast stond te wachten.

'Manon!' gilt ze.

Ik kan haar niet zien, maar zij mij uiteraard wel. Ik grijns breeduit en hoor het hek openklikken. Nog geen twee seconden later vliegt Diedie me om de hals. Ze knijpt zo hard dat ik amper adem kan halen en ik hoor haar zacht snikken.

'Mijn kleine meid, mijn kleine meid,' zegt ze onophoudelijk.

Ik trek me niet los uit de omhelzing, geniet er veel te veel van. Diedies bloemige parfum snuif ik diep op en ik zou hier wel uren kunnen blijven staan. Dan hoor ik Jabars stem.

'Manon!'

Ook hij slaat zijn armen om me heen en met zijn drieën blijven we daar een poosje staan. Tot ik me realiseer dat die vriendelijke man nog in zijn wagen zit.

'Jabar, Diedie, er zit daar iemand te wachten.'

Langzaam laten ze me los en kijken waar ik naar wijs. Dan zien ze de man zitten die ons tafereeltje blijkbaar ontroerend vond, want ik zie tranen op zijn wangen glinsteren.

'Hij heeft me gered, Jabar.'

'Ik begrijp het.'

Jabar loopt naar de wagen en bukt voor het raam. Ze wisselen een paar woorden en dan grijpt Jabar in zijn broekzak waar hij zijn portefeuille uithaalt. De man schudt heftig zijn hoofd en weigert blijkbaar om het geld aan te nemen. Jabar blijft echter aandringen en met zichtbare tegenzin neemt de man het aan.

Ik loop naar hen toe en in een opwelling omhels ik de man door het bestuurdersraampje heen.

'Ik zal nooit vergeten dat je me gered hebt.'

De man grinnikt. 'Geen dank, meisje, let goed op jezelf.'

'Jij ook. Kom goed thuis.'

Hij knipoogt en rijdt dan achteruit de straat op.

Ik kijk hem na tot hij volledig verdwenen is. Mensen zoals hij maken de wereld goed en laten je vergeten wat voor slechts er rondkruipt.

Ik draai me om en zie Jabar en Diedie naar me kijken alsof ik teruggekomen ben uit het dodenrijk.

'Ik heb jullie heel wat te vertellen,' zeg ik. 'Maar eerst wil ik een heerlijke Diedie maaltijd.'

Onmiddellijk draait Diedie zich om. 'Komt eraan!' roept ze en holt het huis in.

Jabar en ik volgen haar arm in arm.

## 31

Het voelt zo goed weer thuis te zijn. Drie hele dagen ben ik wegge-weest, maar het lijken wel drie maanden. Ik heb net mijn buik zo volgegeten dat hij op ontploffen staat en tussendoor het hele verhaal verteld. Jabar en Diedie hebben me amper onderbroken.

'Meisje toch, wat verschrikkelijk allemaal,' zegt Diedie terwijl ze mijn bord wegneemt. 'We zijn zo trots op je! Zo ongelooflijk trots.'

'Het viel wel mee. Het is veel erger voor die anderssoorten in die tubes.'

'Ik kan me niet voorstellen dat hij ze enkel wil bestuderen. Er moet meer achter zitten,' zegt Jabar peinzend.

'Dat dacht ik ook. Toen ik begon over hersentransplantatie meende ik toch enige reactie van zijn kant te zien.'

'We moeten ze gaan redden!' roept Diedie uit. Ze opent de vaat-wasser en stopt er mijn bord in.

'Niets overhaasten,' zegt Jabar. 'Natuurlijk gaan we ze niet aan hun lot overlaten.'

'Als Noël had geweten dat hij me zou helpen door te vertellen over die adrenaline- onderdrukkers, dan had ik daar misschien nog steeds vastgezeten,' zeg ik.

'Iedereen maakt fouten, zo zie je maar.' Diedie streelt mijn wang en kijkt me liefdevol aan.

'Zal Noël niet verhuizen nu ik weet waar hij woont?' vraag ik.

'Het lijkt me niet,' antwoordt Jabar. 'Een heel laboratorium ver-huizen is niet zo eenvoudig. Het lijkt me aannemelijker dat hij de be-waking versterkt of achter ons aankomt.'

'Dan moeten we ons voorbereiden!' Ik spring al op van mijn stoel.

'De beste verdediging is de aanval,' zegt Jabar rustig. 'Oded komt er zo aan. Met zijn vieren zijn we sterker. Als ik het goed begrepen heb, heeft Noël enkel een duivel en een vampier die voor hem werken?'

'En die vervormer, maar die heb ik niet gezien in het huis. En dan natuurlijk de Dok, al denk ik niet dat we van hem veel te duchten hebben, behalve misschien een pistool.'

'De honden niet vergeten.'

'Laat die maar aan mij over,' zeg ik strijdlustig. 'Weet je, als ik die duivel niet had verwond, dan was ik waarschijnlijk al getrouwd met Noël.'

'Ik vraag me af wat daarachter zit,' zegt Diedie. 'Wat moet zo'n oude man nu met zo'n jong ding?' Ze trekt een grimas van walging.

'Het lijkt me dat hij het als wraak zag. Ik heb hem zijn liefde ontnomen, dus wilde hij iemand bij me wegnemen die me dierbaar is,' zegt Jabar.

'Waarom vermoordde hij me dan niet? Eenvoudiger en sneller.'

'Omdat jij als zijn vrouw en slaaf zijn ego en machtspositie veel meer versterkt dan als je dood bent.'

'Gelukkig hebben jullie de politie niet gewaarschuwd,' zeg ik. 'Als ze die dossiers hadden gevonden…'

'We stonden op het punt,' zegt Jabar. 'We dachten dat het je niet meer zou lukken om te ontsnappen. En alsof Noël het aanvoelde dat we de politie zouden contacteren, kregen we een brief in de bus, samen met die verschrikkelijke foto, waarin stond dat je nog steeds leefde en we binnenkort zouden vernemen wat er van ons verwacht werd. We vermoedden al dat Noël je verdoofd hield. En dan hadden ze nog de nummerplaat van die bestelwagen afgeplakt zodat Oded die niet kon doorgeven. We hebben opgezocht welke bedrijven van Noël zijn en zijn ze subtiel gaan onderzoeken. Oded las hun gedachten, maar ze konden ons niets vertellen. Nergens vonden we een thuisadres.'

'Toch heb ik het gevoel dat er meer achter al dat gedoe zit. Ik bedoel die tubes. Noël praatte alsof hij al wist hoe hij de gaven van anderssoorten kon pikken. Als we niet snel zijn, dan laat hij de operatie op zichzelf uitvoeren.'

'Dat denk ik niet. Hij weet dat we ieder moment zijn huis kunnen binnenstormen,' zegt Jabar. 'Tijdens en na een operatie is hij te kwetsbaar.'

'Jabar, die laatste archiefkast die Manon opende, met die namen op de verder lege dossiermappen. Zouden we die niet even nagaan?' stelt Diedie voor. Ze gaat weer aan tafel zitten.

'Herinner je je een naam?' vraagt Jabar aan me.

'Het waren over het algemeen vreemde namen. Buitenlands en dus moeilijk te onthouden.'

Ik doe mijn best de dossiers voor me te zien, maar kan me geen naam voor de geest halen. Verdorie, had ik nu maar beter opgelet, maar ik heb nu eenmaal een slecht geheugen.

'Ik weet het niet meer. Eén zag er Arabisch uit, een ander Russisch, een andere Spaans of zo. Ik weet het echt niet meer, sorry.'

'Oded kan het achterhalen,' zegt Jabar dan.

'Wat kan ik... Godallemachtig! Manon!'

Voor ik nog maar doorheb dat Oded binnengekomen is, omhelst hij me al.

'Oded,' giechel ik. 'Je plet me nog.'

'Liever een geplette Manon, dan geen Manon,' zegt hij met een gebroken stem. Hij laat me los en kijkt me schuldig aan. 'Ik heb mezelf nog nooit eerder zo gehaat als de laatste dagen, mezelf zo donkerbruin vervloekt. Je werd voor mijn neus meegenomen en ik deed niets.'

Ik leg een hand op zijn bovenarm. 'Je kon niets doen, Oded, het ging te snel.'

'En toch... verdorie, en toch...'

Nu omhels ik hem en streel zijn rug. Ik moet opletten, want Piep zit op zijn schouder en het beestje lijkt het moeilijk te hebben om zijn evenwicht te bewaren. 'Het is goed, Oded, werkelijk. Ik neem je absoluut niets kwalijk.'

Hij houdt me op een afstandje en bekijkt me aandachtig. 'Wat hebben die geplukte klootzakken met je gedaan?'

'Dat gaan Diedie en ik je vertellen, Oded. Misschien wil Manon nu eerst even douchen.'

'O, vind je mijn nieuwe zwerverslook dan niet mooi?' grap ik. 'Maar ik heb inderdaad enorm behoefte aan een goede, lange, hete douche en dat zonder pottenkijkers deze keer.'

'Pottenkijkers?' vraagt Oded.

Ik ga op de toppen van mijn tenen staan, geef hem een zoen op de wang en loop dan naar mijn kamer toe, al roepend: 'Ik heb jullie allemaal verschrikkelijk gemist.'


Even later ben ik een nieuwe mens of weer de oude Manon. Alle lichamelijke, maar ook mentale vuiligheid van me afgespoeld. Een frisgewassen bloes, schoon ondergoed en een kraaknette jeans. Ik kan er weer helemaal tegen.

Wanneer ik naar de keuken loop, hoor ik Oded zeggen: 'Wat een ongelooflijk beschimmeld monster!'

'Manon denkt dat die buitenlandse namen belangrijk zijn. Ik ben het ermee eens. De dossiermappen waren leeg en niet zoals van die anderssoorten vol met gegevens van die personen,' zegt Jabar.

Ik kom de keuken in waar ze alle drie nog steeds rond de tafel zitten en schuif aan.

'Kan jij in mijn gedachten kijken en die namen eruit pikken?' vraag ik. 'Ik kan me er geen enkele meer herinneren.'

'Dat kan ik,' zegt Oded twijfelend. 'Maar ik vind het niet prettig. Het is een inbreuk op je privacy en ik kan ook andere gegevens tegenkomen die jij liever voor jezelf houdt.'

'Dat is nu niet van belang. We moeten weten wat Noël nog meer van plan is en zo snel mogelijk die mensen bevrijden.'

Oded knikt, hij heeft door dat mijn besluit vaststaat. 'Blijf ontspannen zitten en ik doe de rest.'

Ik sluit mijn ogen, niet dat het van belang is, maar het lijkt me gewoon meer passen. Ik voel de welbekende tinteling, alsof er mieren over mijn hersens kruipen. Het duurt toch zeker enkele minuten voor Oded zegt: 'Oké, het is gelukt.'

Ik open weer mijn ogen. 'Wat zag je?'

'Een boel.' Oded grijnst.

Ik geef hem een por. 'Kom op, ik bedoel, heb je de dossiers gezien, de namen?'

'Uiteraard!' Hij werpt ons een trotse blik toe. 'Ik ben goed! Ik ben zelfs uitstekend!'

'Genoeg zelfophemeling,' zegt Diedie glimlachend. 'Geef ons de namen.'

'Hoeveel wil je er?'

'Laten we gelijk naar de zolder toegaan,' stelt Jabar voor. 'Dan kunnen we de namen googelen.'


Even later zitten we allen rond de computers.

'Begin met Nikita Dimitrief,' zegt Oded.

'Klinkt Russisch,' vind ik.

Jabar tikt de naam in. Meteen bovenaan staat: "Lijst van rijkste mensen ter wereld –Wikipedia".

'Wel, wel, kijk eens aan,' snuift Oded.

Nikita Dimitrief blijkt op nummer twaalf te staan op de ranglijst van de veertig rijkste mensen ter wereld. Niet slecht geboerd dus.

'Hé,' zegt Oded en wijst op nummer twintig. 'Dat is de Arabier. Ghalid Nabilsi.'

'Klinkt niet echt Arabisch,' meen ik.

'Toch wel, is het wel,' zegt Oded. 'En weer een rijke stinkerd dus.' Hij grijnst schaapachtig naar Jabar. 'Niet persoonlijk bedoeld, ouwe vriend.'

'Herken je nog meer namen op de lijst?' vraagt Jabar.

Oded overloopt de lijst. 'Ja, nummer negenendertig. Johanna De La Torre. Maar verder niets. Ik zag nog een naam in je herinnering: Jack Jefferson.'

'Hé, Jabar, jij staat ook op de lijst,' roep ik uit en wijs geestdriftig. Dan fluit ik. 'Nummer zeven. Nou ja, zeg, bluffer.'

Jabar kijkt me verbaasd aan.

'Grapje,' zeg ik schokschouderend.

'Jack Jefferson dus,' zegt Jabar en tikt zijn naam in.

'Die lade stak vol met dossiermappen, zeker een vijftigtal,' herinner ik me.

'Ja, maar die heb jij niet bekeken en bijgevolg kon ik ze niet zien,' verklaart Oded.

Jabar heeft intussen Jack gegoogeld en blijkbaar hoort hij dan wel niet tot de top veertig, maar hij boert niet slecht. Een grote Wall Street man die bovendien in diamanten handelt.

'Ik krijg zo de indruk dat ook de andere namen veel nullen op hun banksaldo hebben staan,' zegt Oded.

'Allemaal schatrijke mensen,' besluit Diedie. 'Wat is hij met hen van plan?'

'Ik denk dat ik het weet.'

Ze kijken me allen vragend aan.

'Het lijkt me logisch dat hij de gaven of beter gezegd de hersens aan die rijkelui wil verkopen.'

'Dat kan ik me niet voorstellen, Manon,' meent Jabar. 'Dan is het einde zoek. Een heleboel mensen zijn dan op de hoogte van onze soorten en dat kan niet lang geheim blijven.'

'Wat zou het anders kunnen zijn?' zeg ik. 'Alleen erg rijke mensen zouden zich zoiets kunnen veroorloven.'

'Ik denk niet dat de hersenchirurgie al zover gevorderd is, Manon,' houdt Jabar vol.

'Alles gaat razendsnel, hoor,' werp ik tegen.

'Wat als Manon nu eens het huis in de gaten gaat houden? Vervormd als bijvoorbeeld een vogel of zo?' suggereert Oded.

'Het moet dan een erg grote vogel zijn om mijn massa te evenaren en dat valt te veel op.'

We vallen even stil, bedenkend in welke vorm ik onopvallend het huis in de gaten kan houden.

'Een dobermann!' roep ik uit. 'In massa zal het niet zoveel schelen en misschien valt het hen niet op dat de ene hond iets groter is geworden.'

'Ik weet het niet,' oppert Jabar. 'Het lijkt me nogal gevaarlijk.'

'Ik ben het met Jabar eens,' voegt Diedie eraan toe. 'Je bent nu maar op het nippertje ontsnapt aan hen. Een tweede maal vermoorden ze je.'

'Kom op, zeg! Het is mijn werk!' roep ik te hard uit. Ik verlaag mijn stem en zeg: 'Daarvoor heb je me getraind, Jabar. En je weet net zo goed als ik dat we met zijn vieren minder kans maken als we hen aanvallen. Noël heeft nu zijn verdediging optimaal opstaan en hij verwacht dat we binnenbreken. Maar niet dat ik het alleen riskeer. Hopelijk beseft hij niet dat ik die datum heb gezien, twintig mei. Dat is morgen en misschien is het wel ontzettend belangrijk.'

Ik zie hem twijfelen, dus voeg ik er nog snel aan toe. 'Jullie blijven in mijn buurt, dichtbij. Je weet nu waar het huis is, dus. En misschien kunnen we oormicrofoontjes gebruiken, zodat we met elkaar in verbinding blijven.'

'Oké, stel dan dat we een hond verdoven en jij zijn plaats inneemt. Zal die andere hond je niet aanvallen?'

'Neuh, hij zal het proberen. Maar ik denk het niet omdat ik een teefje zal zijn. Ik weet hoe ik een mannetje moet aanpakken, wees maar gerust.'

'En dan? Die honden komen dat huis toch niet in,' zegt Diedie. Ik zie de bezorgde blik in haar ogen. Ze wil me liever niet laten gaan.

'Ik houd alleen maar het huis in de gaten. Even checken wat ze doen die dag en vooral 's avonds om acht uur. Misschien verraden ze zich op een of andere manier. Alleen de kelder kan ik niet zien, jammer genoeg.' Ik houd opzettelijk achterwege dat ik hoop dat de ramen niet verduisterd zullen zijn, anders kan ik helemaal niets zien van buitenaf. Jabar opent zijn mond al, maar ik ben hem voor: 'Als er niets te zien valt na die dag, dan kom ik meteen terug.'

'Ik denk niet dat je haar nog kunt tegenhouden, Jabar,' zegt Oded zacht.

'Eén iets heb ik weggelaten in mijn verhaal.' Schuldbewust buig ik mijn hoofd en kijk de grond aan.

'Wat dan, lieverd?' vraagt Diedie. Ze legt begripvol een hand op mijn knie.

'Noël beweerde te weten wie mijn biologische ouders zijn.'

Hoewel ik hen niet aankijk, hoor ik hoe ze verbaasd hun adem inzuigen. Wanneer ik opkijk, zegt niemand iets, maar ze kijken me allemaal meelevend aan alsof ik net verteld heb dat ik aan een dodelijke ziekte lijd.

'Hoe kan hij dat nou weten?' vraagt Diedie ten slotte. 'Wij weten het niet eens.'

'Het maakt voor mij niet uit,' zeg ik. 'Jullie zijn mijn enige en echte ouders.'

Jabar kijkt me twijfelend aan. 'Ieder kind wil op den duur weten wie zijn biologische ouders zijn.'

'Ik niet!' roep ik te fel uit en dan zachter: 'Echt niet, Jabar. Ik houd van jullie en jullie hebben me opgevoed. Dat is het enige dat telt.'

Diedie omhelst me en plaatst een zoen op mijn kruin. 'Je bent een lieve meid.'

'En nu moeten we aan de slag,' zeg ik kordaat en sta op. 'Kunnen we vandaag nog aan oormicrofoontjes komen?'

Dat kan. Jabar gaat meteen aan het werk en belt enkele connecties op die hem verder kunnen helpen. Ondertussen teken ik een schets van het domein en het huis, althans zo goed als ik het me herinner. Oded kijkt met Google Earth naar de omgeving, zoekend naar een schuilplaats waar ze met me in contact kunnen blijven, maar die niet te ver gelegen is van Noëls huis. Diedie maakt sandwiches klaar en zorgt voor de drank. Het is de bedoeling dat ze die dag kunnen doorkomen, maar Diedie overdrijft zoals altijd en lijkt wel rantsoen voor een week in te slaan.

Behalve zijn Fiat 500 heeft Oded een bestelbusje waar hij de drankvoorraad mee ophaalt voor zijn café. Die is ideaal om het hen zo comfortabel mogelijk te maken op de missie. We zijn de verdere dag druk in de weer met plannen en voorbereiden. Alle mogelijke rampscenario's worden overlopen en we zoeken naar zo goed mogelijke oplossingen indien ze zich onverhoopt toch voordoen. We hebben vast wel iets over het hoofd gezien – tenslotte kun je niet alles plannen – maar dat zien we dan wel weer. Diedie heeft nog de laatste camera's in de tuin opgesnord en vernietigd.

Ik voel me sterker dan ooit. Dat ligt volgens mij alleen maar aan het feit dat de anderen met me meegaan. Deze keer hoef ik het niet in mijn eentje te doen en ik ben vast van plan Selena en Ed er goed van langs te geven.

*Payback time! Met rente!*

's Avonds zijn we allen mentaal op. Diedie weet toch nog een heerlijke maaltijd op tafel te toveren. Niet letterlijk uiteraard.

Tijdens het eten zijn we gespannen en ieder voornamelijk met onze eigen gedachten bezig. Die van mij zijn vooral bij Lucas. Eigenlijk is het allemaal mijn schuld. Als ik niet met hem naar bed was geweest, dan had Selena hem nooit als aas gebruikt om mij te kwetsen. Maar ik moet ophouden met die schuldgevoelens, ze dragen niets bij en hinderen alleen maar. Ik herhaal een paar keer tot mezelf dat ik Lucas niet heb neergestoken en dat ik hem niet in een tube heb gestopt.

Na het avondeten duiken we allen vroeg onze bedde in. We moeten voldoende slaap weten te krijgen, want wie weet hoelang we morgen wakker zullen moeten blijven. Voor ik de televisie aanzet om er bij in slaap te vallen, bel ik eerst nog Sharon op.

In tegenstelling tot anders zit ze er nog steeds mee dat Joseph haar zo vals aan de kant heeft gezet. Ik vind het vreselijk dat ik haar niet op de hoogte kan brengen en probeer haar zo goed mogelijk te troosten.

'Maar,' zegt ze, 'ik ga morgenavond naar een concert van Placebo en dat zal mijn gedachten wat verzetten van Joseph.'

'Placebo! Wat ontzettend gaaf!'

'Ja, hè! Ik kijk er enorm naar uit. Ze hebben een nieuw album uit. Super gewoon!'

'Ik zal het eens opzoeken op het internet.'

'Moet je zeker doen! De leadzanger, Brian Molko, vind ik zo knap.'

'En sexy!' voeg ik eraan toe.

'Weet je,' zegt ze dan op mysterieuze toon. 'Ik vermoed dat hij een vampier is.'

'Brian Molko?'

'Ja, ik denk het wel.'

Ik haal me hem voor de geest en ik moet Sharon gelijk geven. De kans is groot. 'Je kunt gelijk hebben,' zeg ik dan ook.

'Wees maar gerust dat ik het te weten kom. Ik ga proberen backstage te komen.'

'Wat als het niet lukt?'

'Dan kan ik hem nog altijd met mijn telekinetische gave naar mij toebrengen.'

'Sharon!'

Ze gniffelt. 'Nee, gekkerd, natuurlijk doe ik dat niet.'

'Het klinkt niet alsof je dat meent.'

'Ik moet en zal hem in mijn bed krijgen, dat wel.'

'Jou kennende lukt dat nog ook. Laat me even weten of hij een vampier is.'

'Doe ik.'

'Ik ga slapen. Veel plezier morgen.'

Ik ben ervan overtuigd dat ze nu grijnst. 'Dat zal wel lukken. Slaapwel.'

Ik zet de televisie aan en probeer een film te vinden die ik al gezien heb. Voor mij is dat het perfecte slaapmiddel, want ik heb al snel door dat slapen niet eenvoudig zal zijn.

's Morgens staan we in alle vroegte om vijf uur op. Wonder boven wonder heb ik geslapen als een blok. Weer thuis en lekker in mijn eigen bedje heeft zijn voordelen natuurlijk. Ik spring monter en vol energie uit bed.

Bij wijze van test probeer ik te vervormen terwijl ik in de badkamer sta. Binnen twee seconden ben ik een jachtluipaard, volledig en zonder gebreken. Dat betekent dat mijn adrenalinepeil weer op een normaal niveau zit. *Hoera!*

Ik douche uitvoerig en let erop geen geuren te gebruiken, maar enkel water. Dan trek ik mijn favoriete en lekkerst zittende jeans aan, met daarop een trui met een V-hals. Uiteraard ruiken mijn kleren naar waspoeder en kunnen de honden die geur oppikken, maar er zit niets anders op. In plaats van laarzen doe ik gemakkelijke gympen aan. Mijn haar stop ik in een staart en enkel uit gewoonte doe ik een beetje mascara op.

Ik hoor de bedrijvigheid in huis. Ze zijn zich dus allemaal aan het klaarmaken. Ik voel me niet nerveus, nog niet, maar ik weet zeker dat het wel zover zal komen zodra we in de buurt van het huis van Noël zijn.

Wanneer ik in de keuken kom, staat Diedie al broodjes te smeren met kaas, ham, plakjes tomaat, sla en overvloedig veel mayonaise. Ze weet dat ik daar gek op ben.

'Goedemorgen, lieverd,' zegt ze op geforceerd vrolijke toon. De spanning en onrust die ze voelt, komen duidelijk naar voren in haar onhandige bewegingen. Een stukje tomaat valt op de grond en zuchtend raapt ze het op.

'Goedemorgen, Diedie.' Ik geef haar een zoen. 'Het komt allemaal goed. Ik zal erg voorzichtig zijn.'

Opnieuw zucht ze. 'De koffie staat klaar.'

In tegenstelling tot anders doe ik enkele klontjes suiker in mijn koffie. Alles om wakker te blijven.

Wanneer Jabar en Oded zich bij ons voegen, verloopt het ontbijt in een geladen stilte. Bij mij vooral doordat ik me mentaal wil voorbereiden en alle stappen in mijn hoofd overloop. Oded lijkt zich gekleed te hebben voor deze donkere dag. In plaats van zijn gebruikelijke felgekleurde hemden draagt hij een grijs met zwarte rozen. Piep laat hij in het huis achter in zijn nieuwe glazen kooi.

Voor we vertrekken doet Diedie nog een mojo. Ze laat het huis eruitzien alsof we in allerijl verhuisd zijn. Indien een van de mannetjes van Noël komt kijken, dan hopen we dat ze denken dat we vertrokken zijn om mij in veiligheid te houden. Het is een behoorlijk krachtige illusie die hoogstens een dag kan standhouden. Maar we willen niet het risico lopen dat ze vermoeden dat we naar hen op weg zijn, als ze een leeg huis aantreffen waar wel nog alle meubels en dergelijke aanwezig zijn.

Even later zitten we in het bestelbusje, op weg naar de Belgische Ardennen. Jabar rijdt met Oded naast zich en Diedie en ik zitten achterin. Het is een rit van zo'n kleine drie uur, dus we hebben tijd zat om de plannen nogmaals te overlopen.

Het ziet ernaar uit dat het weer ons gunstig gezind zal zijn. De hemel is helderblauw met slechts hier en daar een uitgetrokken wolkje dat lijkt op een suikerspin. Fijn, ik heb er namelijk een hekel aan om naar natte hond te ruiken.

Diedie zucht vooral veel, een teken dat het haar nog steeds dwarszit dat ik terugga naar dat huis. Ook Jabar vertoont voor zijn doen zenuwachtige trekjes; hij rijdt verstrooider dan anders en vergeet zelfs richting aan te geven. Oded is de enige die schijnbaar ontspannen zit, maar de blikken die hij me toewerpt wanneer hij zich omdraait, vertellen een ander verhaal. Het is natuurlijk lief van ze dat ze zo bezorgd zijn, maar het verhoogt alleen maar mijn onzekerheid. Ik zou willen dat ze wat meer vertrouwen in me toonden. Anderzijds hebben ze dat misschien wel en ligt het gewoon aan mij.

Ik voel aan mijn gespannen zenuwen dat we er bijna zijn. Iedereen valt stil en friemelt nerveus aan zijn kleren of kucht meer dan normaal. Wanneer Jabar een straat inrijdt, herken ik het meteen. En dat ligt niet alleen aan het feit dat mijn hart begint te bonzen als een gek.

'Hier is het, iets verderop,' zeg ik, opgelucht dat mijn stem vast klinkt.

Ik kijk op mijn mobieltje en zie dat het half tien is. Jabar rijdt langzaam verder tot ik uitroep: 'Hier, stop hier maar!'

Ik stap uit en kijk naar de muur waar ik me gisteren met zoveel moeite overheen trok. Het lijkt veel langer geleden, een eeuwigheid zelfs. Nu ik de drek en het weggegooide vuilnis weer zie liggen in de gracht, vind ik het geen wonder dat ik zo vuil was. *Bah*. De anderen zijn intussen ook uitgestapt en kijken met me mee naar de muur, alsof daar alle oplossingen te vinden zijn.

'Weet je het zeker?' vraagt Jabar aan me.

Ik knik en glimlach dapper. 'Heel zeker.'

'Hier.' Hij stopt me een oorplug toe. 'Het allernieuwste, ze heten "good ear boys". Ontwikkeld door een Japans bedrijf.'

Ik stop de plug in mijn rechteroor, stop de draad zo goed mogelijk weg en bevestig het apparaatje onder mijn kledij. 'En kan ik jullie daarmee toespreken?'

Jabar knikt. 'Dat is de bedoeling. Even testen.'

We hebben allemaal onze oorplug in. Ik zeg grijnzend: 'Testing, testing, one two three.'

'Ik hoor je,' zegt Diedie.

'Ik jou ook,' bevestig ik.

Ook Oded en Jabar hebben een prima ontvangst.

'Als hond zal het apparaatje niet werken,' zeg ik nog eens voor de duidelijkheid. 'Want het zal vervormd zijn.'

'Maar je zult zo lang kwetsbaar zijn,' zegt Diedie en schudt met een verdrietige blik haar hoofd.

'Ik zal scherpe tanden hebben.' Ik toon mijn tanden aan Diedie en maak een grommend geluid, dat een haperend glimlachje bij haar ontlokt.

Dan stopt Oded me een plastic zakje toe waarin een bloederige homp vlees zit met een sterk verdovingsmiddel erin.

'Zorg ervoor dat slechts één hond het opeet,' waarschuwt Jabar me nodeloos.

Ik haal diep adem en knik dan. Ik ben er klaar voor. Ik kijk elk van hen nog een keer aan. Dan geeft Oded me een zetje zodat ik op de bovenrand van de muur kom te zitten.

'Wees voorzichtig, meisje,' zegt Oded en laat me dan los.

Ik knipoog ze toe en spring dan aan de overkant naar beneden. Soepel kom ik neer op mijn voeten. Haast meteen hoor ik de honden. Met een rotvaart komen ze dichterbij. Nu moet ik snel zijn.

Nadat ik het stuk vlees op de grond gedeponeerd heb, vervorm ik in een dobermann en ga op mijn rug liggen ten teken van onderdanigheid. Een van de honden staat nu een meter van me af en gromt me vervaarlijk toe, tot hij het vlees ruikt. Hij schrokt het stuk in één hap binnen. De tweede hond is intussen aangekomen, met zijn oren plat en de staart tussen de poten. Met zijn muil vertrokken zodat een groteske rij tanden tevoorschijn komt, kijkt hij me grommend aan, zijn partner volledig negerend. Langzaam komt hij dichterbij en snuffelt aan mijn kont. Pff, wat je allemaal moet overhebben voor een missie.

Blijkbaar word ik goed bevonden, want de dobermann doet een paar passen achteruit, zijn staart als een dolle vlag heen en weer zwierend. Zijn maatje is al vertrokken naar dromenland.

Fase één geslaagd.

Ik draai me om en spring op. De nog wakkere dobermann neemt me gelijk aan als zijn nieuwe maatje en lijkt zijn eerdere broeder volledig vergeten te zijn. Het feit dat ik een teefje ben, zal er wel mee te maken hebben. Getweeën rennen we tussen de bomen door naar het huis toe. Ik moet zeggen dat rennen als een viervoeter heerlijk aanvoelt. Zo laag bij de grond lijk je te zweven door de snelheid die vier poten je geven. Het geeft een vrij gevoel dat vrijwel nergens mee te evenaren valt. Een beetje vergelijkbaar met wanneer ik in de gedaante van een vogel vlieg, en dan nog.

Algauw hangt mijn tong uit mijn muil en kriebelt de wind door mijn vacht heen. Ik geniet! Het glazen huis ziet er anders uit, vind ik, wanneer we er aankomen. Maar dat kan liggen aan het feit dat ik het nu van een lager niveau zie en uit een andere richting. Dan begrijp ik waarom de hond meteen naar het huis terugkeerde.

Selena staat er met een fluitje in de mond, haar handen op de heupen.

Ik heb de fluittoon niet gehoord, maar mijn viervoetige nieuwe vriend natuurlijk wel. Nu maar hopen dat Selena het verschil niet ziet tussen de slapende dobermann en mij.

Twee kommen met voedsel staan aan haar voeten. Mijn compagnon begint meteen te schransen. Selena bukt zich en aait hem met een tedere glimlach om haar lippen. Dan komt ze naar mij en kijkt me even aan met opgetrokken wenkbrauwen. *O shit, ze ziet dat ik een fake ben, o shit.*

Ik moet nu beginnen eten, anders krijgt ze nog meer argwaan. Ik buig mijn kop over de kom. *Gadver!* Het stinkt ongelooflijk en drijft in het verse bloed. Ik vermoed dat het niertjes zijn en laat ik die nou ongelooflijk vies vinden. *Niet aan denken, Manon, gewoon eten.* Het is gezond, niets verkeerd mee, je gaat er niet aan dood. Met alle wilskracht in me open ik mijn muil en schrok een niertje binnen. Sneller eten, spoor ik mezelf aan, honden eten altijd snel en gelukkig zonder echt te kauwen. Met mijn gedachten op nul, zelfs vergetend dat Selena vlakbij me staat, eet ik zo gulzig mogelijk alle niertjes op.

Ik heb me nog nooit zo opgelucht gevoeld dat iets voorbij was.

Dan voel ik aarzelend een hand op mijn kop terechtkomen en kijk op naar het gezicht van Selena. Ze knikt goedkeurend en glimlacht.

'Brave hond,' zegt ze en krabt achter mijn oren. Ik moet zeggen, ze doet het niet verkeerd. Weer voel ik opluchting door me heen gaan, ze heeft het niet door. 'Wil je het bloed niet vandaag?' vraagt ze aan me.

Dan doet ze iets vreselijk walgelijks. Ze neemt mijn kom op en drinkt het laatste restje bloed op. Misselijk wend ik mijn kop af van het gebeuren, waardoor ik niet zie hoe Selena met beide kommen het huis in verdwijnt.

Ik besluit meteen op onderzoek uit te gaan en een wandelingetje rond het huis te maken. Tot mijn grote opluchting zijn de ramen niet verduisterd. Mijn medeviervoeter, die ik Bas gedoopt heb, volgt me trouw. Ondanks mijn nederige positie toen we elkaar ontmoetten, lijkt hij me nu als de leidster te aanvaarden. Vreemd. Mogelijk was de slapende dobermann het alfamannetje, en heb ik nu zijn plaats in de rangorde overgenomen. Mij best, zolang hij maar niet gaat denken aan een partijtje seks.

Ik zie nergens beweging, noch in de woonkamer en keuken, noch wanneer ik naar de ramen van de slaapkamers kijk. Selena heeft zich waarschijnlijk teruggetrokken in de kelder. Mijn maag draait om wanneer ik denk aan die arme mensen en Lucas, die nog steeds in die vreselijke toestand zitten.

Er gaan enkele uren voorbij waarin er niemand te zien is en het lijkt alsof het huis uitgestorven is. Ik weet wel beter, ze bevinden zich allen in die vrolijke kelder met sadistische attributen. Om de tijd te doden rollebol ik met Bas. We springen om elkaar heen, lopen achter elkaar aan, bijten elkaar zacht in de poten en staart. Ik plas zelfs als een hond en lik mijn poten schoon. Tja, hoe langer je in een bepaalde gedaante verkeert, hoe meer je eigenschappen en gedragingen van die vorm overneemt. Ik heb de indruk dat mensen denken dat hoe minder haar ze op hun lijf toelaten, hoe verder ze af staan van dieren. Maar onze beestachtigheid zit in ons DNA en niet in ons uiterlijk.

En dan, plotseling, merk ik beweging in de woonkamer op.

# 33

Het is *the man himself*, Noël. Ik ga voor het raam liggen, met mijn kop op mijn poten en één oog half geopend, zodat het lijkt alsof ik lig te slapen. Bas komt naast me liggen en legt, na het slaken van een diepe zucht, zijn kop op mijn zij. Wat is het toch een lieverdje, zolang hij geen mensen gevangenhoudt of aanvalt. Ik bedoel uiteraard de hond, niet Noël. Bas is dan ook slechts een werktuig in de handen van het werkelijke beest.

Noël ijsbeert in de woonkamer en kijkt zorgelijk uit zijn ogen. Nu hij niemand heeft om te intimideren, ziet hij er lang niet zo zelfverzekerd uit. Af en toe krabt hij in zijn haar en mompelt hij in zichzelf. Ik kan jammer genoeg niet horen wat hij zegt. Hij kijkt regelmatig op zijn horloge. Dan klapt hij zijn mobieltje open. Blijkbaar wordt hij gebeld, want ik zie hem geen toetsen indrukken.

De persoon aan de andere kant van de lijn krijgt er behoorlijk van langs. Noël maakt wilde gebaren en zijn gezicht loopt rood aan. Daar gaan zijn welgemanierdheid en beheerstheid wanneer niemand hem ziet, denk ik met voldoening.

Ik hoor een wagen komen aanrijden, het klinkt alsof het aan de andere kant van het huis is. Ik spring op, waardoor Bas met een grom wakker schiet en zich uitschudt. Snel loop ik om het huis heen, met Bas in mijn kielzog.

Hier zijn zeker twintig wagens parkeerplaatsen aangelegd met kiezelsteentjes. Een lange oprit tussenin leidt naar een dubbele stalen poort. De wagen die ik hoorde is een Mercedes. Hij parkeert dichtbij het huis en er stapt een man uit.

Ed.

Blijkbaar weer helemaal beter na de verwondingen die ik hem toebracht met het mes. Met driftige passen loopt hij naar het huis toe.

Hij haalt een magnetisch kaartje uit zijn broekzak dat hij voor een detector houdt die in een paal bevestigd is en ongeveer een meter voor het huis staat. Een raam schuift open en hij stapt naar binnen. Aha, dus zo opent het huis zich.

Ik trek een sprintje naar de andere kant, waar ik een beter zicht heb op de woonkamer. Ik overweeg om te transformeren in iets wat naar binnen kan sluipen, maar het blijkt niet nodig te zijn. Ed en Noël staan buiten in de tuin geagiteerd te praten.

'Hij komt niet? Hij komt niet?' Noël spuugt de woorden in Eds gezicht.

'Ik kan het niet helpen, baas, hij riskeert de reis niet nu hij net geopereerd is,' antwoordt Ed op een verontschuldigende toon.

Bas wil weer met me spelen, hij maakt vrolijke bokkensprongen. Een snauw van mijn kant laat hem met de staart tussen de poten afdruipen. Hij gaat liggen met zijn kop op zijn poten en slaakt een diepe zucht. *Sorry, Bas, maar werk gaat voor.*

'Ik heb nog wel zijn speciale verzoek ingewilligd! Nu ja, zogenaamd dan.' Noël weer.

'Kun je niet iemand anders ervoor vinden?'

'Nu nog? Ben je gek! Over enkele uren komen ze allemaal aan! Het is te laat! Al die moeite!' Noël strijkt door zijn haren en keert zich af van Ed. Half mompelend vervolgt hij: 'Elke klant is aan een uitvoerig onderzoek onderworpen. Hun financiële status, hun persoonlijkheid en gedrag. De kandidaten moeten uiterst geschikt zijn en vooral hun mond kunnen houden. De overige potentiële kandidaten voldeden niet aan de hoge eisen, dus die mag ik niet eens overwegen. De kans op een lek is te groot.'

'Het is mijn schuld niet, baas,' jammert Ed.

Noël wappert met zijn hand en draait zich dan weer om. 'Dat weet ik toch wel. Zijn verder alle voorzieningen getroffen?'

'Alles in orde, baas. Ik heb die speciale bewaarcontainers gevonden. Dezelfde die ze gebruiken voor orgaanvervoer.'

'Ik snap niet waarom ze zo nodig hun afgedankte hersens willen bewaren. Nu ja, het maakt eigenlijk toch niet uit.'

'Dat is zo, baas.'

'De dokter? De operatiekamer? De medicatie?'

'Alles dubbel gecheckt, baas.'

'Goed zo, goed zo. Er mag nu niets meer verkeerd lopen.'

'Zeker, baas.'

'De rekening?'

'Niet traceerbaar.'

'Ze moeten het voorschot nu wel gestort hebben.'

Ed knikt. 'Ik zal hun gedachten tijdens de champagne lezen en nagaan of ze toch geen anderen op de hoogte gebracht hebben van wat hier gaande is.'

'Zorg dat je tijd genoeg hebt om het grondig te doen. En doe hetzelfde met die anderen.'

'Zeker, baas.'

Noël vervalt in gepeins. Dan: 'En Manon? Geen spoor?'

'Nee, baas.'

'Jabars huis was dus compleet verlaten, geen meubels, niets?'

'Ja, baas, geen ziel te bekennen. Er stonden nog een paar lege dozen in de woonkamer, dat is alles.'

'Ik kan me niet voorstellen dat Jabar zo snel weer verhuisd is, hoewel hij natuurlijk wel de middelen ervoor heeft.'

'Manon is erg belangrijk voor hem. Ze hebben waarschijnlijk de hele nacht doorgewerkt en een team verhuizers laten komen tegen een forse betaling.'

'Ja, en daarbij is Jabar een bangerd. Nu hij weet dat ik achter hem aanzit en hem weet te wonen, holt hij natuurlijk zo snel mogelijk weg.' Er verschijnt een grimmige trek op Noëls gezicht, alsof hij in een zure citroen bijt.

Hij zou eens moeten weten, denk ik bij mezelf, hoe dichtbij Jabar is. Het is nu wel duidelijk dat er om acht uur vanavond een aantal mensen verwacht wordt. Alleen moet ik nu nog te weten komen waarvoor, al heb ik door die hint van de operatiekamer en die afgedankte hersens een aardig idee. Ik ben bang dat mijn eerdere vermoedens bewaarheid worden.

Ik krijg een idee. Wat als ik nou eens vervorm in een van de gasten? Maar dat zal onmogelijk worden, bedenk ik me dan. Ze komen waarschijnlijk niet alleen aanrijden en dan moet ik nog net iemand weten te overmeesteren die ongeveer mijn lengte heeft.

'Wanneer komen de anderen?' vraagt Noël.

'Zeven uur dertig.'

'Het wordt een lange nacht.' Noël zucht diep.

'Ja, dat wordt het, baas.'

'Houd je ogen goed open vanavond. Het zou me niet verbazen indien Jabar alsnog hierheen komt.'

'Denk je, baas?'

Noël knikt, zijn blik staalhard. 'Door Manon weet hij dat er hier iets niet pluis is.'

'Dat is erg vervelend, inderdaad.'

'Maar ik denk dat hij het eerst grondig wil voorbereiden. Hem kennende zal hij dagenlang plannen maken en tot in detail alles overlopen.' Noël tuit zijn lippen. 'Vanaf morgen of overmorgen mogen we hem verwachten. Tegen dan zijn we hier al lang weer weg.'

'Alle nodige spullen zijn al ingepakt.'

'Dat is goed. We moeten geen tijd verspillen en bovendien kunnen we niet zeker weten of Jabar hier niet eerder staat.'

'Baas?'

'Ja?'

Ed schuifelt ongemakkelijk op zijn voeten heen en weer. Hij kijkt Noël niet aan wanneer hij vraagt: 'Had u het gebeuren niet beter kunnen uitstellen? Tot we Jabar en zijn groep uitgeschakeld hebben?'

Noël kijkt Ed zo fel aan dat zelfs ik achteruitdeins, terwijl ik toch op zo'n vier meter afstand lig. 'Nee! Deze operatie heeft me jaren van mijn leven aan voorbereiding en onderzoek gekost. We gaan door met het plan zoals het is! Bovendien zijn de klanten al lang onderweg. Uitstellen is niet meer mogelijk.

'U hebt gelijk, baas, sorry.'

'Stop maar met denken, jij. Dat is nergens goed voor. Is de ene kamer goed afgesloten?'

'Ja, baas.'

'Goed, ik wil niet dat de klanten deze zien. De shock zou te groot zijn.'

Noël loopt naar eenzelfde paaltje als dat aan de andere kant van het huis en gaat er met een kaartje langs. Dus daarom zijn hier nergens hendels of klinken te vinden. De ramen kunnen enkel elektronisch geopend worden met een daarvoor speciaal gemaakt pasje. Ik herinner me nu ook het paaltje in de woonkamer.

Beiden lopen naar binnen en het raam sluit zich achter hen.

Voorlopig weet ik genoeg. Ik wil toch mijn eerder gevormd plan met de anderen bespreken. Op een drafje spurt ik naar de muur waar ik overheen gekomen ben. Bas volgt me uiteraard. Bij de muur aangekomen transformeer ik weer naar mezelf. Bas kijkt me argwanend aan en legt zijn oren plat. Maar hij gromt niet, duidelijk in de war. Ik geef hem een aai over zijn kop en draai me dan om. Net als de vorige keer strek ik mijn armen uit en trek me zo op het muurtje. Zacht land ik op de grond aan de andere kant.

'Jabar?' zeg ik.

'Ik luister. Alles goed?'

'Prima. Zeg, waar zitten jullie?'

'Volg de straat naar links en neem dan de tweede straat rechts. Daar staan we.'

'Oké.'

Snel wandel ik erheen. Nu kan ik op mijn reservemobieltje kijken en ik zie dat het al vier uur in de namiddag is. De tijd lijkt sneller te gaan als je als hond door het leven gaat.

Ik klop op de achterruit van het busje en het portier wordt geopend. Drie paar ogen kijken me aan.

'Hai,' grijns ik.

Diedie omhelst me meteen. 'Je bent in orde. Godzijdank.'

Ik klauter in het busje. Diedie stopt me meteen een sandwich en een kop koffie toe.

'Ik heb al gegeten, maar dit kan er zeker nog bij,' zeg ik en neem een grote hap.

'Je hebt al gegeten?' vraagt Diedie. 'Wat dan? Hondenbrokken?'

'Rauwe niertjes.' Ik trek een grimas.

Dan vertel ik alles wat ik vernomen heb. 'Ik stel voor dat ik probeer om een van de gasten te overmeesteren en dan zijn vorm aan te nemen.'

'Dat lijkt me niet verstandig,' meent Jabar. 'Je kent die persoon niet, dus de kans dat je door de mand valt is groot.'

'We moeten wel iets doen vandaag, want vanaf morgen zijn ze weg,' zeg ik.

'Daar ben ik het mee eens,' zegt Jabar. 'Alleen moeten we een andere methode zien te vinden.'

Ook Oded is het daarmee eens. 'Je moet geen onnodige risico's nemen, Manon, dat is het verdomme niet waard.'

'Hé, ik had gelijk, hè,' grijns ik. 'Hij is van plan om de hersens van anderssoorten te verkopen aan rijke stinkerds en ze bij hen in te brengen.'

'Ja, dat zit er inderdaad in,' geeft Jabar toe. 'Het lijkt me echter nog altijd hoogst onwaarschijnlijk.'

'Wat een vreselijk idee, zeg.' Het gezicht van Diedie vertrekt in afschuw.

'Ik vraag me af wie die anderen zijn waar Noël het over had,' zeg ik. 'Misschien nog een medisch team? Ik denk niet dat een man alleen die operaties kan uitvoeren.'

'Wat bestaan er toch vreselijke mensen. Afschuwelijk. Anderen doden voor hun eigen welzijn,' gaat Diedie hoofdschuddend door.

'Zou het lukken?' vraag ik.

'Wat?' vraagt Oded.

'Nou, zouden die mensen dan die gaven overkrijgen?'

'Ik veronderstel van wel,' antwoordt Jabar. 'Anders heeft het weinig nut.'

'Dat betekent,' zegt Diedie huiverend, 'dat hij waarschijnlijk al jaren testen uitvoert op anderssoorten om te kijken of het wel lukt.'

'Zou hij ook op zichzelf geëxperimenteerd hebben?' vraagt Oded.

Ik trek mijn schouders op. 'Ik heb er geen bewijzen van gezien. Hij gebruikte geen gaven en ik zag nooit de kleur van zijn ogen veranderen.'

'Wat zou er zich in die afgesloten kamer bevinden?' vraagt Diedie zich af.

'Er waren meerdere kamers in die kelder, zeven om precies te zijn, waarvan ik er maar drie gezien heb. Ik heb dus geen idee.'

Op dat moment kijk ik naar buiten en zie Selena voorbijrijden, stuurs voor zich uitkijkend. In een reflex duik ik weg.

'Wat doe je nu?' vraagt Oded.

'Dat was Selena die voorbijreed,' fluister ik, alsof ze me zou kunnen horen.

De anderen kijken nu ook naar buiten, maar Selena is al uit het zicht verdwenen.

Oded zegt peinzend: 'Zij is een goede prooi. Haar ken je.'

'Dan moet ze wel terugkeren,' zegt Diedie.

'Vast wel,' zeg ik. 'Ze zal verwacht worden vanavond, al is het maar als beveiliging.'

'Dat idee staat me al beter aan,' meent Jabar.

Ik grijns. 'Een trut spelen is niet zo moeilijk. En dan kan ik haar er eindelijk eens van langs geven.'

'Als vampier kan je bovendien het oorplugje inhouden en je wapens bij je houden,' voegt Oded er nog aan toe.

We besluiten het erop te wagen en af te wachten, in de hoop dat Selena dezelfde weg terugneemt. We maken intussen plannen voor wat we gaan doen als het inderdaad zover komt dat Noël de hersens van anderssoorten gaat verkopen en implanteren bij die rijke klanten.

Er gaan een paar uur voorbij en de spanning loopt hoog op in de bestelwagen. We vrezen dat ons plan in duigen zal vallen, dat Selena of helemaal niet meer terugkeert of een andere weg heeft genomen. De tijd dringt, het is bijna zes uur. Door de zenuwen drink ik het ene kopje koffie na het andere, wat niet erg slim is uiteraard. Straks moet ik om de vijf minuten naar het toilet. Anderzijds hoop ik dat de cafeïne mijn adrenalinepeil hoog houdt. Nu ik dankzij Noël ontdekt heb dat adrenaline onze gaven beïnvloedt, houd ik daar natuurlijk rekening mee.

En dan, eindelijk, komt een wagen aanrijden die lijkt op die van Selena. Een opvallende knalgele sportwagen van een of ander Japans merk.

'Actie!' roept Oded.

Ik spring uit het bestelbusje en vervorm in een dobermann. In het midden van de weg ga ik op de grond liggen, met mijn ogen half-open. Nu maar hopen dat ik Selena goed heb ingeschat en ze inderdaad zachtaardiger met honden omgaat dan met mensen. De wagen komt razendsnel dichterbij en ik houd me al klaar om op te springen en weg te hollen. Dan, tot mijn grote opluchting, remt ze af en vertraagt tot ze op een meter van me vandaan volledig stilstaat. *Oef!* Dat was op het nippertje.

Onmiddellijk vervorm ik weer naar mezelf. Op datzelfde moment springen Jabar en Oded uit de bestelwagen, met de pistolen naar voren gericht. Selena schrikt zich een ongeluk en wil de wagen weer inkruipen.

'Geen stap, godverdomme!' dreigt Oded. 'Of we knallen je overhoop.'

'Met veel plezier,' voeg ik er grijnzend aan toe.

Selena werpt me een vernietigende blik toe. Ze kan me wat. Ik loop op haar af en geef haar zonder aarzelen een vuistslag in haar gezicht.

Ze geeft een gil en houdt een hand voor haar bloedende neus. Ik aarzel geen seconde en tref haar opnieuw vol op haar lippen. En nog een keer. Het lijkt wel alsof ik al mijn frustraties en pijnen van de afgelopen dagen op haar botvier. Ze ondergaat het zonder zich te verweren en dat haalt het plezier er natuurlijk uit. Na een vuistslag in haar buik klapt ze dubbel en zakt neer op de grond.

'Zo, voel je je nu beter?' vraagt Jabar.

Ik draai me naar hem om. 'Veel beter.'

Oded sleurt Selena het bestelbusje in. Met een stuk touw uit de wagen bindt hij er haar handen en voeten zo mee vast, dat ze ook nog eens met elkaar verbonden zijn op haar rug. Jabar heeft intussen haar wagen aan de kant van de weg geparkeerd. Ik ben vervormd in Selena, met dezelfde kleren die ze aanhad: een zwarte katoenen broek, wit bloesje met lange mouwen, zwarte lange jas en pumps. De jas is ideaal om mijn Glock en ploertendoder in te verbergen. Als laatste doe ik de oorplug in en bevestig het apparaatje op mijn buik. Het draadje probeer ik te camoufleren met mijn haar. Ik hoop alleen dat ze niet merken dat Selena een paar centimeter kleiner is dan normaal.

'Zie je het draadje?' vraag ik Diedie.

Ze bekijkt me uitvoerig en schudt dan haar hoofd. 'Nee.'

'Daar ga ik dan,' zeg ik zo monter mogelijk, maar intussen barst ik van de zenuwen.

Jabar overhandigt me de autosleutels van Selena's wagen. 'We horen alles wat je zegt. We houden je in de gaten.'

'Daar reken ik op.' Ik forceer een zelfverzekerde glimlach.

Oded heeft een magneetkaartje in Selena's broekzak gevonden dat hij me geeft.

'Was ik bijna vergeten, stom van me,' zeg ik verontschuldigend.

In de wagen zie ik een afstandsbediening liggen waarmee ik vast die metalen poort kan openen. Ik start de wagen en na nog eens naar hen gezwaaid te hebben, rijd ik weg. Diedie kijkt me met een bezorgde blik na.

## 34

Soms betwijfel ik of ik geschikt ben voor dit werk. Het is maar dat ik ermee opgegroeid ben en Jabar niet wil teleurstellen, maar volgens mij is me geen lang leven beschoren. Als ik niet ooit eens vermoord word door een anderssoort die me terug wil pakken, dan zal mijn hart er vast op jonge leeftijd de brui aan geven. Toch moet ik toegeven dat het avontuur mijn leven afwisselend en spannend houdt en het voldane gevoel na een geslaagde missie is door niets te evenaren.

De poort opent zich inderdaad wanneer ik op de afstandsbediening druk. Soepel rijd ik naar binnen en parkeer de wagen naast die van Ed. Meteen komt Bas aanlopen, blijkbaar is zijn maatje nog steeds onder zeil. Waarschijnlijk ruikt hij dat ik het ben en niet Selena, want hij komt kwispelend op me af en bespringt me zodat zijn poten bovenop mijn borst terechtkomen. Kijk, en dat is nou weer het voordeel dat ik me eerst als hond had getransformeerd. Hij zou me anders niet aanvaard hebben. Het kan natuurlijk ook zijn dat hij Selena erg mocht, al betwijfel ik dat. Of wil het althans liever niet geloven.

'Hoi, lieverd,' zeg ik en aai zijn kop.

Ik open het raam met het kaartje en ga het huis binnen. De woonkamer is verlaten, dus stap ik meteen door naar de kelder. Noëls kantoordeur staat open en ik werp een blik naar binnen. Hij zit aan zijn bureau, gebogen over een stapel documenten. Snel haal ik alle informatie die ik heb over Selena boven, hoe ze met Noël omging en hoe ze praatte.

'Ik ben terug,' zeg ik, nonchalant leunend tegen de deurstijl.

Noël kijkt amper op. 'Heb je de extra champagne bij?'

Ja, natuurlijk. Selena moet een reden gehad hebben om weg te rijden. Dus ze was champagne gaan halen.

'Ja,' zeg ik snel nadenkend. 'In de kofferbak.' Ik kan me niet herinneren dat het op de achterbank lag, dus moeten de flessen wel in de koffer liggen.

Hij kijkt me even vluchtig aan. 'Jij hoeft alleen mooi te zijn vanavond, de klanten ontvangen en een gesprek met hen aanknopen. Ed zorgt voor de rest.'

Ik knik.

'Wel? Waar wacht je op? Stop de champagne in de koelkast of laat Ed het doen.' Hij werkt me weg met een nerveus handgebaar.

Pff, nog werken ook. Nu ja, ik moet het spelletje meespelen. In de woonkamer kom ik Ed tegen. Eds gezicht staat op onweer en het zien van 'Selena' maakt het er niet beter op. Zijn mond versmalt tot een mislukte grijns.

'Hoi,' zeg ik dan maar. Bijna had ik 'Ed' gezegd, maar ik houd me net op tijd in. Hoewel Noël zonet ook de naam Ed zei, wat dus betekent dat ze elkaars pseudoniemen gebruiken.

Verbaasd trekt hij zijn wenkbrauwen op. 'Sinds wanneer groeten wij elkaar?'

*Oeps, foutje.* Er zit blijkbaar heel wat kwaad bloed tussen die twee.

'Ik ben in een goede bui.' Ik doe moeite mijn blik hard en koel te laten overkomen.

'Nou, ik niet, dus laat me met rust!' Hij loopt me voorbij.

'Help je even met de champagne?' vraag ik. Ik hoop dat ik hem dan intussen wat kan uithoren.

Hij houdt halt en draait zich dan langzaam om. 'Vooruit dan,' zegt hij.

Samen lopen we naar Selena's wagen. Ik hoop dat ik meteen de kofferbak openkrijg en niet ga zitten klooien. Dat zou mijn vermomming verraden.

Ik heb de auto daarnet niet op slot gedaan en bid dat de kofferbak nog open is. Schijnbaar zelfverzekerd stop ik mijn hand onder de rand van de kofferbak, voel een hendeltje en klik het opgelucht omhoog. Behalve een stoffen zakje waar tubes zonnebrandcrème half uitliggen en een paar schoenen met stilettohakken waar zelfs ik mijn benen mee zou breken, liggen er vier kisten met champagne. La Grande Dame van Veuve Clicquot. Toe maar, minstens honderd euro per fles. Ed neemt twee kisten voor zijn rekening en ik ook.

Ik moet me sterker voordoen dan ik ben, want het is niet omdat ik eruitzie als de vamp Selena, dat ik haar krachten heb. Jammer genoeg niet. Twee kisten champagne zouden voor haar even weinig wegen als een zak watjes, maar voor mij niet. Ik doe mijn best om het niet te laten blijken.

'Zeg, waarom ben jij zo chagrijnig?' vraag ik.

Hij blikt even achterom. 'Er heeft een klant afgezegd.'

'Nee, toch. Wie?'

'De Arabier. Hij ligt blijkbaar in het ziekenhuis voor een of andere spoedoperatie.'

'Noël zal wel razend zijn.'

'En of. Ik heb zin om weer iets in brand te steken.'

*Vuile pyromaan!* Ik gok erop. 'Net als het café van Oded?'

'Inderdaad,' antwoordt hij grimmig.

De klootzak! Hij was het dus. Nou ja, het zou me niet meer mogen verbazen.

Mijn armspieren snijden wanneer ik de kisten op het keukenaanrecht deponeer. Ik doe wel aan gevechtssport, maar niet aan gewichtstraining. Een goede vechter wordt niet bepaald door fysieke kracht alleen, maar vooral door zijn mentale sterkte, hoe goed hij de tegenstander kan inschatten, snelheid en behendigheid.

Zodra Ed zijn kisten op het aanrecht heeft geplaatst, verlaat hij de keuken en neemt de trap naar de kelder toe.

Nadat ik de champagne naast de al aanwezige flessen in de koelkast heb gelegd, besluit ik hem te volgen. Ik hoor hem in de kamer op het einde van de hal, waar de glazen tubes staan. Ik zuig mijn adem onhoorbaar in en stap binnen. Ik ben vooral bang dat ik mijn reactie niet onder controle kan houden wanneer ik Lucas aantref.

Er lijkt niets veranderd in de kamer, op het eerste zicht dan. Ed loopt naar de computer en zet hem aan. Ik probeer te zien welk paswoord hij gebruikt, maar hij draait zich met een ruk naar me toe en zegt: 'Mag ik?'

'O, eh, ja, sorry.'

Blijkbaar verontschuldigt Selena zich nooit, want hij kijkt me even peilend aan en wendt zijn blik dan weer naar het scherm.

Ik kijk wat rond en zie tot mijn grote ontsteltenis dat er wel degelijk wat veranderd is. Alle hoofden liggen nu open, gescalpeerd. De vrouw met grijs haar heeft haar ogen gesloten en haar gezicht is verwrongen in een pijnlijke grimas. Ze ziet er nog bleker uit dan ze al was. Wat ik zie is te afschuwelijk voor woorden en haast instinctief zet ik een stap achteruit, maar weet een uitroep te onderdrukken.

Dan zie ik Lucas en floep er een redelijk luide 'O' uit.

Ed kijkt me aan. 'Wat is er?'

'O, verdorie, ik ben iets vergeten,' red ik mezelf eruit en verdwijn uit de kamer.

Zo snel als ik kan hol ik naar boven en naar buiten. Met mijn handen steunend op mijn knieën probeer ik bij te komen en het beeld van de gescalpeerde Lucas uit mijn gedachten te krijgen. Ik zuig de frisse lucht tot diep in mijn longen op en doe mijn best de tranen die zich opdringen tegen te houden. Ik beef over mijn hele lijf en heb zin om mijn maaltijd tot de laatste kruimel uit te kotsen. Maar ik kan me dit alles niet veroorloven zonder verdacht over te komen.

*O, Lucas, arme Lucas, had je me nou maar nooit ontmoet!* Ik recht mijn rug en wrijf over mijn gezicht alsof ik daarmee alle verdriet wegkrijg.

'Manon?' hoor ik in mijn oor. Ik schrik me een hoedje. Het is Jabar die me via het oorplugje toespreekt.

'Ja?' fluister ik zo stil mogelijk.

'Is alles nog in orde?'

Ik knik tot ik besef dat hij dat uiteraard niet kan zien en zeg dan: 'Ja.' Meer durf ik niet te zeggen uit angst dat iemand me toevallig ziet.

Ik raap me mentaal bij elkaar en loop het huis weer in. Gelukkig heeft niemand me gezien. Er zit niets anders op: het gebeurt allemaal in de kelder, dus ik moet wel terug.

Noël is niet meer in zijn kantoor aanwezig, maar ik hoor zijn stem uit de kamer met tubes komen. Voorzichtig probeer ik in het voorbijgaan andere deurhendels. Ze zitten allemaal op slot, behalve de laatste deur links. Zou ik het riskeren om er binnen te stappen?

Noël en Ed zijn slechts een meter van die kamer vandaan, maar ik besluit het er toch op te wagen.

Het is een ruimere kamer dan ik dacht, zeker tien meter in lengte en een vijftal meter in breedte. In het midden staat een operatietafel en daar rond allerlei apparatuur die naar ik vermoed de biologische functies leest. Op een kleinere tafel liggen chirurgische werkinstrumenten. De kamer ruikt zo sterk naar ontsmettingsmiddel dat ik er misselijk van word. Alles ziet er brandschoon uit, de operatietafel, de witstenen vloer en de kale muren. Onder de operatietafel zie ik toch een paar spatten die lijken op bloeddruppels. Ik vermoed dat de penetrante bloedgeur die ik laatst in de kelder rook hiervandaan kwam. De schrik slaat me om het hart als ik me bedenk dat er mogelijk op datzelfde moment een anderssoort werd opengesneden. *De rotzakken!*

Dus hier worden de klanten straks voorzien van een ander stuk hersens. Ik vraag me af waar de dokters en verpleegkundigen zijn, maar die zullen misschien pas komen opdagen als ze moeten opereren. Er zal hoe dan ook een heel team voor nodig zijn om een dergelijke ingewikkelde transplantatie te verrichten. De dokter die ik ontmoet heb, zal dit zeker niet alleen aankunnen. Welke onmenselijke dokters doen trouwens mee aan een obscure zaak zoals deze? Ze moeten werkelijk of geen ziel hebben of enorm geldziek zijn.

Dan zie ik op het einde van de kamer een vitrinekast staan. Terwijl ik erheen loop, realiseer ik me al wat ik te zien zal krijgen nog voor ik het daadwerkelijk goed kan zien. En ik blijk gelijk te krijgen. Toch is het nog steeds een schokkend beeld.

Er staan vijf glazen bokalen in de kast. In iedere bokaal drijft een rozig lichaamsdeel in een of andere vloeistof. Het kan niet anders dan dat die dingen de hersens zijn of toch een stuk ervan. Een van die dingen komt misschien uit Lucas zijn hoofd, realiseer ik me plots! Mijn maag komt omhoog en ik hol snel de kamer uit.

In de hal blik ik naar de deur van de tubekamer en hoor nog steeds Noël en Ed bezig. Goed, ze hebben niet gemerkt dat ik in die kamer was. Waarschijnlijk mag Selena die operatiezaal in, maar zeker weten doe ik het niet.

'Selena!' roept Noël vanuit de tubekamer.

Ik loop erheen. 'Ja?'

'De klanten kunnen elk moment aankomen. Ben je nou nog niet omgekleed?'

*Omgekleed? Verdorie!*

'Meteen,' zeg ik en loop weg.

Waar zouden de jurken van Selena hangen? Logisch gezien in haar slaapkamer en gelukkig weet ik die te vinden. En wat bedoelt hij met omkleden? Iets feestelijks, sexy of wat? Ik zal ernaar moeten gissen, er zit niets anders op.

Ik haast me de trap op en open Selena's kamerdeur, de eerste links. De kamer ziet er eerder uit als een hotelkamer dan als die van een jonge vrouw. Ik open de ingebouwde kast. Die is volledig leeg, op één jurk na die er in een plastic hoes hangt. Dat maakt de keuze gelukkig een stuk eenvoudiger. Ze hebben natuurlijk al alle overige kleren in verhuisdozen opgeborgen. Opgelucht scheur ik de hoes open en zie een werkelijk adembenemende, stijlvolle, maar toch simpele creatie. Het is een lang model, nogal nauw aansluitend en met maar één mouw. De kleur is werkelijk prachtig, koningsblauw. Ik merk nu ook op dat er schoenen met stilettohakken onderaan in de kast staan en pas ze aan. Ze zitten net iets te ruim, maar zijn loopbaar.

Er is één probleem. Zodra ik Selena's zwarte broek en witte bloesje uittrek, veranderen ze meteen naar mijn oorspronkelijke jeans en trui. Ik frommel ze tot een propje en dump ze in een hoek van de kast. Er zal wel geen haan naar kraaien, maar je weet maar nooit.

Probleem nummer twee: waar laat ik mijn pistool en ploertendoder? De jurk zit als gegoten, maar laat weinig ruimte voor verborgen wapens. Ik zou de Glock aan de binnenkant van mijn dijbeen kunnen bevestigen, alleen heb ik geen plakband of riempje bij me. Wacht eens even, de riem uit mijn jeans, natuurlijk!

Het kost me behoorlijk wat moeite om de riem zo rond mijn dijbeen te draaien dat hij niet door de fijne stof van de jurk te zien is, maar het lukt. De ploertendoder moet ik jammer genoeg achterlaten tussen mijn kleren in de kast.

Zo, ik bekijk mezelf in de spiegel die in de kamer hangt en moet met tegenzin toegeven dat de jurk Selena uitstekend staat. Haar zwarte haren worden nog intenser door het blauw van de jurk.

Tijd voor actie!

Er is een nadeel aan mijn provisorische pistoolhouder, voel ik, wanneer ik de trap afdaal. De riem snijdt behoorlijk in mijn huid. Dat worden dus serieuze striemen. Maar ik zou heel wat meer verduren alleen al om mijn Glock bij me te kunnen houden. Zeker weten!

In de woonkamer is het al heel wat drukker. Dok en Ed zijn bezig met het klaarzetten van de champagnekoelers en de glazen. Ik merk aan de laagstaande zon dat het toch al ongeveer acht uur moet zijn. De gasten kunnen dus elk moment aankomen. Ik kan alleen maar vurig hopen dat ik op het "moment suprême" weet wat me te doen staat en de hele boel in de war kan gooien.

Dok knikt me kort toe. 'Hopelijk laten die rijke stinkerds wat champagne over voor ons,' zegt hij.

'Ik lust wel een glaasje,' zeg ik.

'Ik moet nog wachten, maar neem jij maar alvast.'

'Ze moet wachten tot de gasten er zijn,' snauwt Ed.

Ik hoor een wagen op de oprit.

Dok blikt naar de deur. 'Dat zal mijn team zijn. Stuur ze naar beneden, Selena. Ik ga alvast.'

Hij verdwijnt naar de kelder en ik loop naar de ramen. Eigenlijk ben ik wel benieuwd naar die Frankensteinmonsters. Hoe ze eruitzien en vooral hoe ze zijn.

## 35

De wagen die geparkeerd wordt, is een grijze Jaguar. Er stappen drie mannen en een vrouw uit. De ene man heeft een breed postuur en draagt een wit pak dat lijkt op dat van verpleegkundigen. Zijn gezicht staat grimmig en met zelfverzekerde tred loopt hij naar het huis. De andere man lijkt wel zijn jongere broer, maar dan kleiner en bovendien al behoorlijk kaal. Beiden hebben ze een Engels accent, maar praten vloeiend Nederlands. Nummer drie van het mannelijk geslacht is volgens mij eveneens een verpleger. Zijn rode haren zijn strak naar achter gekamd en hij heeft een neutrale blik in de ogen en sproeterige wangen. Vaag hoor ik dat hij van oorsprong Duits is. De vrouw is, als ik het goed heb, een dokter. Ze draagt een eenvoudige groene jurk, heeft een parelketting om haar hals en kijkt een beetje twijfelachtig, alsof ze niet goed weet wat ze hier eigenlijk doet.

Ik begroet hen allen bij de deur en troon ze mee naar binnen. Ik krijg gelijk, enkel de vrouw in de groene jurk stelt zichzelf voor als dokter, meer bepaald dokter Sophie Servais. Ze praat vloeiend Nederlands met een aangenaam Frans accent. De verpleegkundigen heten Michael Trent, Kevin Trent en Carl Kurz. Aha, dus toch broers die eerste twee.

'De dokter wacht op jullie beneden in de operatiekamer,' zeg ik en wijs naar de keldertrap.

'Bedankt,' zegt Sophie met een haperende glimlach.

Ze komt veel minder zelfverzekerd over dan de drie anderen. Ik heb niet het idee dat het uit incompetentie voortvloeit, maar misschien omdat ze twijfelt aan de bedoelingen van de operaties. Noël moet deze vrouw wel een enorme smak geld aangeboden hebben om haar te overhalen. Ze ziet er heel wat oprechter uit dan de andere drie.

Ze lopen de trap af en op dat moment hoor ik de motor van een wagen. De volgende tien minuten komen de vier klanten na elkaar aan. Twee limousines, een Mercedes en een Bentley. Ze worden vergezeld door een chauffeur of een lijfwacht die bij de wagen blijft.

De eerste is Ghalid Nabilsi, een man van middelbare leeftijd met zwart haar en een doorsnee gezicht. Hij kijkt rond alsof de wereld van hem is en naar mij vooral neerbuigend. Hij weigert mijn hand te schudden en loopt meteen door naar binnen waar hij een glas champagne van Ed krijgt aangereikt.

De volgende, Johanna De La Torre, is een prachtige bruinharige vrouw met lange wimpers, volle botox lippen en een olijfkleurige huid. Ze heeft erg haar best gedaan om voor een dertiger te kunnen doorgaan, maar je merkt toch de onnatuurlijke strakheid van haar huid. Ze groet me kort met een hand die vol zit met glinsterende ringen en kijkt me met een jaloerse blik aan.

Jack Jefferson is de derde gearriveerde. Hij is de enige die me breed glimlachend benadert en me ongegeneerd van top tot teen bekijkt. Zijn donkerblonde haren zitten behoorlijk in de war en de slaapgroeven zijn nog niet volledig uit zijn gezicht verdwenen. Geamuseerd volg ik zijn nonchalante cowboyachtige stappen naar mij toe.

'Hallo,' groet hij me in het Amerikaans. 'Jij ziet er niet verkeerd uit!' Dan buigt hij zich samenzweerderig naar me toe en fluistert: 'Ben jij ook anders?'

Ik knik, even van mijn stuk gebracht.

'Wat dan?'

'Vampier,' zeg ik en grijns mijn tanden bloot.

'O.' Zijn ogen worden zo groot als volle manen. 'Mooi, mooi. Interessant. Ik heb nog getwijfeld, maar besloot toch maar iets anders te nemen. Sorry!' Hij gooit zijn handen met een zwierig gebaar de lucht in en rolt met zijn ogen.

Ik grinnik, toch wel onder de indruk van zijn charmes.

Wanneer de laatste aankomt, voel ik mijn zenuwen serieus toenemen. Het spel kan nu niet lang meer duren. Binnenkort moet ik actie ondernemen, in elk geval voor ze op de operatietafel gaan liggen.

Nummer vier is een kleine Japanner met de naam Yuta Yamamoto. Gelukkig hoef ik de namen niet lang te onthouden. Yuta ziet er nerveus en onzeker uit. Met snelle pasjes komt hij naar me toe, ondertussen schichtig heen en weer blikkend. Ik steek zeker een kop boven hem uit en groet hem door erg diep te buigen. Hoe dieper de groet in Japan, hoe meer respect je toont. Hij groet me met een kleine buiging terug, maar zegt geen woord, dus gebaar ik dat hij naar binnen kan.

Binnen zijn de gesprekken in het Engels tussen de klanten ingetogen en kort. Alleen de Amerikaan lijkt zich meteen prima thuis te voelen en werpt me zelfs een kushandje toe wanneer ik me bij hen voeg. Aangezien Ed geen aanstalten maakt, schenkt Jack me een glas champagne in en overhandigt het me met een knipoog. Ik vraag me af of het eigenlijk wel kan, champagne drinken voor een operatie, maar besluit dat het mijn zaken niet zijn. Ik weet wel, dat heb ik ooit eens gehoord, dat hersens ongevoelig zijn.

De anderen hebben het niet in de gaten, maar ik observeer Ed beter dan hen. Af en toe verschijnt er een zwart waas in zijn ogen, een teken dat hij de gedachten van de klanten leest. Als hij die van mij maar niet binnendringt, bedenk ik me plots met schrik om het hart. *Verdomme!* Waarom heb ik Diedie mijn gedachten niet laten afschermen? Ed ziet mij naar hem kijken, maar uiteraard is Selena op de hoogte van alles en hoeft hij de telepathie voor haar niet weg te stoppen.

Johanna's gezicht lijkt meteen op te klaren wanneer Noël de kamer in komt. Ze kent Noël blijkbaar goed of adoreert hem door wat hij van plan is te doen, dat kan ik niet zo goed bepalen. Noël groet hen allen op een verschillende manier; het is duidelijk dat hij met de een een betere band heeft dan met de ander. Ed geeft hem een glas bubbels, wisselt een blik van verstandhouding en loopt dan de kamer uit. Jack gaat tussen mij en Yuta op de witleren bank zitten. Noël maakt het zich gemakkelijk in een fauteuil. Ghalid en Johanna nemen plaats op de andere bank.

Aanvankelijk gaan de gesprekken over koetjes en kalfjes. Hun laatste financiële successen en transacties, gemopper over de beurs, hun nieuw buitenverblijf in een of ander exotisch land, van die dingen. Ik kan me amper concentreren omdat mijn gedachten uitgaan naar hoe ik dit hele gedoe in de kiem kan smoren voor er daadwerkelijk geopereerd wordt.

Ik hoor Jabar in mijn oortje zeggen: 'Doe nog niets, Manon. We horen alles wat er gezegd wordt. Als het zover is, dan geven we een seintje.'

Ed komt weer boven en heeft een laptop in zijn armen. Hij neemt plaats naast Ghalid en klapt de laptop open.

'Mijn assistent zal nu eerst nagaan of alle voorschotten gestort zijn,' zegt Noël.

'Uiteraard is dat gebeurd,' brengt Jack quasi verontwaardigd uit en grijnst.

Noël knikt alleen maar. Ik zie aan zijn blik dat hij Jack niet erg mag, waarschijnlijk is hij iets te flamboyant naar zijn smaak.

Ed begint te tikken en kijkt dan op. 'Het is volbracht.'

Noël lijkt zich nu pas te ontspannen, zijn schouders zakken merkbaar.

Dan staat hij op en zegt: 'Tijd voor een demonstratie!'

Jack klapt enthousiast in zijn handen, Johanna kijkt hem aan met nog grotere adoratie dan voorheen, Yuta blijft onbewogen en Ghalid gaat wat rechter zitten.

Wat er nu volgt, had ik in geen honderd jaar zien aankomen. Ik moet me behoorlijk beheersen om het niet uit te roepen van verbijstering.

Noël verandert voor iedereen in een reuzenpython. De slang is niet bijster lang, maar wel net zo dik. Zijn groengele schubben glinsteren in het licht. Mijn mond valt open en snel sluit ik hem weer voor Ed het ziet. Noël een vervormer? Net als ik? Mijn gedachten malen als een gek. Heb ik daar echt niet eerder bewijzen van gezien? Nee, volgens mij niet. Bovendien verandert de kleur van de ogen niet wanneer een vervormer transformeert, in tegenstelling tot de andere anderssoorten.

Maar Jabar wilde toch niet dat Noël met zijn zus omging omdat hij een mens is? Al gaat dat natuurlijk net zo goed op als hij een vervormer is. Ook vervormers kunnen geen kinderen krijgen met elfen. En vervormers verouderen, net als mensen, dus zijn leeftijd klopt. Wist Jabar dit? Het lijkt me niet, want dat had hij zeker gezegd. Een andere mogelijkheid is natuurlijk dat Noël de operatie al op zichzelf heeft laten uitvoeren. Deze theorie komt me waarschijnlijker voor.

'Een slang!' roept Jack uit. 'Dat is pas cool!'

Johanna deinst achteruit en kijkt het reptiel heel wat minder kwijlerig aan dan ze Noël bekeek. Yuta heeft zich geen vin verroerd, het lijkt wel of die kerel met zijn ogen open aan het slapen is. Ghalid glimlacht en is duidelijk onder de indruk.

'Dat is Noël, nu een vervormer,' zeg ik. Niet om de anderen in te lichten, maar zodat Jabar het hoort. Johanna kijkt me met gefronste wenkbrauwen aan, de anderen hebben me niet eens gehoord.

Noël transformeert weer naar zichzelf en kijkt hen allemaal zelfvoldaan en hautain aan.

'Hoe kunnen we nou zeker weten dat je de operatie ondergaan hebt?' vraagt Ghalid op kalme toon. 'En dat je niet al je hele leven een vervormer bent? Dit is nog steeds geen afdoende bewijs.'

'Jullie zullen me op mijn woord moeten geloven,' zegt Noël, die duidelijk zijn zelfbeheersing onder controle probeert te houden. Zijn ene hand balt zich tot een vuist. Hij vervolgt: 'De persoon die dit kan bevestigen, kon hier vandaag helaas niet aanwezig zijn. Zij kon vertellen dat ik vroeger een mens was.'

Ik heb zo het vermoeden dat hij mij bedoelt. Dus ik was niet alleen ontvoerd om zijn vrouw te worden en Jabar een hak te zetten, maar ook om de anderen fijntjes uit te leggen dat hij een mens was.

Ik begrijp echter de achterdocht van de Arabier. De prijs voor de operatie zal niet mals zijn en hij wil natuurlijk zekerheid.

'Volgen jullie me,' gebiedt Noël dan. 'Er zijn nog bewijzen in de kelder.'

Zonder op hen te wachten, beent Noël naar de keldertrap toe.

Naast me lopend, zegt Jack: 'Ik begin nu toch te twijfelen.'

'Om de operatie door te laten gaan?' vraag ik hoopvol.

'Nee, nee, ik twijfel aan mijn keuze. Ik heb nu gekozen voor engel omdat het me zo cool leek om voorwerpen te kunnen verplaatsen.' Hij laat me voorlopen op de trap en zegt tegen mijn rug aan: 'Maar nu zou ik misschien toch voor vervormer kiezen. Ah, er valt niets meer aan te veranderen.'

In de hal wil ik hem vragen wat de anderen gekozen hebben, maar dan bedenk ik me dat Selena daar vast van op de hoogte was. Het zou dus onvoorzichtig zijn om ernaar te vragen.

We worden naar de achterste kamer gebracht. Allen houden meteen hun adem in en staren met grote ogen naar de glazen tubes. Ergens hoop ik dat dit afschuwelijke beeld hen van de operatie zal doen afzien, maar ik vrees het ergste. Kunnen transformeren, gedachten lezen, met de geest voorwerpen doen bewegen of de natuur manipuleren, is natuurlijk te aanlokkelijk. Ze hebben niet voor niets zoveel geld neergekwakt en deze trip gemaakt. Ik probeer Lucas niet aan te kijken en ga zo staan dat ik hem niet meer kan zien.

Wanneer de aanvankelijke verbijstering en walging voorbij zijn, worden de klanten alleen maar enthousiaster. Dok staat bij de tubes en beantwoordt hun vragen zo goed mogelijk. Hij verzekert hen dat de procedure veilig en bovendien pijnloos is.

Ik vind dat de manier waarop Noël de klanten observeert er onheilspellend uitziet. Het lijkt wel of hij iets verbergt. De heimelijke blikken die hij en Ed wisselen, kunnen niet veel goeds betekenen.

'Tijd voor de laatste betaling,' zegt Noël, wanneer de vragen van de klanten uitgeput lijken.

Ze knikken allen driftig.

'Selena zal jullie naar boven begeleiden, want hier in de kelder is de verbinding voor mobiele telefoons nogal slecht,' voegt Noël eraan toe. 'Daarna zal ik jullie de operatiezaal laten zien.'

Boven aangekomen, klappen ze hun mobieltjes open en geven in hun eigen taal instructies door. Alleen de Amerikaan begrijp ik.

'Vijftig miljoen dollar, nu meteen,' snauwt hij. 'Nee... ja... uiteraard!... Is het gebeurd?'

Braafjes vergezel ik ze daarna weer naar de kelder en regelrecht naar de operatiezaal. De hele tijd maakt Jack avances en flirt hij met me. Ik probeer de koelbloedige Selena uit te hangen, maar af en toe brengt hij me danig aan het lachen.

Ik vraag me af wanneer Jabar de tijd geschikt vindt om toe te slaan, want volgens mij gaan ze zo beginnen met de operaties. Ik kan het hem jammer genoeg niet vragen.

In de operatiezaal staan de dokters en verpleegkundigen er allemaal een beetje schaapachtig bij en ik kan me niet van het idee ontdoen dat ze niet helemaal thuishoren in deze omgeving, behalve Dok dan. Sophie bekijkt het operatiegereedschap alsof het vreemde objecten zijn die haar elk moment kunnen bijten.

Jabar praat tegen me: 'Manon, haal het pistool tevoorschijn en houd Noël onder schot. We zijn onderweg.'

Ik buk me en doe alsof ik mijn enkel ga krabben. Op datzelfde moment gebeurt alles razendsnel en zo onverwacht dat noch ik, noch Jabar zoiets had kunnen voorzien. Met mijn blik naar de vloer gericht, zie ik Ed in mijn ooghoek bewegen. Ik hoor een knal en onmiddellijk nog een. Het is echter niet ik die schiet, maar Ed, zie ik wanneer ik snel mijn Glock uit de riem trek en omhoogkom. Johanna gilt, Jack valt neer op de grond. Nog voor ik van de verbazing kan bijkomen, schiet Ed nog tweemaal. Ghalid staart verbaasd naar zijn borst waar een pijlachtig object uitsteekt en zakt dan door zijn benen. De vier klanten liggen plat op de vloer en ik weet even niet wat ik moet doen. Waar blijven de anderen?

Noël ziet mijn twijfel en verbazing, want hij zegt: 'Selena? Wat is er?' Dan merkt hij het pistool op in mijn hand en nu is het zijn beurt om verbaasd te kijken. Snel richt ik het pistool op hem.

'Geen enkele beweging of ik knal je neer.' Dreigend zwaai ik met het pistool in de richting van Ed. 'Laat het vallen! Laat je pistool vallen!'

Ed gehoorzaamt gelukkig. Met een luide knal klettert zijn pistool op de grond.

'Selena? Wat doe je nu? Je wist toch dat we hen gingen verdoven?' Noël lijkt danig van slag. Goed zo.

Zowel Ed, de dokters als de verpleegkundigen staan stokstijf stil en volgen iedere beweging die ik maak.

Met het pistool op Noëls voorhoofd gericht, zeg ik: 'Ik ben Selena niet.'

## 36

'Manon.' De uitdrukking op Noëls gezicht zal ik nooit vergeten. Ik wou dat ik een fototoestel bij me had.

'Wat heb je met hen gedaan?' vraag ik bits.

'Ze zijn alleen maar verdoofd,' antwoordt Noël.

'Waarom? Voor de operatie?'

Noël barst in lachen uit en zijn sidekick Ed doet vrolijk mee. Ook de dokters en verpleegkundigen vinden het blijkbaar erg grappig wat ik net zeg.

'Waar is Jabar?' vraagt Noël. De lachrimpeltjes maken plaats voor een stuurse blik.

'Op weg hierheen en hij is niet alleen. Waarom?' Ik kijk naar de uitgetelde klanten op de vloer.

'Je hebt het echt niet door, hè. Niets van dit alles.' Noël grijnst. 'Je bent nog zo naïef. Werkelijk schattig.'

Ik richt op zijn kruis. 'Leg het me dan uit, zodat ik geen kogel moet verspillen aan je klokkenspel. En niet vervormen, een schot bereikt je in minder dan twee seconden.'

Noël zucht. 'We hebben hen nodig om op te testen.'

'Hoezo testen?'

'Wat wij hen wijsmaken, is nog niet mogelijk. Verre van.'

'Dus je wilt hen als menselijke proefkonijnen gebruiken?' vraag ik verbaasd.

'Precies.'

'Waarom dan geen zwervers of mensen zonder bedrijven en familie?'

'Omdat ze stinkend rijk zijn en ons niet alleen met hun lichaam van dienst zullen zijn, maar ook met hun geld.'

'Heb je nog niet genoeg dan, vuile moordenaar?'

'Hoe meer geld je hebt, hoe meer je wilt, Manon, ken je dat lesje nog niet? Nu, dan heb ik je dat tenminste bijgebracht.' Het sarcasme druipt van zijn woorden.

'Ze zullen gemist worden. Mensen die multinationals leiden, kennen nou eenmaal veel andere mensen.' Al heb ik een donkerblauw vermoeden dat hij daar iets op gevonden heeft. Alleen al zijn zelfvoldane glimlach verraadt dat ik het bij het rechte eind heb.

'Zie je hen?' Hij wijst in de richting van Sophie en de verpleegkundigen. 'Ze kennen geen snars van medische toestanden, maar ze zijn een kei in het vervormen.'

Vervormers! Ik had het kunnen weten. Hij wil de vier klanten laten vervangen door hen. Althans tot ze teruggevlogen zijn naar hun land, hun gezin hebben ontmoet of hun bedrijf een bezoekje hebben gebracht en dan zullen ze natuurlijk plots verdwijnen. Dan kan niemand de link leggen met Noël of België. Slim, erg slim en buitengewoon gemeen.

'Ik zie dat je het begrijpt. Misschien ben je dan toch slimmer dan ik dacht,' grijnst Noël.

Vluchtig kijk ik naar de deuropening. Waar blijven de anderen in 's hemelsnaam? Zo veraf stonden ze nou toch niet geparkeerd.

'Als je Jabar verwacht, kan je nog lang wachten,' zegt Noël. 'Want zie je, toen ik de verdoofde dobermann vond, vermoedde ik al dat er iets niet in de haak was.'

Dit kan niet waar zijn, wist hij al die tijd dat ik het was?

Alsof hij mijn gedachten kan raden, vervolgt Noël: 'Ik wist niet wiens plaats je zou innemen, maar dat weet ik nu. Nadat ik de hond vond, heb ik bewaking bij de muren laten plaatsen, zonder dat iemand het wist. Zelfs hij niet.' Noël knikt in Eds richting.

Paniek begint zich aan me op te dringen. *Kalm blijven, Manon, kalm blijven.* Misschien vinden Jabar, Diedie en Oded er iets op. Met zijn drieën en hun gaven hebben ze heel wat meer in hun mars dan simpele menselijke bewakers. Dat hoop ik tenminste.

'Ben je dan altijd al een vervormer geweest?' vraag ik zo rustig mogelijk, maar ik voel mijn hart tot in de toppen van mijn vingers kloppen en ik krijg moeite om mijn grip op de Glock te behouden.

'Denk nou eens na,' zegt Noël op schoolmeestertoon. 'Wat heb ik je net verteld? Een beetje beter opletten, Manon!'

'Ja, je was het altijd al.'

'Precies.'

'Maar waarom wil je dan experimenteren met het inplanten van hersens van anderssoorten bij mensen? En waarom al die leugens tegenover mij voordien?'

'Troeven moet je nooit helemaal uitspelen, Manon, lesje nummer twee voor vandaag. Jammer dat je mijn vrouw niet wilde zijn. We hadden een perfect koppel gevormd en je had nog veel van me kunnen leren, meer dan van Jabar. Je weet toch dat er niet veel vervormers zijn? Niet zoveel als vampiers of heksen.'

Vandaar dus dat hij me wilde huwen. Twee vliegen in één klap, zijn favoriete werkwijze. Jabar een hak zetten en omdat we beiden vervormers zijn, kan ik hem kinderen schenken. *Hè, jakkes!* Ik moet er niet aan denken.

Jack begint luid te snurken en op een dergelijk komische toon dat ik in de lach zou schieten als de situatie niet zo bedreigend was.

'Ik wilde dat je geloofde dat ik een ordinair mens was, zodat je je daarop niet kon voorbereiden, in geval het je lukte te ontsnappen. En dat deed je ook, dus was het een behoorlijke slimme zet van me, niet?'

Ik weiger hierop te antwoorden. 'Je hebt mijn eerdere vraag niet beantwoord. Waarom dat geëxperimenteer? Je bent toch een anderssoort?'

'Die vier klanten hier zijn een voorproef op het werkelijke werk. Een test om uit te vinden hoeveel mensen bereid zijn te betalen, of ze inderdaad hun mond kunnen houden en of we hun plaats tijdelijk kunnen innemen zonder achterdocht te zaaien. Stel je voor hoe rijk je kunt worden als een dergelijke procedure inderdaad zou slagen. Jean hier doet zijn best om dat uit te zoeken en op een dag is het zover. Dan verkoop ik de gaven van anderssoorten aan de hoogste bieder en kan het echte spel beginnen. We hebben ze tegelijkertijd verdoofd, zodat we ze tegelijkertijd in een tube konden stoppen, zonder dat er één het toevallig ontdekte voor het zijn beurt was.'

Ik merk dat Noël zich in zijn nopjes voelt nu hij eindelijk zijn briljante plannen aan me kan onthullen. Als hij denkt dat ik hem opeens superintelligent vind, heeft hij het verkeerd. Nou, oké, het is natuurlijk allemaal wel erg sluw, maar nog veel meer walgelijk en onmenselijk. En dat laatste weegt toch zwaarder. Af en toe hoor ik gehijg, een forse uitroep en een volwaardige Odedvloek door mijn oortelefoontje.

'Je kunt nergens heen, Manon, met ons zevenen overmeesteren we je zo. Het feit dat ons duiveltje hier jou nog niet mentaal heeft gemanipuleerd, komt alleen maar omdat ik hem daartoe nog geen opdracht heb gegeven.'

'Ik neem tenminste jou nog mee, smeerlap, als ik eraan ga.'

'Tss, tss, tss,' sust Noël en schudt zijn hoofd. 'Denk je dat nu werkelijk?'

Ik span de haan van het pistool en blijf volharden in mijn koele houding. Maar in werkelijkheid doe ik het in mijn broek.

Terwijl ik Noël blijf aankijken, bijt ik de andere vervormers toe: 'Hoe kunnen jullie in godsnaam hieraan meedoen? Jullie vermoorden mensen en je eigen soort!'

In mijn ooghoek zie ik dat Sophie beschaamd haar blik afwendt naar de grond, maar de drie mannen kijken me uitdagend aan, alsof ze willen zeggen: bemoei je met je eigen zaken. Doks gezicht staat zo stoïcijns als maar zijn kan.

'Sluit je bij ons aan,' zegt Noël opeens op vriendelijke toon. 'Hoe kun je Jabar nu nog vertrouwen? Hij wist al die tijd dat ik een vervormer was.'

'Nee!' roep ik voor mijn eigen verbazing wel erg hard uit. 'Dat zou hij me verteld hebben.'

'Jabar heeft wel meer geheimen voor je dan dat, Manon, dat vertelde ik je al. Maar geloof je me? Nee. Je gelooft nog liever een vuile elf dan iemand van je eigen soort.'

'Ik geloof nog eerder een politicus dan jou!'

'En ik kan je nog wel vertellen wie je echte ouders zijn. Jammer, hoor.'

Ik weiger me te laten chanteren met die belofte, al brandt er nog steeds ergens diep vanbinnen een verlangen om het te weten. Ik geloof hem wel, o ja, zeker. Het feit dat hij vier vervormers heeft gevonden die aan zijn smerige moordspelletje wilden meedoen, terwijl vervormers inderdaad zeldzamer zijn dan de andere anderssoorten, is daar al een bewijs voor. Het lijkt me dan ook best mogelijk dat hij mijn ouders gevonden heeft.

*Concentreer je, Manon, laat je niet afleiden door zoete praatjes.* Maar het is wel erg verleidelijk om eraan toe te geven. Niet om me bij hem aan te sluiten, dan ga ik nog liever dood. Ik zou echter kunnen doen alsof en dan...

Noël merkt mijn twijfel op en doet nog een duit in het zakje. 'Ik kan je zo bij hen brengen. Ik weet waar ze wonen en wat ze nu doen.'

'Nee,' zeg ik.

Ik hoor het zelf ook wel; ik klink al heel wat minder zeker van mezelf. *Verdorie!*

Een luide knal weerklinkt van ergens buitenaf. Jabar!

Doordat ik even afgeleid ben, ziet Noël kans om te vervormen in een mistbank. Ik schiet, maar hij is te snel en de kogel scheert rakelings langs hem heen. De flard mist zoeft me voorbij, met een misselijkmakende eau-de-colognegeur eraan gekleefd, de hal in en naar boven. Ik heb de keuze: hem achternagaan en de rest laten gaan of andersom. Ed en de anderen gebruiken het plotse tumult om op me af te vliegen. Op het laatste nippertje kan ik nog op Ed mikken en schiet. Hij tuimelt achterover. Blijkbaar heb ik hem recht in de borst geraakt.

'Geen beweging meer!' gil ik de anderen toe.

Behalve Sophie kijken ze me aan alsof ze me levend willen opeten. Ze zetten enkele stappen achteruit, maar hun houding verraadt dat ze springklaar of vervormklaar blijven.

'Als er één vervormt, schiet ik de anderen dood!' voeg ik er dan nog maar aan toe.

Ed ligt kreunend op de grond. Het ziet er niet goed uit. Het bloed sijpelt uit zijn borst en de plas waarin hij ligt wordt alsmaar groter. Ik vind het verschrikkelijk dat ik hem heb moeten neerknallen, maar het is eigenlijk het beste zo. Nu Noël er tussenuit geknepen is, zou Ed me hoogstwaarschijnlijk gehersenspoeld hebben en dan was ik compleet weerloos geweest.

Van boven komen luide voetstappen en geschreeuw.

'Manon?' hoor ik Oded roepen. 'Waar zit je, verdomme?'

'Beneden!' roep ik terug. 'Laatste deur links.'

Ik hoor gestommel en dan Oded: 'Godverklerereklotekutdomme nog aan toe!'

Volgens mij donderde hij in zijn haast bijna van de trap af. Met een behoorlijk schram op zijn gezicht die een klein beetje bloedt, verschijnt hij in de operatiezaal, een pistool in de hand. Hij overziet de situatie in een oogwenk en neemt de vervormers onder schot.

'Wie zijn dit stelletje overgehaalde jandoedels?' vraagt hij, terwijl zijn ogen volledig zwartkleurig worden.

'Vervormers die in het plot zitten, vertel ik je later wel. En die op de grond is een duivel.'

'Goed gemikt,' grijnst hij.

'Dat daar,' ik wijs Dok aan, 'is de dokter en volgens mij een mens.'

'Inderdaad, dat is hij,' bevestigt Oded die natuurlijk zijn gedachten gelezen heeft. 'En die anderen op de grond? De klanten?'

'Ja, ze slapen. Ze zijn verdoofd.'

Ik hoor nog twee personen de trap afkomen en bid dat het Jabar en Diedie zijn.

'Waar is Selena?' vraag ik Oded.

'Diedie heeft magie op haar losgelaten.' Oded glimlacht grimmig. 'Ze is vrijgelaten, maar met een compleet nieuwe identiteit. Vanaf vandaag zal ze er alles aan doen om een celibatair leven te leiden. Ik ben benieuwd welk klooster ze uitkiest.'

Jabar en Diedie komen de kamer binnen.

'Milde straf voor een moordenares,' zeg ik nog tegen Oded. Hij opent zijn mond, maar ik ben hem voor: 'Ja ja, ik weet het, het kan niet anders.'

Diedie ziet de gewonde Ed liggen en loopt meteen naar hem toe. Zelfs met monsters heeft ze medelijden. 'Arme man, wat een wond,' zegt ze.

Ed kreunt nu niet meer, zijn ademhaling is onregelmatig uit en er drupt bloed uit zijn mond.

Diedie bukt en legt haar vingers tegen zijn hals aan. 'Hij haalt het niet.'

'Alles onder controle hier?' vraagt Jabar.

'Ja,' antwoordt Oded.

Jabar kijkt verbaasd naar de mensen op de grond. 'We hebben de hele omgeving en het huis uitgekamd, maar er is niemand meer aanwezig. Vier bewakers, engelen trouwens, hebben kennisgemaakt met ons. Gelukkig zagen we hen nog op tijd en stonden ze verspreid opgesteld. Die heeft Noël op het laatste moment daar geplaatst zeker?'

Ik knik. 'Hij vermoedde dat er iets niet in de haak was.'

Het verbaast me wel dat Noël er zo weinig heeft opgesteld. Ik heb Jabar in zijn eentje al eens vier mensen zien uitschakelen, alleen al door vechttechnieken en zonder hulp van zijn gave. Ik kan me al voorstellen hoe het daarnet gegaan is. Waarschijnlijk heeft Jabar op afstand een natuurelement gebruikt, zoals wind of mist, om hun zicht te bemoeilijken zodat ze niet konden mikken met hun pistolen. Vervolgens kon Oded dichterbij komen om hun gedachten te manipuleren en ze wijs te maken dat er niemand naar hen toeliep. Dan was het uiteraard nog een koud kunstje om hen met zijn tweeën uit te schakelen. Diedie zal daarna wel hun geheugen gewist hebben.

'Hij is er niet meer,' zegt Diedie dan op een trieste toon en staat op.

Ik vind het erg om toe te geven, maar ik kan er niet rouwig om zijn. Ik weet dat ik later nog de gevolgen zal ondervinden van het feit dat ik iemand gedood heb, maar op dit moment heb ik noch de fut, noch de tijd om er lang bij stil te staan. En ik heb trouwens heel wat om me mee te troosten. Ed heeft immers Odeds café afgebrand, meegeholpen aan het ontvoeren van mij en al die anderen en de vriend van Sharon mensen laten vermoorden. Al was dat niet eigenhandig, het komt op hetzelfde neer.

'Maar…' Diedie wijst naar de roodharige vervormer. 'Dat is degene die zich als jou voordeed, Manon, degene die me de schrik op het lijf joeg bij ons thuis.'

De man grijnst en recht zijn rug, duidelijk trots op zijn performance. Ik kan het niet laten, loop op hem af en geef hem een trap in de ballen.

'Wat is er hier gebeurd?' vraagt Jabar. 'Door de gevechten boven kon ik de gesprekken niet meer volgen.'

Ik vertel het in het kort en vraag dan: 'Wat doen we met hen?'

Diedie loopt tot bij de mensen en kijkt meelevend op hen neer. 'Ze zijn fout natuurlijk,' zegt ze dan. 'Maar laten we net als met die mensen die in hun wagens op hen wachten, alleen maar hun geheugen van de afgelopen weken wissen. Wat denken jullie?'

Ik vind het allemaal best, ik wil dit alles zo snel mogelijk achter de rug hebben. Ook de anderen zijn het ermee eens.

'Oded?' Diedie kijkt hem aan. 'Wil je even in hun geheugen kijken tot hoever terug in de tijd het contact met Noël zich afgespeeld heeft?'

Jabar neemt de plaats van Oded in naast mij en loopt naar de slapende klanten toe.

'Waar is Noël?' Jabar zegt de naam met een zuur gezicht.

'Ontsnapt als mist. Hij is een vervormer. Wist je dat?'

'Vervormer? Ik meende al zoiets te horen door het oortje, maar kon het niet geloven.' Jabar lijkt me oprecht verbaasd. 'Nee, ik wist het absoluut niet. Ontsnapt dus? Vervelend, erg vervelend.'

Ik knik. 'Wat doen we met Dok?'

'Dok?' vraagt Jabar.

'Frankenstein daar.' Ik wijs hem aan.

'Daar weet ik wel iets op,' meent Diedie. 'We laten hem denken dat hij mensen vermoord heeft, wat nog waar is ook, en zadelen hem op met zo'n immens schuldgevoel dat hij zichzelf aan gaat geven.'

'Ik weet het nog beter te doen,' zegt Jabar die Dok aankijkt alsof hij het meest walgelijke schepsel is dat hij ooit zag. 'Wanneer iedereen buiten is, steken we het huis in brand met die duivel erin. Maar we laten Diedie een illusie eroverheen leggen, zodat het lijkt alsof het huis er nog enkele dagen staat. We geven Dok mee dat hij de moord gepleegd heeft en het huis in brand gestoken en later gaat hij zichzelf aangeven voor die feiten. Tegen dan is de illusie uitgeput.'

We vinden het allen een briljant idee, behalve Dok zelf natuurlijk. Hij jammert en verontschuldigt zich op onhandige wijze. Als een klein kind begint hij te smeken en zegt dat hij het nooit meer zal doen, nooit meer. We hebben er uiteraard geen oren naar. De vervormers laten we gaan, ze hebben nog niets verkeerd gedaan.

'Als ik jullie nog eenmaal betrap op het plegen van een misdaad of alleen nog maar op de gedachte eraan, dan weten we jullie te vinden,' bedreigt Jabar hen op kalme toon.

Eerst doet Diedie haar mojo op de buitenlandse klanten. Al slapen ze, hun onbewuste registreert haar ingefluisterde woorden. Daarna neemt ze Dok onder handen. Oded moet hem stevig vasthouden, want hij plaatst zijn handen op zijn oren zodat hij de woorden van Diedie niet hoort en spartelt tegen als een vis op het droge.

Een voor een worden de klanten door Oded en Jabar naar boven gebracht en in hun wagens gedumpt. Oded manipuleert de gedachten van de chauffeurs en draagt hen op ze terug te brengen naar het vliegveld. Dok wordt verdoofd met een pijltje uit het geweer van Ed en helemaal op het einde van het terrein in de bosjes gelegd. Oded legt uit dat de bewakers al vertrokken zijn door de instructies die hij hen gegeven heeft. Het lijkt erop dat alle losse eindjes weggewerkt zijn, behalve Noël dan natuurlijk. Intussen ben ik opnieuw in mijn eigen vorm veranderd en krijg ik het zo koud dat mijn tanden lichtjes tegen elkaar kletteren.

Er rest ons nog de moeilijkste taak van allemaal.

De anderssoorten in de glazen tubes.

We zien er vreselijk tegenop, maar lopen voor de laatste maal de keldertrap af.

## 37

Ze schrikken behoorlijk wanneer ze de tubes zien. Erover horen of het daadwerkelijk met je eigen ogen zien is natuurlijk een groot verschil. Diedie begint te jammeren en vlucht de hal in met de woorden 'Dit kan niet, dit kan niet', onderbroken door gesnik.

Odeds gezicht staat op onweer. Als hij zijn Brengun bij zich had gehad, dan was hij vast naar boven gehold om Dok en Selena alsnog neer te knallen. Ik zou hem niet tegengehouden hebben. Het is gemakkelijk om tegen de doodstraf te zijn zolang je zelf niet geconfronteerd wordt met de verschrikkingen van moord. Geloof me, als je zou zien wat wij nu zien, dan zou je ons vervloeken om de milde straffen die we de daders geven.

Jabar blijft zijn hoofd maar schudden in ontkenning, alsof hij het niet kan geloven dat dergelijke monsters bestaan die anderssoorten zoiets aandoen.

'Ik heb jullie gewaarschuwd dat het een afschuwelijk tafereel is,' breng ik zacht uit en bijt op mijn onderlip om de druk die ik in mijn borst voel te temperen, wat natuurlijk faliekant mislukt. Mijn hart breekt en mijn ogen worden vochtig wanneer ik naar Lucas kijk. Langzaam rollen er tranen over mijn wangen, maar ik doe niets om ze weg te vegen.

'Dit is… ik heb er geen woorden voor,' brengt Jabar met een gebroken stem uit.

'Tegen dat soort gestoorde ideeën hebben Jabar en ik nog gevochten in de Tweede Wereldoorlog,' zegt Oded. 'Leven ze nog?'

'Ja.' Met loodzware benen loop ik op een tube af en tik op de display die allerlei actieve lijntjes vertoont. 'Dit geeft onder andere hun hartslag weer.'

Jabar schuifelt ook tot bij de tubes en bekijkt een voor een hun gescalpeerde hoofden. Op de achtergrond hoor ik Diedie zachtjes huilen. Ik wil haar troosten, al is troost hier verre van toereikend, maar we moeten eerst beslissen wat we gaan doen.

Jabar zucht diep en zegt dan: 'Er ontbreken delen van hun hersens.'

'Ja,' zeg ik. 'Die hebben ze in de operatiezaal bewaard in een soort van bokalen met vloeistof in.'

'Dus dat was wat ik zag,' brengt Oded met opeengeklemde kaken uit. 'Ik vroeg het me al af. Slijmmonsters zijn het!'

'Kunnen ze nog verder leven zo... zonder... je weet wel?' vraag ik Jabar.

Mistroostig schudt hij zijn hoofd. 'Nee, Manon, althans niet meer zoals vroeger.'

'Die stukken kunnen toch teruggezet worden?' roep ik nu. Ik besef hoe onnozel ik klink, maar ik wil de hoop nog niet opgeven. Nu nog niet. Nee, nog niet...

'Nee, Manon, dat kan niet. Ze zijn grotendeels hersendood.'

'Ja, dat begrijp ik,' zeg ik nu rustiger.

'Manon, wat ik nu ga voorstellen zal je liever niet horen.' Jabar kijkt me met een verdrietige blik aan.

'Wat?' En dan besef ik het. 'Nee! Absoluut niet! Ze leven nog!'

'Noem je dat leven? Zou jij zo willen leven? Als een plant? Wie weet wat er aangetast is? Hun spraak, hun verstand, geheugen?'

'Jabar heeft gelijk, Manon,' voegt Oded eraan toe. 'Het is geen leven meer voor hen op die manier. En hoe moet het verklaard worden aan de buitenwereld?'

Ik draai me van hen weg en staar de witte muur aan. Hoe kunnen ze er ook maar aan denken om die mensen te doden? Het is te afschuwelijk voor woorden. Sommigen zijn nog erg jong en ze leven nog! Maar is dat werkelijk zo? Zou ik inderdaad zo verder willen leven? Nee, hoogstwaarschijnlijk niet. Anderzijds heb ik nu gemakkelijk praten. Misschien als ik zelf mocht beslissen in die situatie, zou ik toch verder willen gaan. Alles beter dan de dood? Nee, dat geloof ik niet, toch niet in het diepste van mijn hart.

Ik draai me opnieuw om en kijk naar een tube waar een vrouw in hangt die er ooit adembenemend uitgezien moet hebben, maar nu alleen maar op een levenloze pop lijkt met ingevallen wangen en lichtblauwe lippen. Haar beenderen steken scherp uit en haar huid ziet lijkbleek en vlekkerig. Enkele plukjes futloos haar omlijsten de nog resterende blootliggende, rozerode hersens.

Ik schrik wanneer ze plots haar ogen opent. Langzaam kijkt ze rond in de kamer, kijkt ons een voor een aan en vormt dan geluidloze woorden met haar mond. Ik begrijp wel wat ze zegt, maar wil het niet aannemen.

Oded heeft het echter ook gezien en zegt met een intrieste stem: 'Ze zegt dat ze dood wil.'

Dan herhaalt ze moeizaam enkele malen het woord: 'Alsjeblieft.'

Ik knik terwijl de tranen nu over mijn wangen vloeien. Nog een laatste maal loop ik naar de tube van Lucas en zoen het koude glas.

'Vaarwel, lieverd,' fluister ik, draai me om, hol de kamer uit, loop Diedie voorbij, naar boven en door middel van het pasje naar buiten.

Daar schreeuw ik mijn hart uit mijn lijf. Ik schreeuw tegen de bomen, tegen de lucht, het gras. Ik gil alle ellende eruit, alle schuldgevoelens uit mijn hoofd en pijn uit mijn hart. Wanneer ik uitgegild ben, heeft de catharsis me een beetje bevrijd, maar lang niet helemaal.

Ik voel iets tegen mijn been porren en zie Bas staan. Hij kijkt naar me op en het lijkt wel alsof hij begrijpt wat er aan de hand is. Zijn maatje staat naast hem en lijkt te weten dat Bas en ik elkaar kennen, want hij zit me stil aan te kijken. Ik buk me en krab Bas in zijn nek. Zijn ogen staan begripvol wanneer hij mijn hand likt of misschien beeld ik het me alleen maar in. Ik omhels Bas en droog mijn tranen aan zijn vacht. Hij laat het toe alsof hij aanvoelt dat hij me op die manier helpt. Er is niets wat meer geneest dan de steun van de beste vriend van de mens, de hond. Ter plekke besluit ik hen beide mee te nemen naar huis. Jabar zal het vast toelaten, al was het maar omdat hij denkt me daarmee te kunnen troosten.

Ik blijf daar met Bas en zijn maatje op de grond zitten, tot ik een hand op mijn schouder voel neerkomen. Het is Diedie die begrijpend en met rode ogen op me neerkijkt.

'Ze moeten het doen, Manon,' zegt ze zacht.

'Ik weet het.'

'Mooie honden.' Ze bukt en aait ze over de kop.

'Ik neem ze mee,' zeg ik resoluut, zodat ze weet dat ik geen tegenspraak duld.

'Dat is goed. Heb je ze al een naam gegeven?'

Ik weet wat ze doet, ze probeert me af te leiden.

'Alleen hem hier, hij heet Bas.'

'Niet bijster origineel.' Het is een droevige glimlach die op haar gezicht verschijnt.

'De andere noem ik… Bunker. Hij is gespierder en dikker.'

'Bunker?' Ze grinnikte zachtjes. 'Is dat een naam?'

'Vanaf nu wel. Ik vind het wel stoer klinken en passen bij een dobermann, niet?'

Diedie knikt.

'Bas en Bunker,' besluit ik en geef ze een zoen bovenop hun kop.

Op dat moment komen Jabar en Oded naar buiten. Nooit eerder zag ik een dergelijke uitdrukking op hun gezichten. Alsof hun hele familie gestorven is en daarbovenop de wereld vergaat. Met neerhangende schouders en schuldige blikken komen ze bij ons staan.

'Het is gebeurd, we hebben ze losgekoppeld van de machines. Manon, ga naar de wagen. We gaan het huis in brand steken,' zegt Jabar. Elk woord lijkt hem intens veel moeite te kosten.

'Nee! Ik ben geen klein kind meer, verdorie, ik ben vierentwintig! Ik blijf erbij.'

Jabar knikt.

'Hé, je Lexicon!' roep ik uit. 'Die vergeten we bijna. En de dossiers over de anderssoorten!'

'Laat ze maar opbranden met de rest. Als we ze meenemen, lopen ze het risico weer in verkeerde handen te vallen.'

'Maar misschien,' meent Oded, 'redden we er in de toekomst levens mee.'

'Wil jij informatie meenemen die door zo'n vreselijke persoon is vergaard? Het Lexicon had ik ook al veel eerder moeten vernietigen.'

'Daar zeg je wat,' geeft Oded toe.

'Nee!' roep ik uit.

Het is eigenaardig, maar het lijkt wel alsof dat Lexicon de druppel is die de emmer doet overlopen. Het voelt aan als een zoveelste overwinning voor Noël als we die met het huis laten meebranden. Dat kan ik gewoon niet toelaten. Ik hol het huis in en regelrecht naar het kantoor van Noël.

Op het bureau ligt het niet, dus open ik alle bureauladen. Ik doe het niet netjes want zo kan ik me nog wat afreageren. Papier dwarrelt rond en woest schuif ik spullen opzij, maar in de laden is er geen Lexicon te vinden. De boekenkasten moeten er ook aan geloven; boeken komen dof neer op de grond en kaften scheuren open. Ik lijk wel een op hol geslagen tornado die door het kantoor raast met een allesvernietigende kracht. Kwaad kijk ik de ruimte rond en been dan af op een schilderij die ik met beide handen beetneem en met brute kracht neergooi. Geen verborgen brandkast. De archiefkamer!

Ik loop erheen, maar die zit op slot. Ik neem mijn Glock en knal met twee welgemikte schoten het slot aan gruzelementen, waarna ik de deur opentrap. Een voor een open ik elke archieflade en graai de papieren en mappen eruit die ik achteloos laat vallen. Geen Lexicon. Nergens! Jabar komt stil naast me staan en legt zijn hand op mijn schouder.

'Laat maar, Manon, het is niet zo belangrijk.'

Ik hoor echter dat hij het niet meent, maar knik toch. Dan schiet me iets te binnen.

Ik kijk Jabar met grote ogen aan. 'We hebben die afgesloten kamer niet bekeken.'

'Zouden we dat wel doen?'

'Ja, natuurlijk,' antwoord ik verontwaardigd. Ik snap niet dat hij daaraan twijfelt.

'Als wat zich daar bevindt nog erger is dan die kamer met al die...' Jabar schudt lichtjes zijn hoofd. 'Ik weet niet of dat zo verstandig is. De nachtmerries zullen nu al niet mals zijn.'

'Ik wil het weten!'

Nieuwsgierigheid zal nog eens mijn dood worden, besef ik, maar tot zolang zal ik ze wel bevredigen. Ik loop de archiefkamer uit met Jabar in mijn kielzog. Oded komt net de trap af en kijkt ons vragend aan. Jabar wappert met zijn hand als wil hij zeggen: vraag niets.

De geheime kamer kan of de middelste kamer links zijn of een van de twee laatste kamers rechts. De eerste die ik probeer, door het slot kapot te schieten, blijkt enkel een voorraadruimte met medische spullen. Ik denk niet dat dit het grote verborgene is en steek over naar de middelste kamer rechts. Jabar en Oded zeggen geen woord en laten me doen.

Ik schiet mijn pistool leeg op het slot. Wat we in die kamer te zien krijgen, laat me wensen dat ik de tijd kon terugdraaien en Jabars raad had opgevolgd. Hij weet het altijd beter, dus waarom luisterde ik nu niet..?

Op een tafel ligt een man, vastgebonden met riemen die over zijn buik en borst lopen. Zijn handen en voeten zitten in boeien vastgeketend aan de tafel en over zijn voorhoofd loopt een strakke band. Zijn hoofd is gescalpeerd en zijn hersens liggen bloot. De hersens komen me onnatuurlijk groot over, puilen verder uit dan zijn hoofdgrens. Ik loop er met kloppend hart langzaam heen en dan moet het ergste nog komen.

Zijn borstkast is meermaals geopend en weer dichtgenaaid, dat is duidelijk aan de verschillende slordig gemaakte hechtingen. Naast hem staat een ecg-apparaat dat een sterk onregelmatige hartslag laat zien.

De arme man is bovendien wakker, kijkt me aan met wijd open-
gesperde ogen en lippen die bewegen, maar geen geluid voortbrengen. Zijn blik is zo smekend en angstig dat mijn ogen opnieuw
vollopen met tranen.

Dan zie ik dat hij vampiertanden heeft en dat zijn ogen roodge-
kleurd zijn. Ik had het mis voor toen ik dacht dat ik het ergste wel
gezien en gehoord had.

Oded komt naast me staan en heeft een dossier in zijn handen.
'Dat lag daar op de kast,' zegt hij zacht. 'Wat ik hier lees, kan niet
waar zijn.'

'Wat?' vraagt Jabar en kijkt mee over zijn schouder. 'O, mijn God.'

Oded schraapt zijn keel en zegt: 'Er komt geen eind aan de wan-
smakelijke en verschrikkelijke praktijken van die vent.'

Jabar klinkt vermoeid wanneer hij zegt: 'Dit is het laagste van het
laagste.'

De man op de tafel opent zijn mond verder en ik zie dat zijn tong
is weggesneden.

'Ongelooflijk,' zucht Oded. 'Noël probeerde een kruising tussen
de verschillende anderssoorten, vandaar dat zijn hersens er veel
groter uitzien dan normaal het geval is.'

De man brengt een verscheurend geluid voort.

'Hij wil dood,' zegt Oded op droevige toon. 'Ik lees net zijn gedachten. Ze hebben hem wekenlang gefolterd. Hij wil niet meer
leven en zeker niet zoals hij nu is. Ooit was hij enkel vampier en
nu… Zijn lichaam doet overal pijn en hij kan de verschillende gaven
niet aan. Ze komen in botsing met elkaar zodat hij continu verschrikkelijke hoofdpijn heeft.'

'Noël is echt een Frankenstein,' breng ik met raspende stem uit.

Ik kijk de man aan en leg mijn hand op zijn wang. 'Het spijt me.
Het spijt me wat je allemaal hebt moeten doorstaan. Je moet verschrikkelijk geleden hebben.'

De man antwoordt door te knipperen met zijn ogen, kijkt me

nog eenmaal aan en sluit dan voorgoed zijn ogen. Het grillige ecg-patroon wordt een compleet rechte lijn.

'Hij heeft zijn eigen hart stilgelegd,' zegt Oded. Zijn stem slaat over. 'Hij wilde het al een tijdje doen, maar ze hielden zijn gaven on-derdrukt met een slaapmiddel.'

Daar ken ik alles van.

Met een moedeloos gevoel laten we de dode man achter.

Ik hoop dat hij nu eindelijk rust heeft gevonden.

Samen met Oded haalt Jabar de bestelwagen, waar Oded altijd een extra jerrycan met benzine in bewaart voor het geval hij zonder komt te zitten en er geen benzinestation in de buurt is. Diedie en ik wach-ten bij het huis, samen met de honden. Af en toe omhelzen we el-kaar zonder iets te zeggen.

Geen vijf minuten later rijden Jabar en Oded de oprit op en stop-pen op het parkeerterrein. Met de jerrycan tussen hen in lopen ze op het huis af. Na ongeveer tien minuten komen ze weer naar buiten. Ze laten de voordeur open zodat er voldoende zuurstof in het huis aanwezig is en de brand niet uitdooft.

Met zijn zessen kijken we op veilige afstand toe hoe er rook uit het huis komt, de eerste vlammen likken en de ramen springen. Die-die voert als laatste nog haar mojo uit en het resultaat is verbluffend. Het lijkt alsof er helemaal niets gebeurd is. Het huis ziet er precies zo uit zoals het was voor Oded en Jabar er de vlam in staken. Ik voel de hitte die ervandaan komt, ik ruik de rookwalmen en ik hoor het neerstortend puin, maar er zijn geen vlammen te zien.

De zon is volledig ondergegaan en door de kille zwartheid van de avond lijkt alles nog grimmiger en afgrijselijker. Zonder een woord te zeggen, stappen we in de wagen. Bas en Bunker gaan meteen naast me zitten en leggen hun kop op mijn schoot.

De hele weg naar huis zijn we allen stil in rouw.

# 38

Er is nu een week voorbijgegaan. Hoewel buiten de zomer goed doorbreekt en de zon ons verwarmt, is het voor ons een donkere week geweest. Nooit eerder hebben we dergelijke drastische en verschrikkelijke maatregelen moeten treffen om de anderssoorten geheim te houden. De eerste nachten wordt mijn slaap gevuld met de meest afschuwelijke nachtmerries die na het ontwaken nog uren in mijn hoofd blijven rondspoken. Als ik er nou maar iets positiefs aan had overgehouden, zoals weten wie mijn ouders zijn, dan had ik de pijn misschien beter kunnen dragen. Hoewel ik dat eigenlijk sterk betwijfel.

De beurse plekken overal op mijn lijf en mijn nog steeds pijnlijke neus herinneren me telkens aan de gebeurtenissen. Erger zijn echter de psychische littekens, de schuldgevoelens en het continu denken: wat als...

Wanneer ik aan Lucas denk, voel ik me misselijk worden doordat ik hem nog steeds ontzettend mis en ervan overtuigd ben dat hij een bijzondere plaats in mijn leven had kunnen innemen. Ik rouw om hem, ga slapen met hem in mijn gedachten en sta met hem op. Diedie vertelt me dat vamps elkaar wel degelijk kunnen hypnotiseren. Het is een schrale troost dat Lucas dan wellicht toch niet vrijwillig met Selena in bed belandde.

Ik betrap mezelf erop dat ik plots, zonder enige aanleiding, in huilen uitbarst en ga het dan afreageren op de bokszak op zolder. Of ik loop de tuin in en laat me troosten door Bas en Bunker. Soms vervorm ik in een dobermann en leef me dan lekker uit door met hen door de tuin te rennen. Ze slapen beide bij me op bed en soms, wanneer ik gillend uit een nachtmerrie ontwaak, liggen ze dicht tegen me aan, alsof ze me ook in mijn slaap willen beschermen.

Ik hoop dat ik het pad van Selena nooit meer kruis, want dan sta ik niet voor mezelf in. Zij heeft Lucas van me afgenomen en in dat glazen huis vermoord. Iets wat ik haar nooit, maar dan ook nooit zal vergeven.

We lopen die week lusteloos als zombies rond, zonder de energie om iets te doen. Er wordt amper gegeten en gesproken, alsof we bang zijn dat als een van ons erover begint, de pijn verhevigt.

Af en toe tref ik Diedie huilend in de keuken aan, ze volgt zelfs haar gebruikelijke soapseries niet. Jabar verbergt zich tussen zijn planten en kruiden, maar voert weinig uit. Ik betrap hem erop dat hij minutenlang naar een plant in een potje staart en af en toe in overpeinzingen zijn hoofd schudt. Oded is vaak op stap, komt zwaar beschonken thuis, stinkend naar drank en sigarettenrook en valt dan in slaap naast zijn bed op de grond. Op andere momenten sleept hij zichzelf naar zijn nieuwe café dat hij aan het inrichten is. De oude locatie heeft hij laten afbreken en verkocht aan een projectontwikkelaar. Hij weigert onze hulp en meent dat hij het alleen moet verwerken. Omdat de brandweer en de deskundige van het parket geen opzettelijke brandstichting konden bewijzen, wordt de schade tenminste vergoed door de verzekering.

Ik telefoneer regelmatig met Sharon en hoewel ze me hierbij niet kan helpen omdat ik niets kan vertellen, zijn haar vrolijke belevenissen toch een pleister op de wond. Ze is inderdaad backstage geraakt bij Placebo en bovendien, wat me absoluut niet verbaast, is ze naar bed gegaan met de zanger. Haar vermoedens blijken bovendien waar te zijn.

Dok heeft zichzelf bij de politie aangegeven. De kranten stonden er vol van: massale en gruwelijke slachtpartij waarbij meerdere mensen omgekomen zijn en waarna de dader het huis in brand stak. Hij zit voor levenslang vast en dat is het enige nieuws dat me die week een kort moment van jubelen bezorgt.

Noël Borgax is werkelijk met de noorderzon vertrokken. Jabar heeft nog een van zijn bedrijven opgebeld en het blijkt dat hij al zijn zaken verkoopt en ergens op een onbekend adres verblijft. Niemand kan ons vertellen waar.

We vinden het nog steeds vreemd dat Noël slechts vier engelen als bewaking had opgesteld. Hij moet geweten hebben dat het dan voor ons een klein kunstje was om binnen te dringen. We vermoeden dat hij misschien hoopte dat wij de rotzooi achter hem op zouden ruimen.

Wat Noël niet weet of misschien wel weet, is dat Morgan Tahon nog voor mijn geboorte overleden is door een vreselijk auto-ongeval. Jabar had het me niet eerder verteld omdat hij het er nog steeds moeilijk mee heeft.

Jabar heeft al onze contactpersonen over de hele wereld een beschrijving van Noël gestuurd met daarbij wat we over hem weten, zijn vervormersgave, en zo meer. De kans is ontzettend klein dat hij ergens opgemerkt wordt, maar het is het enige wat we kunnen doen.

Ergens hopen we natuurlijk dat het hiermee achter de rug is, maar een monster zoals Noël houdt niet zomaar op. Een gekwetste man met een diepgewortelde wrok en een verloren liefde zal vast nieuwe plannen smeden om het ons en anderen moeilijk te maken.

Tot het zover is, ben ik echter van plan om er niet te veel over te piekeren.

Of dat me zal lukken is de vraag.

Ons leven heeft nu wel weer zijn gewone routine aangevat, maar we weten allemaal dat de gruwelijke beelden voor altijd in onze gedachten zullen blijven.


Vanwege het prachtige weer ben ik in de tuin met Bas en Bunker. Het is een windstille dag met een zwoel temperatuurtje en vandaag voel ik me enigszins beter. De twee schavuiten brengen me aan het lachen met hun gekke capriolen, vooral wanneer ze denken dat ze bij een zoveelste poging een vogel te pakken kunnen krijgen. Gelukkig vliegen de beestjes sneller op dan dat ze gegrepen kunnen worden.

Jabar is in zijn kruidentuin bezig en Oded helpt Diedie in de keuken.

Even later worden Jabar en ik geroepen. Wanneer we in de keuken binnenkomen, ploft Diedie met een demonstratief gebaar een taart op de tafel neer. Het is een hoge, donkerbruine chocoladetaart waar de warme chocolade van afdruipt en die heerlijk ruikt.

'En nu,' zegt ze ferm, 'is het gedaan met het rouwen! We gaan deze taart gezellig opeten en het verleden achter ons laten. Met iedere hap die we nemen, gaan we ons beter voelen.'

'Is dat een spreuk?' vraag ik grimlachend.

'Nee, Manon, dat is een bevel,' antwoordt Diedie en kijkt me teder aan.

'Dat mogen we niet negeren,' grinnikt Oded. 'Al was het maar omdat die taart er enorm verrukkelijk uitziet.'

We nemen plaats aan de tafel en de taart wordt opgeschept. Diedie had evengoed een spreuk kunnen gebruiken, want het lijkt wel alsof ik me inderdaad beter voel met iedere hap die ik neem. Ik kijk haar achterdochtig aan.

Ze knipoogt me toe.

# Dankwoord

Heel veel mensen hebben me geholpen bij dit boek en daar ben ik ze ontzettend dankbaar voor.

*Mijn vroegere baas, neuroloog Dr. Al de Weerd,* was zo aardig om me niet uit te lachen toen ik hem met vreemde, zo niet compleet geschifte, medische vragen bestookte. Hij beantwoordde ze meteen en deed me daardoor opnieuw beseffen hoezeer ik onze vroegere samenwerking miste.

*De brandweercommandant van Oostende, Jozef Decloedt,* voor zijn geduldige uitleg over het hoe, het wat en waardoor van een brandstichting. Hoewel hij liet doorschemeren dat hij aanvankelijk dacht dat ik een pyromaan was die informatie vroeg om de perfecte brandstichting uit te kunnen voeren, geloofde hij toch dat het voor een boek was.

*Marc Deschryver van schietclub Fort Lier v.z.w.,* was zo vriendelijk me uit te leggen hoe de reglementering voor vuurwapens, zowel in België als in het buitenland, in elkaar zit. Ook mijn broer Gil, voormalig lijfwacht, en mijn man hebben me geholpen bij de keuze van wapens.

Ik moet toegeven dat ik erg weinig kende van vliegtuigen. *Paul Rottier, goede vriend en piloot,* heeft me wegwijs gemaakt in de luchtvaartwereld, met als bonus een vlucht boven de kust van België!

Hoewel ik niet vies ben van een slokje whisky, ben ik geen specialist. *Mijn echtgenoot* echter wel en hij was maar al te gelukkig om mij eindelijk te kunnen onderwijzen in de vele soorten en smaken.

Indien het boek toch fouten bevat, is dit niet omdat bovengenoemde personen me verkeerd ingelicht hebben, maar omdat ik weer eens verstrooid was bij het luisteren of omdat mijn geheugen me voor de zoveelste maal in de steek liet.

Doordat Manon Maxim een nieuw boek is, heb ik het laten lezen door een groot aantal proeflezers: *Turid Hoekstra (mijn Manon), Jonna Sudenius, Ester Magis (thanks!!!), Joke Kraan, Katrien Smis en Sofie Kurz (de yobocaclub), Magalie Gilles (alias spook), Pat Hendler (alias mijn nichtje), Thirza Meta, Tisa Pescar en Oded Hartman.*

## Eerder verschenen bij Kramat:

## Reeks De Fantasiejagers

Welkom in de wondere wereld van De Fantasiejagers!

De Fantasiejagers: een groep mensen die een opdracht krijgen van de regeringen van Ratiowereld en Emowereld. Ze worden ingezet bij het opsporen van niet-menselijke wezens uit de droomwereld die onze wereld betreden.

Deel 1
De Fantasiejagers
9,95 euro
ISBN: 9789075212761

Deel 2
Droomloos
17,50 euro
ISBN: 9789075212938

Deel 3
Angstdroom
17,95 euro
ISBN: 9789079552122